KB262013

무영
이계를 훔치다
눈매 퓨전 판타지 소설
FANTASY EXCITING STYLE

무영, 이계를 훔치다 1

눈매 퓨전 판타지 소설

초판 1쇄 찍은 날 § 2007년 7월 6일
초판 1쇄 펴낸 날 § 2007년 7월 10일

지은이 § 눈매
펴낸이 § 서경석

편집장 § 김대식
편집책임 § 조수희
편집 § 이환진

펴낸곳 § 도서출판 청어람
등록번호 § 제1081-1-89호
등록일자 § 1999. 5. 31
어람번호 § 제1-0849호

주소 § 경기도 부천시 원미구 심곡1동 350-1 남성B/D 3F (우) 420-011
전화 § 032-656-4452 팩스 § 032-656-4453
http://cyworld.nate.com/bluebook_
E-mail § blue_book@hanmail.net

ISBN 978-89-251-0794-3 04810
ISBN 978-89-251-0793-6 (세트)

Thief King

눈매 퓨전 판타지 소설

FANTASY EXCITING STYLE

무영 이계를 훔치다

1

BLUE BOOK

도서출판 청어람

CONTENTS

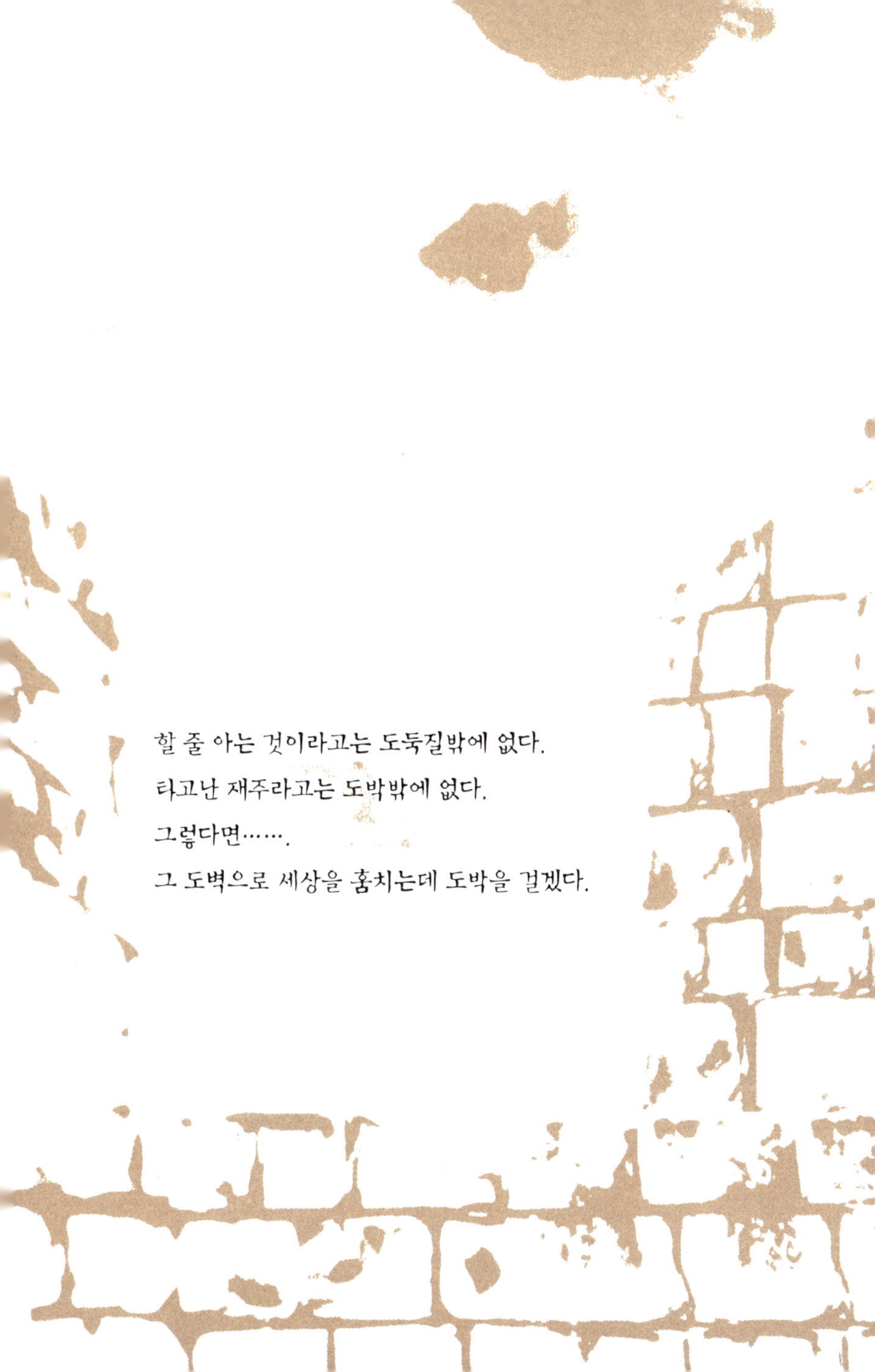

할 줄 아는 것이라고는 도둑질밖에 없다.
타고난 재주라고는 도박밖에 없다.
그렇다면…….
그 도벽으로 세상을 훔치는데 도박을 걸겠다.

Chapter 1

도둑질과 도박의 신

"하아윽! 아아악!"

한 여인의 신음성과 비명성이 방 안에 가득 차 올랐다.

땀에 절어 이마에 달라붙은 머리카락, 새하얀 이로 꽉 깨문 분홍빛 입술. 여인은 평생 처음으로 해산의 고통을 겪는 중이었다. 그녀의 희고 가녀린 손가락에 휘어 감긴 광목천은 금방이라도 끊어질 듯 팽팽하게 잡아당겨졌다.

"하으윽!"

"마님, 조금만 더 힘을 내세요."

늙수그레한 산파는 두 눈에 잔뜩 힘을 주고 말했다. 아기의 머리가 보이고 있었다.

청해의 성도 서녕, 곽진영의 저택.

어둠이 깊은 시각이었지만 곽진영의 집은 대낮처럼 환하게 등불을 밝히고 있었다. 너른 마당에서 한 자리에 가만히 서 있질 못하고 안절부절 걸음을 옮기던 곽진영은 방 안에서 어떤 소리가 들린 순간, 걸음을 멈추고 고개를 핵 돌렸다.

"방금 들었느냐?"

그의 질문에 가까이 있던 시종이 고개를 조아렸다.

"무엇을 말씀이신지요?"

"울음소리 말이다. 울음소리를 들었느냐고 물었다."

"송구합니다만, 아직 아무런 소리도……."

시종이 조심스럽게 말했다. 한껏 예민해져 있는 가주에게 말 한마디 잘못했다가 호되게 꾸지람을 들을지도 모를 일이었다.

그러나 곽진영은 오히려 입가에 여린 미소까지 걸치며 흥분된 목소리로 말했다.

"아니다. 분명히 나는 들었다. 내 아이의 울음소리를 들었다. 쉿! 지금도 들리지 않느냐?"

너무 긴장하고 기다리던 나머지 정신이 어떻게 된 것일까?

시종은 감히 자신의 그런 생각을 입 밖으로 내지는 못하고, 걱정스러운 눈길로 가주를 바라보았다. 아무리 귀를 기울여도 아기의 울음소리 따위는 들리지 않았다.

하지만 시종은 한 가지 사실을 간과하고 있었다. 자신의 주인이자, 이 저택의 가주가 누구인가?

바로 서녕의 곽가가 아닌가.

대대로 이어져 내려온 도둑의 가문. 세간에서 결코 자랑할 만한 직업(?)은 아니지만, 세간의 누구도 함부로 무시하지 못하는, 바로 서녕의 곽가가 아니냔 말이다. 심지어 무림에서조차도 은근히 의식하는 대상이 될 정도로 서녕 곽가의 능력은 무시할 수 없었다. 오죽하면 하오문조차 인정했다는 말이 떠돌까.

이 세상 어느 곳에 있는 것이든, 어떤 물건이든, 서녕 곽가의 표적이 된다면 소리 소문없이 사라지고 말 것이라는 이야기마저 떠돌 정도다.

그럼에도 관청에서 그들을 구속하지 못하는 이유는 단 하나. 심증과 소문은 무성하나, 어떠한 물증도 없다는 것. 그야말로 신출귀몰하게 움직이며 어떤 증거도 남기지 않는 대도둑의 가문. 그 가문의 현 가주가 바로 곽진영이다.

오랜 세월 도둑질로 단련된 그의 예민한 신경은 놀랄 정도로 정확했다. 밖에 시립해 있던 하인들 중 누구도 듣지 못한 울음소리를 곽진영은 정확히 들었던 것이다.

잠시 후, 방문이 열리며 머리가 희끗한 산파가 걸어 나왔다.

"축하드립니다, 가주님. 잘생긴 대장부이십니다."

"오오! 산파, 참으로 수고하셨소!"

곽진영은 함박웃음을 지으며 달려갔다.

아들이다! 아들. 곽가를 이어갈 나의 아들!

시종과 하인들은 반가움과 놀라움이 뒤섞인 표정으로 산파와 가주를 번갈아보았다.

하지만 그들 중 아무도, 어째서 아기의 울음소리가 그토록 작았는지에 대해서는 미처 생각하지 못하고 있었다. 보통이라면 충분히 마당까지 울음소리가 났어야 하는데 말이다.

"아이는 어디 있소?"

"후후, 아무리 경황이 없으시지만 눈앞에 두고도 못 찾으시다니요."

산파가 팔에 가득 안긴 담요를 들어 올리며 눈 꼬리를 휘자, 곽진영은 얼굴을 붉혔다. 그제야 담요에 폭 싸인 자신의 아들이 눈에 들어온 것이다. 아직 머리에 엉겨 붙은 피가 채 마르지도 않은 신생아였다.

'이 아이가 이제 우리 가문을 이을 것이다. 너는 내가 살아 있는 동안 소가주로서 가문의 비기를 모두 전수받을 것이다. 그리고 장성하면 도둑이되 의로운 도둑으로 가문의 권위를 지켜나가야 한다. 너의 이름은 무영(無影)이니라.'

곽진영은 마냥 뿌듯한 표정으로 자신의 아들을 내려다보았다. 그러나 부자(父子)의 유대감과 끈끈한 정을 오랫동안 만끽할 수는 없었다.

“가주님, 곤륜에서 진서님이 오셨습니다.”

하녀 한 명이 총총걸음으로 다가와 공손히 아뢰었다.

“오오, 형님이 오셨단 말이냐? 어서 뫼시지 않고 뭐하느냐.”

곽진영은 담요를 안아든 채로 걸음을 뗐다. 하지만 곧 굵직한 목소리가 들려오며 그의 걸음도 이내 멈추었다.

“어딜 그리 급히 가려는 게냐, 허허.”

“형님!”

곽진영은 모퉁이를 돌아 걸어오는 곽진서를 보고 반색하며 소리쳤다.

수십 년 전, 경공 이외의 무공에는 도무지 재능이 없는 동생을 대신해 곤륜의 정식 제자로 들어갔던 곽진서였다.

당시 진영과 진서의 아버지이자 가주였던 곽서림은 무림에서 조금씩 자신의 가문을 의식하기 시작하자, 자식 중 한 명을 무림에 보내어 연(緣)을 만들어놓고자 했다.

하지만 막내인 진영이 도무지 재능이 없자, 결국 장남이었던 진서가 스스로 무림인의 길을 택했다. 그리고 지금은 자청이라는 도호를 사용하는 어엿한 곤륜인이었다.

어쨌든 진서는 진영에게 있어서 한 분밖에 없는 형님이자, 든든한 후원자였다.

“조카는 어디 있느냐?”

대뜸 들려온 소리에 곽진영은 이내 너털웃음을 터뜨렸다.

“허허허, 형님도 저처럼 너무 들뜨신 것 아닙니까? 지금 제가 안고 있는 이 녀석이 바로 곽가를 이을 녀석입니다. 이름은 무영입니다.”

“음?”

그제야 진영의 품에 안긴 아기를 확인한 곽진서는 잠깐 얼굴을 굳혔다. 묘한 낌새를 놓칠 진영이 아니었기에, 그는 형님을 보며 고개를 갸웃거렸다.

“왜 그러신지요?”

“조카를 잠시 봐도 되겠나?”

“물론이지요.”

진영은 조심스럽게 담요에 싸인 아기를 건넸다. 아기를 받아든 진서는 뚫어질 듯이 조카를 바라보았다.

있는 듯 없는 듯 얌전하게 잠을 자고 있는 아기.

“설마…….”

진서는 두터운 손을 들어 올려 아기의 맥을 짚었다. 아주 잠깐 그의 눈동자가 흔들렸다.

진영은 영문을 알 수 없었지만, 형님이 저런 진지한 표정을 지을 때는 방해하지 말아야 한다는 것을 잘 알고 있었기에 입을 꾹 다물고 기다렸다.

이윽고 곽진서는 고개를 들어 진영을 바라보며 입을 열었다.

“잠시 나 좀 보자꾸나.”

무영 이계를 훔치다
Thief King

진영이 잠시 부인을 만나고 손님을 접대하는 청해각에 들어섰을 때는 이미 진서가 차를 한 잔 비운 후였다.

"좀 늦었습니다. 기다리게 해서 죄송합니다."

"아니다. 당연한 순서이니 신경 쓰지 말거라."

"이해해주셔서 감사합니다."

진영은 자리에 앉으며 부드럽게 웃었다. 그리고는 진서를 바라보며 입을 열었다.

"그런데 무슨 일로 이렇게 은밀히 부르신 건지요?"

"허허, 은밀할 것은 없지만 조심해서 나쁠 것은 없겠지."

"하면……."

진영의 말끝에 진서는 헛기침을 한 번 하고는 말했다.

"진영아."

"예, 형님."

"무림에서 우리 가문을 예의 주시하고 있다는 것은 너도 잘 알고 있을 것이다."

"물론이지요. 그렇기에 형님이 지금 곤륜에 계시지 않습니까?"

진영은 부드러운 미소로 답했다. 무공에 재능이 없는 자신을 대신해 가주의 자리를 마다하고 무림인의 길을 택한 형님이시다.

다행히 진서는 진영과 달리 무공에 어느 정도 재능이 있는 편이었다. 물론, 도둑의 가문에서 나고 자란 만큼 가장 뛰어난 무예는 경공술이었다.

때문에 지금 그는 곤륜의 전령단으로 활동하고 있으며, 하늘을 거닐고 다닐 정도로 경공이 뛰어나다 하여 천보협(天步俠)이라는 별호까지 지니고 있었다.

"하면 어째서 무림에서 우리 가문을 특별히 견제하지 않는지는 알고 있느냐?"

뜬금없는 질문에 진영은 잠시 생각에 잠겼다. 마땅한 대답을 찾기 위해서라기보다는 왜 이런 시점에 그런 질문이 나오는 것인지 생각해 보기 위해서였다. 그러나 그는 곧 깊은 생각을 거두고 미소로 답했다.

"그야 형님께서 곤륜에 계시기 때문이 아니겠습니까? 형님께서 무림과 우리 가문을 잘 조율하신 덕분이겠지요."

"물론 그것을 부정할 생각은 없다. 하지만 그것 말고 다른 이유는 없다고 생각하느냐?"

"글쎄요. 굳이 말하자면, 무림에 별다른 피해를 끼치지 않기 때문이 아닐까요?"

진영의 말에 진서는 눈을 지그시 감고 고개를 가로저었다.

"아니다. 강호에서 우리 가문을 특별히 견제하지 않는 이유는 우리의 능력이 눈에 띄게 뛰어나지는 않기 때문이다."

"과연 그렇게도 볼 수 있군요."

진영은 이해가 된다는 듯 고개를 끄덕였다.

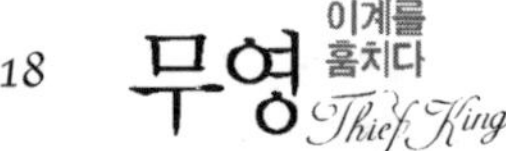

사실 도둑 가문인 서녕 곽가의 절도 능력은 어디에 내놔도 손색이 없을 것이다. 하지만 일반이 아닌 강호에서까지 그 능력이 뛰어나다고 할 수는 없다. 그저 각 문파에 은신과 잠입에 능한 정예 살수단 정도의 실력이라고 보면 딱 좋을 것이다. 물론 살인을 하지는 않지만.

생각에 잠긴 진영의 귀에 진서의 목소리가 이어서 들려왔다.

"하지만 만약 우리 가문에 전설처럼 전해져 내려오는 도신이 태어난다면 어떻겠느냐?"

순간 진영은 생각을 멈추고 입을 딱 벌렸다.

"도신이라니요? 지금 도신이라고 하셨습니까?"

"그렇다. 도둑질과 도박의 신, 도신 말이다."

진영의 전신에서 한차례 전율이 일어났다.

형님이 실없이 농을 하실 분이 아니라는 것을 잘 알기에 그의 전신에서 전율이 일어나고 있었다.

가문 내에 전설처럼 전해져 내려오는 도둑질과 도박의 신. 무엇이든 훔쳐 낼 수 있고, 어떤 확률이든 뚫어낸다는 그 도신이 태어난다면 분명 강호에는 난리가 날 것이다.

옛날 가문의 선조 중 한 분이 도신의 능력을 가지고 태어났을 때, 서녕 곽가에는 한차례 혈겁이 일었고 멸족의 위기에까지 몰렸었다.

헌데 어째서 이런 이야기를 지금 하시는 걸까?

순간 진영은 두 눈을 부릅뜨고 진서를 바라보았다.

"설마!"

진서는 천천히 고개를 끄덕였다.

"내 생각이 틀리지 않다면 네 아이는 도신의 재능을 가지고 태어났다."

진영은 온몸의 힘이 빠져나가는 것을 느끼며 어깨를 축 늘어뜨렸다.

그제야 아이가 태어날 때 심상치 않았던 상황이 떠올랐다. 보통의 신생아보다 훨씬 작은 울음소리. 눈앞에 두고도 찾을 정도로 희미했던 존재감. 형님조차도 아기를 앞에 두고 찾지 못했다.

때론 자신을 위한 비범한 능력도 자신을 해할 위험한 요소가 되는 법.

곽진서는 무거운 목소리로 입을 열었다.

"어찌하겠느냐? 이처럼 강호가 혼란할 때, 조카가 가문의 비기를 전수받고 도신으로 장성한다면 분명 그만한 위험이 따를 것이다."

진영은 참담한 표정을 지었다. 자식의 뛰어난 능력 때문에 오히려 가문의 비기를 전수하지 못한다는 것이 가슴 아팠다.

그는 한참 만에 입을 열었다.

"다섯 살이 되면 형님을 따라 곤륜으로 보내겠습니다."

진서는 동생의 두 눈을 물끄러미 바라보다가 이내 대꾸

했다.

"잘 생각했다. 무공을 배운다면 보통의 무림인들처럼 성장하겠지만, 가문의 비기를 전수받는 순간 그 아이는 지나치게 뛰어난 도둑이 될 테지. 그렇게 되면 강호에서 그 아이를 가만히 놔두지는 않을 게야. 곤륜이라면 절도기술과 큰 상관이 없으니 안심해도 될 것이다."

진영은 고개를 끄덕여 수긍했다.

이날 두 사람의 결정으로 인해 정확히 5년 후, 무영은 큰아버지 곽진서를 따라 곤륜의 속가제자로 들어갔다.

CHAPTER 2

생애 첫 도박

청해에서 낮은 산이 어디 있으랴.

하지만 그중에서도 단연 최고봉은 곤륜산이라고 할 수 있다. 산허리부터는 사시사철 눈이 녹지 않고, 구름을 올려다보는 것이 아닌 내려다보는 산이 바로 곤륜산이다.

그 장엄한 산중 허리쯤의 깊숙한 곳에서 한 소년이 양동이를 맨 채 급경사를 오르고 있었다.

나이는 열일곱 쯤 되었을까?

어디 한군데 모난 데도 없고, 특징도 없는 평범하고 잘생긴 얼굴이었다. 하지만 그 평범함이 너무 지극해 어디서나 볼 것 같으면서도 쉽게 기억되지 않을 얼굴이었다. 그가 입은 회색

도포의 등 쪽에는 곤륜파의 도인이라는 것을 증명하는 굵은 획의 문양이 새겨져 있었다.

소년의 어깨에 걸쳐진 장대 양쪽 끝에는 양동이 한가득 물이 담겨 있었지만, 놀랍게도 물의 표면은 잔잔한 호수의 수면처럼 고요했다. 게다가 소년의 걸음은 무척 빨랐다. 마치 산을 오르는 것이 아니라, 내리막길을 가볍게 달리는 느낌으로 사뿐사뿐 걸음을 옮기고 있었다.

"여어~ 무영이 아니냐?"

어디선가 불쑥 들려온 걸걸한 목소리에 소년은 이맛살을 구겼다. 목소리의 주인이 누구인지 돌아보지 않아도 단박에 알 수 있었다. 보나마나 자경 사숙의 직계제자인 창선 사형이리라. 곤륜에 머무는 속가제자들을 무시하고 괴롭히기로 유명한 그를 대면해서는 좋을 것이 없었기에 무영은 못들은 척 걸음을 옮겼다.

하지만 창선은 집요했다.

"어이! 무영, 어린 것이 벌써 가는귀라도 먹은 거냐?"

"크크큭."

결국 무영은 걸음을 멈출 수밖에 없었다. 그가 몸을 돌리자 숲 한쪽에서 창선을 비롯해 다른 두 명의 사제들이 모습을 드러냈다.

그중 가장 덩치가 크고 어깨가 떡 벌어진 창선이 이죽거리며 걸어 나왔다. 무영도 키가 6척이 넘었기에 작은 편은 아니었지만, 창선은 그보다 한 자는 더 커보였다.

"사형을 무시해도 유분수지. 먼저 인사를 받는 것도 모자라 그 인사마저 무시하려드는 것이냐?"

"미처 듣지 못했습니다. 죄송합니다, 창선 사형."

"바로 옆에서 부른 소리도 듣지 못했다니. 역시 귀가 먹은 게구나. 불쌍하기도 하지."

"크크큭."

창선의 비꼬는 말에 뒤에 서 있던 두 사제는 입을 가리면서도 노골적으로 웃었다. 둘의 도호는 창위와 창길인데, 항상 창선을 따라다니며 약자를 무시하고 괴롭히는 악동 같은 존재였다.

창선이야 그렇다 치더라도 창위와 창길에게 있어서 무영은 엄연히 존중받아야 할 사형임에도 불구하고 그런 무례를 서슴없이 저지르고 있었다.

그러나 무영은 별다른 표정의 변화없이 고개만 까딱하고는 말했다.

"더 할 말 없으시면 이만 가보겠습니다."

"어허, 뭐가 그리 바쁜 것이냐? 오랜만에 널 보고 반가워서 그러니 좀 더 있다 가려무나."

창선은 히죽 웃으며 두터운 손을 장대 위에 척 올려놓았다. 그렇지 않아도 양쪽으로 양동이 가득 물이 담겨 있어 무거운데, 창선이 손을 한쪽에 올려놓자 무게가 맞지 않아 휘청거렸다.

찰랑.

가까스로 중심을 잡은 무영은 지그시 아랫입술을 깨물었다. 창선이 손을 올려놓은 왼쪽 어깨가 부들부들 떨리고 있었다.

그러자 창선은 비릿한 웃음을 흘리며 비꼬았다.

"너 수련을 좀 더 해야겠구나. 이렇게 약해 빠져서야 어디가서 곤륜의 제자라고 할 수 있겠느냐?"

"큭큭. 그러게 말이우. 무영 사형은 우리와 달리 돈과 연줄을 이용해서 곤륜에 들어온 것이니 더욱 열심히 수련해야 할 것 아니오? 그렇지 않아도 사형을 이곳에 보내기 위해 부모님이 피땀 흘려 좀도둑질을 해왔을 테니. 그 돈과 연줄을 이용해 속가제자라도 되었으면 열심히 수련해서 보답해야지요. 크크큭. 언제 옥살이를 할지 모르는 사형의 부모님을 위해서라도 말이우. 크흐흐."

창길이 입 꼬리를 치켜 올리며 이죽거렸다.

아무리 얌전한 사람이라도 제 부모를 욕보이는데 참을 자가 어디 있으랴. 순간 무영의 두 눈동자에 핏발이 섰다.

"창길! 네 녀석이 뚫린 입이라고 함부로 지껄이는구나. 네 놈은 위아래도 없는 것이더냐? 잘난 네 부모는 너에게 그리 가르친 것이냐?"

무영이 평소답지 않게 날카롭게 쏘아붙이자, 창길도 다소

무영 이계를 훔치다
Thief King

당황했는지 주춤 물러섰다. 하지만 옆에서 그를 지켜보던 창선이 눈썹을 꿈틀거리더니 입을 열었다.

"네놈이야말로 위아래가 없는 것이냐? 사제가 농을 좀 했기로서니 사형인 나를 앞에 두고 그리 목청을 높여야겠느냐? 아니면 감히 도호도 받지 못한 속가제자 주제에 곤륜의 직계 제자들을 무시하는 것이냐? 그리고 너희 집안이 도둑 가문이라는 것은 이미 공공연한 비밀이니 틀린 말을 한 것도 아니지 않느냐. 부모의 더러운 돈을 발라서 들어왔으면 얌전히 고개를 숙이고 다닐 것이지 어디서 큰소리란 말이냐!"

무영은 장대를 잡은 손에 잔뜩 힘을 주고는 몸을 떨었다. 뱃속에서부터 뜨거운 분노가 끓어오르고 있었지만 당장 표출할 수는 없었다. 결국 그는 한참만에야 고개를 숙이고 사죄했다.

"잘못했습니다. 무례를 용서하십시오. 그럼 저는 이만 일이 있어 가보겠습니다."

"훗, 그래. 다음부터는 조심하거라."

창선은 승리의 미소를 지으며 장대를 잡고 있던 손을 놓았다.

그런데 무영이 걸음을 떼려고 할 때였다.

"어이쿠!"

창위가 갑자기 넘어지면서 무영에게 다리를 걸어왔다. 척 봐도 고의성이 다분히 느껴지는 행동이었다. 극히 짧은 순간이었지만 무영은 사뿐히 그의 다리를 넘었다. 그러나 난관은 그것으로 끝이 아니었다.

이번에는 창길이 외마디 비명을 지르더니 난데없이 넘어지면서 무영이 지고 있던 장대를 붙잡아 버렸다.

덜컥! 쿠당탕-!

결국 무영이 휘청 넘어지면서 양동이에 담겨 있던 물이 바닥에 모두 엎질러지고 말았다.

"이런! 무영 사형, 정말 죄송합니다. 갑자기 발이 미끄러지는 바람에 그만."

창길이 황급히 고개를 숙이며 사과했지만 무영은 아무 말 없이 장대와 양동이를 챙겨 들었다.

'이 녀석들 고의다. 틀림없이 고의다. 녀석들이 오늘 나를 가지고 놀기로 작정을 했구나.'

하지만 그것을 안다고 해서 지금 당장 어떤 뾰족한 수가 있는 것은 아니다. 창선까지 있는 마당에 사제들과 싸울 수는 없다. 창선이 없다고 해도 무예 실력으로만 따진다면 두 사제들이 무영보다 한 수 위였다.

경공술을 제외하고는 어떤 무공에도 재능이 없는 무영이었다. 그러니 이런 따돌림에 대해 아무런 대책이 없었다.

그때 산 위쪽에서 귀에 익숙한 목소리가 들려왔다.

"그만들 해! 창선 사형도 그만하세요."

모두의 고개가 돌아간 곳에는 정명이 이를 악다물고 서 있

무영 이계를 훔치다
Thief King

었다. 그는 무영과 마찬가지로 곤륜에 엄청난 돈을 기부하고 입산한 속가제자였는데, 심성이 약하고 무예에 소질이 없는 편이었다.

상대를 알아본 창선은 기가 차다는 듯 웃었다.

"지금 내게 명령한 것이냐, 정명?"

"그, 그건 아닙니다만."

처음의 당당하던 목소리와 달리 조금씩 주눅 들어가는 정명의 태도를 보며 무영은 쓸쓸한 미소를 머금었다. 어차피 정명도 자신의 처지와 별다를 것이 없었다. 항상 무시와 멸시를 당하며 따돌려지는 신세. 게다가 무예에는 전혀 소질이 없는 저주받은 몸.

결국 창선 일당에게는 가지고 놀만 한 장난감이 하나 더 생긴 것에 불과했다.

하지만 오늘은 무영과 정명에게 행운이 따른 것일까? 창선 일당의 본격적인 놀이가 시작되기도 전에 굵직한 목소리가 다시금 들려왔다.

"왜 이리 소란스러운 게냐!"

산 위에서 휘적휘적 걸어 내려오는 사람은 다름 아닌 자경이었다. 그는 어디 먼 길이라도 떠나는 것인지 머리 위에 죽립을 덮어쓰고 외출복을 차려입은 모습이었다.

창선은 자경을 보자 얼른 예를 갖추며 인사를 올렸다.

"사부님, 나가시는 길입니까?"

"그래. 일이 생겨서 잠시 다녀와야겠다. 그런데 여기에 옹기종기 모여서 뭐하고 있는 것이냐?"

자경은 창선 일당과 무영과 정명을 둘러보았다. 무영과 정명은 자경의 사제인 자선이 거둔 속가제자들이었다.

자경은 바닥에 엎질러진 물기의 흔적과 비어 있는 양동이를 보고 대충 무슨 일이 일어났던 것인지 짐작할 수 있었다. 하지만 자신의 직계제자인 창선에게 별다른 말을 하지는 않았다. 그도 또한 곤륜에 도둑 가문의 자식이 들어왔다는 것을 마음에 들어 하지 않았다. 때문에 사형인 자청과도 사이가 서먹한 그였다.

"무슨 일인지 몰라도 서로 사이좋게 지내거라."

"예, 사부님."

"그리고, 창선아."

"말씀하십시오."

자경은 허리춤을 뒤적이더니 매고 있던 작은 비단주머니를 꺼냈다. 손바닥만 한 주머니에 금줄로 동여맨 것이 척 보아도 꽤나 귀한 물건으로 보였다.

"내 너에게 이걸 맡길 터이니 잘 간직하고 있다가, 이틀 후에 장문인께서 돌아오시면 전해주거라. 무척 중요한 것이니 잘 간직해야 한다. 반드시 장문인께 드려야 하느니라."

"명심하겠습니다, 사부님!"

"그래, 그럼 이만 가보마."

“살펴 다녀오십시오, 사부님.”

그 자리에 있던 창선을 비롯한 도인들은 모두 자경의 뒷모습을 향해 꾸벅 허리를 숙였다.

자경이 떠나고 나자 창선은 눈동자를 빛내며 비단주머니를 살펴보았다. 물론, 사부님이 맡기신 물건에 감히 손을 대거나 미리 열어보는 간 큰 행위를 하지는 않았지만, 그로서는 중요한 임무를 하나 맡았다는 것 자체가 일종의 자랑거리였다.

다행히 그 임무는 무영과 정명에게도 덕이 되었다. 기분이 좋아진 창선이 짐짓 어른스러운 목소리로 무영을 고분고분 보내준 것이다.

“앞으로 덤벙대지 말고 잘 다니거라. 엎질러진 물은 다시 길어오도록 하고. 곤륜의 제자가 되어서 그 정도로 물을 쏟아서야 되겠느냐.”

무영은 말없이 고개를 숙여보였다.

창선은 비단주머니를 옆구리에 동여맨 채 자랑거리라도 되는 것처럼 허리를 죽 펴고 걸음을 옮기기 시작했다. 덩치만 컸지 하는 행동은 어린애와 다름없었다. 그 뒤를 창위와 창길이 따랐다.

무영은 그들의 뒷모습을 뚫어지게 노려보며 이를 악다물었다. 모르긴 해도 창선은 아마 장문인께서 돌아오실 때까지 저 중요한 것을 저렇게 드러내고 다니리라.

"무영아, 괜찮아?"

문득 옆에서 들린 목소리에 무영은 고개를 돌렸다. 눈가가 아래로 축 처진 정명이 자신을 걱정스럽게 바라보고 있었다. 보아하니 벌써 여러 번 자신을 부른 듯했다.

"응, 난 괜찮아. 너 괜한 짓을 했어."

무영은 옷에 묻은 흙을 털어내며 부드럽게 웃어보였다.

사실 창선이 누군가를 괴롭힐 때 끼어들어서 말리는 행위는 매우 위험한 행동이었다. 그럴 경우에는 어김없이 창선의 다음 목표가 바로 그 사람으로 향하니까.

역시 정명도 그것이 걱정되는지 고개를 푹 숙이고 울상을 지었다. 그렇지 않아도 처진 눈가가 더욱 아래로 처지며 애처로워 보일 지경이었다.

"이제 어쩌면 좋지? 분명히 다음 목표는 내가 될 텐데."

"걱정 마. 그때는 오늘처럼 내가 널 도와줄게."

"으응."

정명은 고개를 끄덕였지만 사실 큰 위안을 받지는 못했다. 무영이 나름대로 절친한 사이이긴 하지만, 어차피 그도 아무런 힘이 없다는 것을 잘 알고 있기 때문이었다.

그러나 지금 무영의 속마음은 평소와 달랐다. 그의 심장은 그 어느 때보다도 뜨거운 용암을 담고 있었다. 금방이라도 터질 기회만을 기다리는 활화산처럼 스물 스물 피어오르는 분노를 가만히 누르고 있었다.

‘저들을 내 앞에 무릎 꿇게 하고 말리라. 무예로 이길 수 없다면 다른 방법으로 저들을 무릎 꿇게 하리라. 그래서 개처럼 기고 개처럼 짖도록 만들겠다.’

무영은 창선 일당이 사라진 길을 한참 동안 바라보다가 이내 걸음을 돌렸다. 양동이에 다시 물을 길어 와야 했다. 그의 곁에 정명이 말없이 따라붙었다.

한바탕 소란이 있었던 그곳에 잠시 뒤 한 그림자가 나무 기둥 앞으로 스르르 나타났다. 마치 저절로 생겨난 것처럼 나타난 그 남자는 흑립을 쓰고 있었는데, 그 아래로 보이는 눈썹이 짙고 이목구비가 시원시원하게 생긴 사내였다.

그의 눈길이 조금 전 무영이 내려갔던 길로 향했다.

“무예에 재주가 없는 것은 제 아비를 쏙 빼닮았구나. 혹시 내가 잘못 본 것이 아닐까? 만약 저 아이가 도신이 아니라면…….”

한참 혼잣말을 중얼거리던 사내는 이내 고개를 가로저었다.

“그럴 리가 없다. 저 아이에게서는 잠재되어 있는 무언가가 느껴진다. 앞으로 곤륜을 떠날 때까지 남은 기간은 3년. 영아, 부디 약관의 나이가 되어 곤륜을 떠나는 날까지는 아무런 문제를 일으키지 말거라. 세상이 너를 알아보지 못하도록.”

사내는 바로 12년 전 무영을 곤륜으로 데리고 왔던 자청,

무영의 큰아버지인 곽진서였다. 그는 그렇게 말하면서도 자신의 말에 대한 확신이 없었다.

사실 그는 오래전부터 조카를 조심스레 지켜봐 왔다. 혹시라도 도신의 피를 속일 수 없어 도벽이 발동해 곤륜에서 문제라도 일으키면 큰일이기 때문이다.

하지만 어느 순간부터인가 무영은 자신의 감시를 눈치 챈 것만 같았다. 그리고 그때부터 무영은 더욱 조심스럽게 행동하는 듯했다. 뿐만 아니라 평소 혼자 있을 때 사용하는 경공술도 3할 정도의 실력을 숨긴 듯이 보였다.

물론 이 모든 것은 그의 기우일지도 모른다. 그리고 그 역시 그런 생각들이 자신의 기우이기를 간절히 바랐다.

＊　　　＊　　　＊

이틀 후.

무영은 하루 일과를 끝내고 천운각(天雲閣) 뒤편으로 돌아가서 바위에 걸터앉았다.

천운각은 태상문주가 지은 곳으로, 가벼운 잘못을 저지른 어린 도인들을 이곳에 남게 하여 자신의 죄를 뉘우치도록 하는 곳이었다.

깎아지른 절벽 바로 위에 지어진 천운각에서는 서녘 창밖으로 저물어가는 태양과 산 아래로 엷게 깔린 구름을 감상할

 무영 이계를 훔치다
Thief King

수 있었다. 그야말로 마음을 차분하게 가라앉히고 잘못을 반
성하기에는 더없이 좋은 환경이었다.

천운각이 지어진 바로 그 절벽을 도인들은 천운루(天雲嶁)
라고 불렀다. 무영이 이곳을 좋아하는 이유는 황혼의 절경을
볼 수 있다는 점도 있겠지만, 무엇보다 사람들이 별로 없는
한적한 곳이기 때문이다.

절벽 아래로 호수의 수면처럼 엷게 깔린 불그스레한 구름.
황혼을 잔뜩 머금은 구름을 보자니 무영은 문득 서녕에 계신
아버지가 떠올랐다. 아버지를 마지막으로 본 것이 벌써 1년
이 넘어서고 있었다.

그때도 무영은 가업에 대한 수치와 속가제자로서의 고된
생활 때문에 힘들어하고 있었다. 그리고 지금처럼 붉은 구름
이 가득한 하늘 아래에서 아버지에게 그런 고민을 털어놓았
다.

"차라리 가업을 잇겠습니다."

"영아, 그게 무슨 소리냐?"

아버지 곽진영은 난데없는 아들의 목소리에 눈을 동그랗
게 뜨고 고개를 돌렸다. 오랜만에 집을 찾아온 아들이 무척
이나 반가웠지만, 어쩐지 무영은 고뇌로 가득 찬 얼굴이었
다.

"지금 곤륜에서 저의 신분은 땅속 지렁이만도 못합니다.
모두들 제가 도둑 가문의 자식이라고 벌레 보듯 멸시하고 무

시합니다. 게다가 더러운 돈을 들여 속가제자가 되었다고 손가락질 합니다. 이렇게 남에게 멸시를 받을 거라면 차라리 속 편하게 가업을 이어 도둑이 되겠습니다."

진영은 아들의 눈을 가만히 들여다보았다. 그리고 천천히 입을 열었다.

"영아, 아비가 도둑이어서 부끄러운 게냐?"

"적어도 떳떳하지는 않습니다."

무영은 솔직하게 말했다. 아버지도 이런 상황에 사탕 발린 소리를 바라진 않을 것이다.

진영은 천천히 고개를 끄덕이고는 입을 열었다.

"사실 이 아비는 의로운 도둑이 되기 위해 노력해 왔단다. 아비뿐만 아니라 가문의 선조들도 마찬가지였지. 그리고 지금은 많은 서민들이 지지하는 가문이 되었다. 하지만 네게 도둑질이 옳다고 말하지는 않으마. 그리고 이 아비를 부끄럽게 여긴다고 해서 널 원망하지도 않으마. 다만 이것 한 가지는 알아두려무나."

진영은 무영의 앞으로 가서 양 어깨를 짚었다. 두 눈을 정확히 마주한 채 또박또박 말을 전했다.

"신분은 인간이 정하지만, 존재는 하늘이 정한다. 적어도 너 자신은 떳떳해야 하느니라. 기껏 인간이 정한 신분과 명분 때문에 하늘이 허락한 너의 존재를 하찮게 여기지 말아라."

무영은 아무 말도 할 수 없었다. 그 순간 아버지가 태상문 주보다도 훌륭하게 보인 것은 말할 것도 없었다. 짧은 순간이 었지만 아버지의 그 한 마디가 무영에게는 깊이 각인된 것이 다.

"아버지……."

천운루 아래로 깔린 구름을 보며 무영은 낮게 중얼거렸다. 그는 그날 아버지가 손에 쥐어주었던 청옥 목걸이를 만지작 거렸다. 가문의 성씨가 새겨져 있는, 아버지가 직접 깎고 다 듬은 청옥이었다.

그러나 다음 순간 그는 몸을 긴장하고 주위를 둘러보았 다. 인기척이 가까워지고 있었다. 대도둑 가문의 피를 이어 받은 무영이다. 타인의 기척만큼은 귀신처럼 알아채는 그였 다.

아니나 다를까, 잠시 뒤 자신처럼 속가제자로서 곤륜에 들 어온 천일이 헐레벌떡 달려왔다.

"여기계셨군요, 사형!"

"무슨 일이냐, 천일?"

"큰일났어요. 지금 창선 사형이 정명 사형을……."

말이 끝나기도 전에 무영은 벌떡 몸을 일으켰다.

이것들이 드디어 일을 벌이는구나.

이상하게도 무영은 예전처럼 심장이 덜컥 내려앉는다기보 다는 묘한 흥분감 마저 느끼고 있었다. 마치 벼르고 벼르던 사냥감이 덫에 걸려들었을 때의 기분이랄까?

"어디냐?"

"비천각 뒤쪽의 숲 속입니다. 지금 정명 사형이……."

천일은 말을 마저 잇지 못했다. 자신이 있는 천운루에는 아무도 존재하지 않았다. 그는 지금까지 자신이 무영과 대화를 나누었던 것인지조차도 의심스러웠다.

항상 무영은 그런 존재였다. 대화를 하고도 함께 대화를 했었던가 하고 생각하게 되는 존재. 옆에 있어도 옆에 있었던가 하고 생각하게 되는 존재. 있어도 없는 듯한 존재이면서, 없다가도 어느 순간 같이 있는 존재가 무영이었다.

어쨌든 천일은 무영이 달려갔을 비천각의 뒤편 숲을 향해 뛰었다.

무영의 주위로 배경이 빠르게 지나쳐 갔다. 그의 발이 지상을 박찰 때마다 그는 놀라운 속도로 앞으로 쏘아져 나갔다.

만약 곤륜파의 도인 중 아무라도 그의 모습을 보았다면 벌어진 입을 다물지 못했으리라. 무영이 사용하고 있는 경공술은 다름 아닌 비룡축전(飛龍逐電)이었던 것이다.

물론 곤륜의 대표 경공이라고 할 수 있는 운룡대구식(雲龍大九式)에 비하자면 다소 낮은 수준이라고 할 수 있지만, 비룡축전 역시 한낱 어린 속가제자가 시전하기에는 엄두도 못 낼

고난도의 기술이 틀림없었다.

하지만 현재 문파 내에는 소수의 장로와 각주만이 남아 있었기에 숲을 통해 달려가는 무영을 본 사람은 아무도 없었다. 무영도 그 사실을 알고 있었기에 마음껏 발을 놀려 숲을 달렸다.

한참을 달리던 그는 전방에 무언가 보이자 서서히 속도를 늦추었다. 찾고 있던 창선 일당과 정명이 숲 한쪽에 모여 있었다.

"그만…… 내려주세요."

어찌된 일인지 발목이 밧줄로 묶인 채 나뭇가지에 거꾸로 매달린 정명은 가늘게 떨리는 목소리로 말했다. 거꾸로 매달려서 대롱대롱 흔들리는 정명은 윗옷마저 벗겨져 있었다. 그리고 무엇에 얻어맞은 듯 여기저기에 시퍼렇게 멍까지 들어 있었다.

"크큭. 정명 사형, 꼬락서니가 너무 웃기잖아요. 사형으로서의 체통은 다 어디 간 겁니까? 크큭."

창위는 더 이상 못 참겠다는 듯이 웃음을 뱉어냈다. 그런 치욕 속에서 정명은 곧 울음이라도 터뜨릴 표정이었다.

"이건 너무하잖아. 그만 내려달란 말이야."

그러자 창선이 팔짱을 끼고 나섰다.

"이봐, 정명. 나는 공정하게 심판했어. 너와 창길이 검술 시합을 해서 네가 이겼다면 지금 창길이 너처럼 거꾸로 매달렸을 거야.”

“시합에서 진다고 이렇게 한다는 말은 없었잖아요. 그냥 가볍게 검술 시합을 하면 어제 일은 넘어가겠다고…….”

“그랬지. 하지만 그냥 하면 재미없으니까 진 사람이 약간의 벌칙을 받기로 한 거고. 지금 그걸 하는 중이지. 킬킬.”

“하, 하지만 사제들 앞에서 이건 너무하지 않습니까, 창선 사형.”

정명이 눈동자를 촉촉하게 적시며 말하자, 창길이 피식 웃으며 한 걸음 나섰다.

“꼴에 사형 행세는 하고 싶은가 봅니다? 어떤 편법도 쓰지 않고 정정당당하게 겨룬 검술 시합에서 복날 개 맞듯이 얻어맞고도 사형체면은 살아 있나 보지요?”

“크크큭.”

창길의 말에 창위는 다시 웃음을 터뜨렸다.

정명은 이를 악다물었지만 그것 외에 달리 할 수 있는 것이 없었다.

언제까지 이 치욕을 견뎌야 할까? 벌써 한 식경 가까이 이렇게 거꾸로 매달려 있었다. 오늘 해가 완전히 저물고 나면 치욕이 끝날까? 아닐 것이다. 앞으로 곤륜을 떠나는 날까지는 이들 앞에서 온갖 수치를 겪어야 할 것이다.

정명이 참담한 심정을 곱씹고 있을 때, 마침 구세주와도 같은 목소리가 울렸다.

"그래서 네 녀석은 감히 사형을 복날 개 패듯이 패놓고도 그렇게 히죽거리고 있는 것이냐?"

갑자기 불쑥 튀어나온 격노한 음성에 창선 일당은 화들짝 놀라 몸을 돌렸다. 하지만 그들은 곧 무영을 알아보고는 입꼬리를 치켜 올렸다.

"어? 이건 뭐야. 무영 사형이 아닙니까?"

창위는 어깨를 으쓱이며 말했다.

'어? 이건 뭐야? 아주 막 나가기로 작정을 했군.'

무영은 지그시 입술을 씹으며 걸음을 옮겼다. 그런 그를 보며 창선이 히죽거렸다.

"언제부터 쥐새끼처럼 숨어서 지켜보고 있었던 거냐? 남자라면 떳떳하게 나왔어야지."

"사형께서 감각이 둔하신 거지요. 전 아까부터 뒤에서 쭉 지켜보고 있었습니다."

"뭐라?"

창선의 눈썹이 꿈틀거렸다. 오늘은 어쩐지 평소와 다르게 무영의 반항심이 더해진 듯하다. 예전부터 있는 듯 없는 듯한 무영이 기분 나빴던 그로서는 오히려 건수가 생긴 셈이었다. 창선은 주먹을 쥐고 우두둑 소리를 내며 말했다.

"네 녀석 입버릇이 고약하구나. 아무래도 천운각에서 반성하는 것만으로는 부족할 듯싶다."

"제가 보기에는 제 입버릇보다는 창위와 창길의 주둥아리가 더 고약합니다. 매일같이 따라다니는 누구를 보고 배운 탓인지 너무 버르장머리가 없는 것 같습니다.”

창선은 눈을 동그랗게 뜨고 무영을 노려보았다.

'저 자식이 미친 걸까? 감히 무공도 약해 빠진 것이 내 앞에서 얼마나 얻어터지려고 저리 입방정을 떠는 것일까?

창선의 주먹이 바들바들 떨렸지만 무영은 개의치 않는 듯 저벅저벅 걸어갔다. 그리고 거꾸로 매달린 정명을 풀어주었다.

결국 창선의 분노가 터지고 말았다.

“네 이놈! 네 녀석이 정작 미친 게로구나!”

퍼억!

순식간에 창선은 창길의 목검을 빼앗더니 무영의 복부를 가격했다. 갑자기 시작된 공격에 무영은 미처 방어도 하지 못하고 그대로 고꾸라졌다.

“크윽!”

“나는 예전부터 네놈이 기분 나빴다. 있는 듯 없는 듯 주위를 배회하는 네 녀석의 희미한 존재감이 항상 거슬렸단 말이다!”

퍽퍽퍽!

창선의 손에 쥐어진 목검은 사정없이 무영의 등과 어깨로 떨어졌다. 검법이고 나발이고 없었다. 그저 짐승을 때려잡듯이 본능적인 분노만 휘둘러댔다.

“무영아!”

정명이 기겁을 하고 달려가려 했지만, 그 순간 무영이 손을 들어 그를 제지했다. 정신없이 맞는 순간에도 무영의 머릿속은 빠르게 돌아가고 있었다.

‘오늘은 문파 내에 남은 사람도 몇 없고, 평소에 날 지켜보시던 백부님의 기척도 느껴지지 않는다. 이런 날이라면 조금은 문제를 일으켜도 상관없겠지.’

정신없이 떨어지던 목검이 어느 순간 무영의 옆구리를 강타하자, 붉은 피가 입에서 울컥 쏟아져 나왔다.

“커헉! 쿨럭!”

뜻하지 않게 피까지 보이자, 뒤에서 이죽거리며 지켜만 보던 창위와 창길은 얼른 창선을 만류했다.

“사형, 좀 심한 게 아닐까요?”

“피를 토했습니다.”

창선도 조금은 당황했는지 목검을 거두고 뒤로 몇 걸음 물러섰다. 하지만 여전히 눈을 매섭게 치뜨고 소리쳤다.

“오늘 너는 사형을 업신여긴 대가로 벌을 받은 것이다. 물론 이 사실을 윗분들께 고자질한다면 너와 나는 함께 벌을 받겠지. 하지만 그 뒤에 있을 너와 나 사이를 생각한다면 그런 경솔한 행동을 하지 않을 것이라고 생각한다. 알아들었으면 썩 꺼져라!”

“……습니다.”

무영은 주춤주춤 일어나며 뭐라고 입을 열었다. 창선이 눈살을 찌푸리고 되물었다.

"뭐라고?"

"못 알아들었습니다."

"뭣이!"

창선은 눈을 부릅뜨고 무영을 노려보았다.

하지만 다음 순간 그는 그 자리에 얼어붙은 듯 꼼짝을 하지 못했다. 무영의 두 눈은 칠흑처럼 어두웠다. 너무 어두워서 그 눈을 바라보는 것만으로도 자신이 암흑에 갇혀버릴 것처럼 갑갑했다.

"뭐, 뭐냐? 그 눈은!"

무영은 입가의 피를 슥 닦아내며 말했다.

"창선, 널 개로 만들어주마."

"뭐?"

아주 짧은 순간, 창선의 눈썹이 경악으로 꿈틀한 그 순간.

가만히 서 있던 무영이 몸을 천천히 틀더니 순간 출렁이듯 흔들렸다. 그리고 눈앞에서 사라졌다.

"헛!"

깜짝 놀란 창선은 주위를 두리번거렸다. 놀란 것은 창위와 창길도 마찬가지였다. 그들이 뒤를 돌아보고 무영을 찾을 때, 다시 앞쪽에서 목소리가 들려왔다.

"누굴 그리 찾는가?"

"저, 저 녀석이……."

창선은 다시 앞에 나타난 무영을 보고 이를 갈았다.

무영의 행동을 온전히 볼 수는 없었지만 녀석의 경신법이 어떤 것인지는 확실히 알 수 있었다. 몸을 뒤틀어 그 탄력을 이용해 순식간에 이동하는 기술인 금리도천파(金鯉倒千波).

하지만 느긋하게 상대의 경신법을 감상하고 있을 여유 따위는 없었다. 무영의 손에 들린 물건을 확인한 창선은 금방이라도 두 눈알이 뒤집힐 듯했다.

"너, 너 이 녀석! 내 비단주머니를!"

그제야 옆에 있던 창위와 창길도 무슨 일이 일어난 것인지 알 수 있었다. 바로 이틀 전, 사부님이 창선에게 맡기고 간 금띠의 비단주머니가 어느새 무영의 손에 들려 있었던 것이다.

'하지만 어째서? 분명 허리춤에 단단히 매듭지어 놓았을 텐데?'

아무리 상대가 빠른 몸놀림이었다고 하더라도 매듭지어 놓은 것을 저리도 빨리 풀 수 있단 말인가? 게다가 사부님께서 맡긴 물건을 저리 쉽게 풀 수 있을 만큼 대충 묶어놓을 창선도 아니지 않은가!

그런 중에 무영이 차갑게 웃었다.

"꽤나 중요한 것인가 보군. 그런데 그렇게 허리춤에 덜렁덜렁 달고 다녀서야 되겠나? 품에 꼭꼭 숨겨두어도 모자랄 판에."

“이, 이 녀석! 네 녀석이 결국 핏줄을 못 속이는구나! 그동 안 어떻게 참고 지냈는지 모르겠다마는 결국 네놈도 도벽이 도진 게로구나!”

“여전히 자신의 잘못 따위는 뉘우치지 못하는군.”

무영이 차갑게 비웃자 창선의 두 눈에 시뻘겋도록 핏발이 섰다.

한편 한쪽에서 상황을 지켜만 보고 있던 정명은 턱을 달달 떨었다. 도대체 무영은 어쩌자고 저런 무모한 짓을 저지르는 것일까? 만에 하나 창선 일당이 자경 사숙에게 오늘 일을 고 자질이라도 한다면 무영의 앞날은 어찌 될지 모른다.

그럼에도 불구하고 무영의 도발은 계속됐다.

“그럼 이건 내가 접수하겠다.”

무영은 몸을 돌리고 달리기 시작했다.

“이 미친 새끼! 거기서!”

창선이 뒤를 잇고, 창위와 창길도 새파랗게 질린 얼굴로 따 라갔다. 도대체 무슨 일이 벌어지고 있는 것인지 그들로서는 짐작도 가지 않았다.

네 사람이 그 자리를 떠나고 정명도 얼른 몸을 챙길 때, 뒤 늦게야 천일이 이쪽으로 달려오고 있었다.

*　　　*　　　*

현재 곤륜은 여러모로 분주한 사정이 있었다.

강호에서 뇌룡진인(雷龍眞人)이라는 별호로 불리는 곤륜의 문주 허관무는 현 무림맹주인데, 며칠 후면 맹의 회동으로 인해 각 파의 대표들이 이곳을 찾기로 되어 있었던 것이다.

때문에 장문인 허관무를 비롯해 여러 장로들과 호법(護法)들은 손님 맞을 준비로 인해 잠시 문파를 떠나 있는 상태였다. 그리고 문파 내에 남은 소수의 장로들과 각주들은 그들 나름대로 손님맞이를 위해 분주한 하루를 보내고 있었다.

모두들 자신의 거처나 관할 구역에 틀어박혀 업무에 바쁘다보니 오히려 곤륜은 썰렁할 정도로 사람 구경하기가 힘들었다.

그런데 단 한 곳이 예외였다.

평소에는 사람들이 잘 찾지도 않는 천운루가 바로 그랬다. 까마득한 낭떠러지가 보이는 천운각 뒤편의 마당에는 여섯이나 되는 도인들이 모여 있었다.

그리고 그들 중 다섯 명이 단 한 명을 바라보며 잔뜩 긴장한 표정을 짓고 있었다.

"너, 무, 무슨 짓이냐? 정말 돌아버린 게냐?"

더듬거리며 말을 뱉는 사람은 다름 아닌 창선이었다. 그는 한 걸음 한 걸음 천천히 옮기며 한껏 긴장된 목소리를 끄집어냈다. 그가 떨리는 눈동자로 바라보는 곳에는 무영이 천운루 바위 끝에서 팔짱을 낀 채로 꼿꼿하게 서 있었다.

"겁도 없이 잘도 다가오는구나."

무영은 차갑게 일갈하면서 오른팔을 쭉 펼쳤다. 그의 오른손 끝에는 비단주머니가 금띠에 매달린 채 대롱거리고 있었다. 절벽 아래에서 불어오는 사나운 바람결에 따라 비단주머니는 금방이라도 날아가 버릴 듯 위태롭게 흔들렸다.

창선의 눈동자도 그만큼이나 위태롭게 흔들렸다.

"안 돼! 미친 자식, 뭐하는 짓이야!"

"아직도 상황 파악이 안되나 보군."

무영은 히죽 웃으며 엄지와 검지로 금띠를 아슬아슬하게 잡고는 나머지 손가락을 펼쳤다. 그러자 가는 금띠에 매달린 비단주머니가 더욱 아찔하게 흔들렸다.

이제는 창선뿐만 아니라 창위, 창길 그리고 정명과 천일까지 입이 바짝바짝 타들어가는 것만 같았다.

저 주머니가 어떤 주머니인가? 곤륜의 1대 제자인 자경이 장문인께 꼭 전해야 한다고 맡긴 물건이 아니던가. 그런데 무영은 아무 거리낌도 없이 지금 비단주머니를 벼랑 밖으로 내밀고 있는 것이다.

정명과 천일은 이 숨 막히는 대치 상태를 보는 것만으로도 심장이 잔뜩 옥죄어져 오는 것만 같았다.

헌데 창선은 오죽하랴.

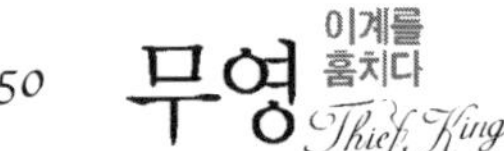

“너, 너, 너! 가, 가만 있어!”

창선이 한 걸음 움직였다.

“걸음을 가볍게 놀리지 말라!”

무영의 천둥 같은 목소리에 창선은 화들짝 놀라며 결국 뒤로 서너 걸음을 물러나 버렸다. 이마와 목덜미는 물론 등줄기에서도 식은땀이 줄줄 흘러내리고 있었다. 바람이 이리도 세차게 부는데 끈적끈적한 땀은 식을 줄을 몰랐다.

‘저 미친놈 때문에……’

창선은 속으로 이를 갈며 눈빛을 번득였다. 하지만 그것도 잠시, 비단주머니가 바람결에 흔들릴 때마다 그의 심장은 콩알처럼 오그라들었다.

“조, 좋다! 지금이라도 네 녀석이 그런 멍청한 짓을 그만두고 바위에서 내려온다면, 이 모든 것을 없었던 일로 해주겠다!”

“호오, 거래를 하자는 건가?”

무영은 눈이 가늘어지면서 재미있다는 듯 웃었다. 창선은 마른 침을 한 번 꿀꺽 삼키고는 재차 입을 열었다.

“그, 그래. 그 비단주머니를 내게 넘겨주기만 하면 오늘 일을 사부님께도 고하지 않을뿐더러, 앞으로 널 다시는 건드리지 않으마.”

물론 거짓말이다.

만약 이 말이 통해서 무영이 비단주머니를 넘겨주기만 한다면 창선은 그 길로 무영을 반 죽도록 팰 생각이었다. 그리고 당당하게 자신의 사부에게 그간 있었던 일을 말하고 무영을 파문시킬 생각이었다.

물론, 자신도 비단주머니를 소홀히 한 대가로 벌을 받겠지만, 어쨌든 그 희생으로 무영을 영원히 쫓아버릴 수 있다면 그것으로 대만족이었다.

'저 녀석이 내 말을 믿어만 준다면.'

창선은 손바닥에서 잔뜩 배어나오는 땀을 닦기 위해 바짓단을 문질렀다. 천운루에서 이렇게 대치하고 있는 일 다경에 가까운 시간이 마치 한 시진처럼 느껴질 정도였다.

"흐음."

무영은 얕은 신음을 흘렸다.

아주 가벼운 반응이었지만 창선은 온몸의 마디마디마다 찌릿한 전율이 훑고 지나가는 듯했다.

'저 녀석 고민 중인가? 설마 정말로 비단주머니를 떨어뜨릴 생각은 없을 것이다. 만약 그리했다가는 파문정도로 이 일이 끝나지는 않을 것이다. 저 비단주머니의 가치에 따라 나와 저 녀석은 생사를 오갈지도 모른다. 그런 만큼 녀석도 그리 쉽게 비단주머니를 떨어뜨릴 생각은 없겠지.'

창선은 속으로 생각하며 벼랑 아래를 힐끔 내려다보았다.

까마득하다. 여기서 저 가볍디가벼운 비단 주머니를 놓기라도 한다면 절대 찾을 수 없으리라.

'하지만 너는 절대로 그 비단주머니를 버리지 못한다! 왜냐하면 너의 목숨이 걸린 것일지도 모르니까! 지금 너는 그것이 유일한 생명줄이다. 그 비단주머니를 놓는 순간, 넌 죽는 것이다.'

시간이 조금씩 지나면서 창선의 머리가 차츰 이성적으로 돌기 시작했다. 이제 그가 두려워하는 것은 단 하나. 만에 하나라도 무영이 실수를 해서 비단주머니를 놓치는 경우다. 그럴 경우에 자신이 무영을 죽여 버리는 것은 문제가 아니다. 자신이 죽는다.

무영은 마치 그 생각을 읽기라도 한 듯 비단주머니를 빙글 잡아 돌렸다.

"헉!"

창선뿐만 아니라 다른 도인들 모두 헛바람을 집어삼키며 몸을 움찔 떨었다. 창선이 무의식적으로 앞으로 걸어 나가자 무영의 날카로운 외침이 또 한 번 터졌다.

"걸음을 함부로 놀리지 말라 했다!"

"제, 제길!"

창선은 다시 입술을 깨물며 뒤로 후다닥 물러났다.

그런 창선을 보며 무영은 호탕하게 웃음을 날렸다.

"하하하. 마치 뼈다귀를 보고 달라붙는 개 같구나."

창선은 이마에 핏대가 섰지만 가까스로 마음을 다스리며

말했다.

"내 제안을 생각해 보았느냐? 거래가 성립된다면 나는 정말 너에게 아무런 죄도 묻지 않을뿐더러 앞으로 널 곤륜의 도인으로서 존중하겠다."

"개소리."

"뭣!"

창선을 비롯한 다른 사람들 모두 눈을 동그랗게 떴다. 무영의 눈빛은 암흑에 물들었고, 입술에서는 차디찬 말만 쏟아져 나왔다.

"역시 개라서 개소리만 하는구나."

"너, 너 이 녀석! 도대체 이 상황에서 어쩌자는!"

"창선! 내가 네 녀석 말을 믿을 것 같아? 너는 지금 세 치 혀로 지나온 너의 삶을 부정하려드는 건가? 네놈이 개라는 걸 뻔히 알면서도 내가 속을 것이라고 생각하나?"

창선은 주먹을 꾹 말아 쥐고 몸을 떨었다. 어차피 놈이 완전히 믿지 않을 것이라는 것은 어느 정도 짐작했다.

하지만 궁지에 몰린 인간이라면 가능성이 없을 확률에도 기대를 가지기 마련 아닌가! 지금 무영이 자신의 말에 조금이라도 희망을 가지지 않는다면 도대체 어쩌겠다는 것인가!

창선은 답답함을 못 이겨 결국 성난 목소리를 뱉었다.

"하지만 네 녀석이라도 그 비단주머니를 버리진 못할 것이다! 그걸 버리는 순간, 너는 생명의 끈을 놓는 것이야!"

"하하하. 이제 조금은 상황을 파악하나 보군. 그래, 네 녀석의 말이 틀림없지. 하지만 한 가지 사실을 잊고 있나 보군. 이 비단주머니에는 나의 생명뿐만 아니라, 네놈의 생명도 같이 얹혀 있다는 걸 말이다."

"그걸 지금 말이라고……."

창선은 말을 잇지 못했다. 아주 잠깐 생기가 돌던 무영의 눈동자가 다시 암흑처럼 어두워진 것이다. 어떤 감정도, 기대도 가지지 않은 완전한 무(無)를 담고 있는 눈빛. 그저 모든 계산과 확률을 철저하게 삼자의 태도로 관조하는 듯한 이질적인 눈빛.

"너, 너. 정말로 그걸 떨어뜨릴 생각인 거냐? 설마?"

"못할 것도 없지."

무영은 대답과 함께 비단주머니를 가볍게 던졌다가 받았다. 벼랑 밖으로 내밀어진 비단주머니가 허공에 떠올랐다가 다시 무영의 손에 잡히는 순간까지, 모여 있던 도인들이 일시에 숨을 멈춘 것은 말할 필요도 없으리라.

그 순간 창선은 심장을 바닥에 털썩 떨어뜨렸다가 도로 주워 담은 기분이었다. 그는 불길한 생각이 들었다. 무영의 어둡고도 공허한 눈동자를 본 순간, '저 녀석은 떨어뜨리고도 남을 놈이다'라는 불길하기 짝이 없는 생각이 스쳤다.

"제, 제발 그걸 내려놔라. 그걸 떨어뜨려서 네게도 좋을 것은 없지 않느냐?"

"그렇지. 내게도 좋을 것은 없지. 하지만 네가 말한 거래를 수용해서 좋을 것도 없지. 어차피 네 말을 듣는 순간, 너는 나를 가만두지 않을 테니까."

"도, 도대체 내가 어떻게 하면 되겠느냐?"

이렇게 되자 무영은 다소 여유로운 표정을 짓고 웃었다. 이토록 간 큰 짓을 저질러 놓고도 저리 천진하게 웃는 것을 보니 다른 사람들은 어이가 없을 정도였다.

"네놈이 말했듯이 나는 도둑과 도박사의 가문에서 태어난 자식이다. 이건 거래가 아니라 도박이다. 알겠나?"

"무, 무슨?"

"거래는 양자가 공평해야 하는 법이지. 꼭 공평하지는 않아도 주는 게 있고 받는 게 있어야 거래가 성사되는 법이다. 하지만 도박은 다르다. 도박은 둘 중 하나다. 이기든지, 지든지!"

말을 마친 무영은 여유로운 미소를 지었다. 현재 벼랑 밖으로 내밀어진 팔 길이만큼 그의 목숨도 간당간당한 상태였다. 만약 상대가 자신의 도박에 응하지 않는다면, 경우의 수는 둘 중 하나였다. 비단주머니를 버리고 창선과 함께 죽든지, 아니면 비단주머니를 돌려주고 죽을 만큼 맞든지.

평소라면 무게조차 느껴지지 않을 비단주머니가 지금은 팔이 저릴 만큼 무거웠다.

 무영 이계를 훔치다 Thief King

그럼에도 무영은 어쩐지 즐거웠다.

자신이 질 수도 있는 도박. 그 위험한 도박에 한쪽 팔을 불쑥 내밀고 있으면서도 전신을 음습해 오는 짜릿한 쾌감은 이루 말로 표현할 수가 없었다.

태산 같은 침묵이 한참을 눌러앉아 있다가 창선의 희미한 목소리에 슬그머니 물러갔다.

"그럼…… 내게 어쩌라는 것이냐?"

"개가 되거라."

"뭣이!"

창선은 불끈 주먹을 쥐고 한 걸음 나섰다. 하지만 곧 세찬 바람결에 휘날리는 비단주머니를 보자 더 이상 발걸음이 떨어지지 않았다.

"자, 어디 한번 도박을 걸어 보지 그래? 네가 날 공격하면 내가 정말 사생결단의 각오로 이 비단주머니를 놓고 말 것인가, 아니면 끝내 놓지 못하고 네가 이길 것인가? 아니면, 안전하게 네가 개가 될 것인가!"

"크윽. 이 자식!"

"어느 쪽이든지 확률은 있지. 내가 이 비단주머니를 정말 떨어뜨릴 수도 있고, 아니면 그럴 용기도 없으면서 속으로는 초조하게 네가 그걸 눈치 채지 못하길 바라고 있을지도 모른다."

말을 마친 무영은 히죽 웃었다.

그 웃음이 창선에게는 분노보다는 두려움을 자극하게 만들었다. 그로서도 헷갈렸다. 과연 저 녀석은 정말 비단주머니를 날려버릴 수 있을까? 그 정도 배짱이 있을까?

하지만 만약 진짜로 비단주머니를 떨어뜨리기라도 한다면? 그때는 모든 것이 끝이다. 가볍게 날아가는 비단주머니처럼 자신의 목숨도 그렇게 날아가 버릴지도 모른다.

창선은 그 정도의 각오는 되어 있지 않았다. 그의 도포는 어느새 땀으로 축축하게 젖어버렸다. 오늘은 날씨가 너무 덥다.

호흡이 곤란할 정도로 덥다. 제기랄…….

털썩!

뒤에 서 있던 창위와 창길은 깜짝 놀라서 창선을 바라보았다. 뿐만 아니라 옆에서 가슴 졸이며 지켜보던 정명과 천일조차도 눈을 휘둥그레 뜨고 창선을 보았다.

힘없이 무릎을 꿇어버린 창선은 다음에는 양손을 바닥에 짚었다. 그야말로 개다운 자세로 바닥에 엎드려 버렸다.

고개를 숙인 채 창선은 악다문 잇새로 뭔가에 잔뜩 억눌린 목소리를 비실비실 흘려냈다.

"됐나? 네 말대로 개처럼 엎드렸으니 속이 후련한가?"

바위를 밟고 꼿꼿하게 선 무영의 입가에 천천히 미소가 걸렸다. 이제는 정명과 천일에게조차도 그 미소가 섬뜩하게 느껴질 정도였다. 무영은 천천히 고개를 저었다.

무영 이계를 훔치다
Thief King

"안 돼지, 안 돼. 그 정도라면 오늘 일을 네가 자경 사숙께 고자질을 할지도 모르잖아? 좀 더 성의를 보여라. 너 같은 개새끼가 어디 가서 말도 못하도록 말이다."

"크윽."

창선이 손바닥을 말아 쥐자, 모래가 한 움큼 잡혔다. 이 모래를 뿌리고 녀석을 친다면? 안 된다. 만에 하나 실수라도 범하는 날에는 비단주머니가 날아가 버릴 테고, 그랬다가는 자신의 목숨은 저 무영과 함께 한 줌 재가 될지도 모를 일.

창선에게는 도박사의 피가 흐르지 않았다. 그런 그에게 조금 전과 같은 생각은 지극히 위험한 발상이었다.

그때 다시 무영의 담담한 목소리가 귓가를 자극했다.

"옷을 벗어라."

"뭐라고!"

창선은 벌떡 일어서며 벼락같이 외쳤다. 그러자 무영은 피식 실소하며 비단주머니를 흔들어 보였다.

"못하겠다면 같이 죽지 뭐."

"너 이 자식!"

"개새끼가 사람 옷을 쳐 입고 당연하다는 듯 기고 있는 게 꼴 보기 싫어서 말이지."

'차라리 저 자식을 죽여 버리고, 나도 죽어버릴까?'

순간 창선의 머릿속에 이런 소리가 메아리쳤지만, 결국 선택은 본능보다 이성이었다. 단 한 번 개가 되자. 그럼 언젠가는 기회가 있을 것이다. 단 한 번만 개가 되자!

창선은 눈을 질끈 감고 도포를 풀기 시작했다. 윗옷을 벗고 바지를 벗어내자 곧 실오라기 하나 걸치지 않은 알몸이 되었다.

뒤에 서 있던 창위와 창길은 새파랗다 못해 허옇게 질린 얼굴로 불쑥 끼어들었다.

"무, 무영 사형! 이건 너무하지 않습니까?"

"그, 그래요. 아무리 그래도 이건 아닙니다!"

무영의 눈길이 두 사람에게 향했다. 창위, 창길이 주춤거리고 물러서자 그는 싸늘하게 입을 열었다.

"너희 두 녀석은 정명을 복날의 개 취급하지 않았나? 나는 창선을 너희들이 했던 것과 똑같이 대할 뿐이다. 그러고 보니 너희들은 아직 아무 일도 하지 않아 심심하겠군. 기다려라. 곧 너희들이 할 일도 정해줄 테니."

결국 두 사람은 아까보다 더욱 사색이 돼서는 그 자리에 힘없이 주저앉았다.

한편, 옷을 모두 벗어버린 창선은 다시 개처럼 엎드렸다. 알몸의 거구가 개처럼 엎드린 모습이란 그야말로 꼴사나울 수밖에 없었다. 지켜보던 정명과 천일조차도 눈길을 다른 곳으로 돌려버렸지만, 무영은 여전히 흥미롭다는 듯 지켜보았다.

“좋아. 지금부터 일 다경 동안 너는 개가 된다. 물론 시키는 대로 하지 않으면 시간을 늘릴 수밖에 없어. 개새끼야, 짖어봐.”

“크윽!”

“오랫동안 개가 되고 싶은가 보군?”

“머…… 멍.”

“거참, 바람 소리 때문에 개 짖는 소리가 안 들리는군. 좀 더 시간을 늘려야…….”

결국 창선은 눈을 질끈 감고 소리쳤다.

“멍! 멍멍! 멍!”

“호오, 말을 좀 듣는 개로군.”

엎드려 있는 창선의 눈동자에 불길이 이글거리고 타올랐다.

‘오늘의 이 치욕을 참는 이유는 단 하나다. 언젠가는 네 녀석을 내 손으로 죽이기 위해서다!

다시 무영의 명령이 이어졌다.

“기어 다니면서 짖어라.”

“멍멍! 멍!”

창선이 기어 다니며 짖기 시작했다. 천운각 뒤뜰을 두 바퀴 정도 돌았을 때, 무영은 다시 창위와 창길에게 명령을 내렸다.

“너희 둘은 저 말 안 듣는 똥개의 엉덩이를 걷어차라.”

“사, 사형!”

“무영 사형!”

두 사람이 기겁을 하고 소리치자 무영은 차갑게 비웃었다.

“언제부터 너희들이 나를 그리 절실히 사형 취급했었지? 너희를 개 취급 안하는 것만으로도 다행으로 여기고, 어서 저 개새끼의 엉덩이를 세차게 걷어차도록!”

결국 창위와 창길은 몸을 가늘게 떨며 걸음을 옮겼다. 그리고 창선의 눈치를 보며 엉덩이를 슬쩍 걷어찼다. 하지만 누가 보아도 조심조심하는 것이 빤히 보이는 행동이다. 이를 놓칠 무영이 아니다.

“사람이 언제부터 개새끼 눈치를 본 거지? 아무래도 저 짐승이 개라는 것을 인식시키려면 일 다경 정도가 더 흘러야겠군. 시간을 그만큼 추가하겠다.”

이쯤 되자 창위와 창길도 몹시 곤혹스러운 표정을 지었다. 결국 두 사람은 개처럼 엎드려 있는 창선에게 허리를 꾸벅 숙였다.

“죄송합니다, 창선 사형!”

“용서하십시오!”

미리 사죄를 표한 두 사람은 창선의 엉덩이를 마구 걷어차기 시작했다. 창선이 이를 악다물고 참자, 무영이 이죽거렸다.

“개가 맞으면서도 소리를 참는 건 또 처음 보는군. 다시 일

다경 추가.”

“깨갱! 깽깽!”

창선은 사제들의 발길질이 계속 될 때마다 개처럼 움찔거리며 짖어댔다. 무영이 흡족한 듯 웃고는 말했다.

“후훗, 그래야지. 창위, 창길은 발길질을 멈추고 개를 이리 끌고 와. 목줄이 없으니 머리채를 잡고 오면 되겠군.”

두 사람이 창선의 머리채를 잡고 끌고 오자 무영은 한쪽 발을 슬쩍 들어 올렸다. 그 와중에도 창선 일당은 무영이 혹시나 넘어져서 비단주머니를 놓치지 않을까 노심초사했다.

무영은 들어 올린 발을 불쑥 내밀며 말했다.

“개새끼야, 핥아라.”

창선은 개처럼 헐떡이며 거침없이 무영의 신발 바닥부터 핥아대기 시작했다.

정명과 천일은 그저 천운각 뒷문에 등을 기댄 채 입을 딱 벌리고 그 광경을 멍하니 지켜볼 뿐이었다.

무영은 이겼다. 생사를 걸어야 할지도 모를 이번 도박에서 그는 창선에게 이긴 것이다. 이 정도면 창선 일당도 어디 가서 입도 뻥긋하지 못하리라. 사형이 옷을 벗고 사제 앞에 무릎을 꿇은 것도 모자라 개처럼 걷어차이며 신발 바닥을 핥아대다니.

치욕의 시간은 길게 이어졌다.

창선의 작은 망설임이 있을 때마다 시간은 일 다경씩 추가

되어서 약 한 시진 동안 치욕을 이어갈 수밖에 없었다. 그리고 그 시간을 다 채우고 나서야 그는 무영으로부터 비단주머니를 건네받을 수 있었다.

무영은 발가벗은 채 바들바들 떨고 있는 창선을 보며 비단주머니를 건네기 전에 확실하게 못을 박았다.

"오늘 일에 대해 앙심을 품었다간 너는 더한 치욕을 받을 것이다. 오늘 일이 알려진다면 누가 가장 손해를 볼지 생각해 보는 것이 좋을 거야. 아무리 네가 개새끼라지만 그 정도 머리는 있겠지? 게다가 이쪽은 나를 포함해 증인이 세 명이나 있거든. 네가 개라는 걸 증명할 증인이 말이야."

"멍멍!"

"좋아. 그럼 비단주머니를 약속대로 돌려주지."

무영은 벼랑 끝으로 내밀고 있던 비단주머니를 거두어들였다. 사실 한 시진하고도 한 식경 남짓 동안 바람 부는 벼랑에 팔을 내밀고 있는 것도 힘든 일이었다. 하지만 매일같이 물을 길어오며 체력을 유지했던 무영은 그리 피곤함을 느끼지 못했다.

무영은 엎드려서 혀를 빼물고 있는 창선의 입에 비단주머니를 물려주었다. 그리고 몸을 바짝 숙이고 나직하게 말을 전했다.

"한 가지 비밀을 알려줄까?"

"……?"

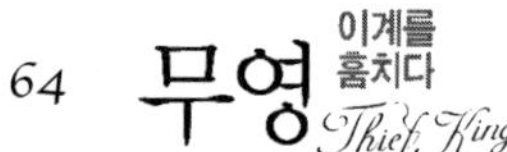

"사실 나도 이 비단주머니를 떨어뜨릴 생각은 없었어. 하찮은 보복 때문에 목숨을 버릴 정도로 멍청하진 않거든. 사실 그걸 눈치 챌 까봐 꽤 조마조마했지. 뭐, 그만큼 짜릿한 재미도 있었지만 말이야. 어쨌든 난데없이 개 한 마리가 생겨서 나도 즐거웠다."

무영은 허리를 펴며 창선의 머리를 쓰다듬었다. 그리고 한쪽 구석에 서서 지켜보던 정명과 천일을 데리고 천운각의 뒤뜰을 빠져나갔다.

"차, 창선 사형."

그제야 창위가 얼른 옷을 챙겨와 창선의 어깨에 걸쳐 주었다. 창선은 아직까지 개처럼 엎드린 자세에서 꼼짝을 하지 않았다. 그는 고개를 들지 않았지만 울지도 않았다. 대신 가슴으로 무수한 피눈물을 꿀꺽꿀꺽 삼키고 있었다.

무영이 이곳을 떠나기 전에 했던 마지막 말이 그의 명치를 사정없이 후벼 파는 듯했다.

'사실 나도 이 비단주머니를 떨어뜨릴 생각은 없었어. 생각은 없었어. 없었어……'

자신이 이길 수 있었다. 무영이 비단주머니를 떨어뜨리지 못할 것이라는 것에 도박을 걸었다면 자신은 이겼을 것이다. 하지만 배짱에서 졌다. 심리전에서 그가 무영에게 꺾이는 순간, 죽음 못지않은 치욕을 감당해야 했다.

사제들의 부축을 받고 일어선 창선의 눈동자는 퀭하고 어두웠다.

 '내 반드시 이 녀석에게 복수하고 말리라. 오늘 일을 평생 후회하도록 만들겠다.'

 무영 이계를 훔치다
Thief King

CHAPTER 3

생애 첫 도둑질

창선 일당과 한바탕 소동이 있고 나서 무영은 평화로운 일 상을 보냈다. 전처럼 걸핏하면 창선 일당이 찾아와서 시비를 거는 일도 없었고, 일부러 그들의 눈치를 살피며 피해 다니는 일도 없었다.

오히려 창선 일당이 무영을 피하는 것인지 사흘 동안은 그 들의 그림자조차도 구경할 수 없었다.

때문에 무영으로서는 은근히 한 번쯤 그들을 만나고 싶은 마음까지 들 정도였다.

무영과 정명은 자주 어울렸지만 창선에 대한 이야기는 거 의 하지 않았다. 괜히 입방정을 떨었다가 그 일이 알려지면 그들로서도 좋을 것이 없었다.

대신 무공에 대한 이야기를 나누었는데, 주로 무영이 정명에게 경공술을 가르쳐 주는 식이었다.

"여기서 이렇게 발을 차듯이 뻗어내는 거지."

휘리릭!

"너 정말 빠르구나?"

무영이 정명에게 가벼운 경공술을 시범적으로 펼쳐 보이자, 정명은 입을 쩍 벌리고 찬탄했다. 사실 무영의 경공술을 지난번 창선 일당과의 소동 이후 처음 본 그로서는 적지 않게 놀랄 수밖에 없었다. 지금까지 줄곧 정명은 무영의 무공 실력이 자신과 비슷한 수준일 것이라고 짐작했던 것이다.

그러나 무영은 뒤통수를 긁적이며 손을 내저었다.

"경공술을 제외한 다른 무공은 내세울 만한 게 못 돼."

"그래? 그건 왜 그렇지?"

"나도 잘 모르겠어. 과거에 이 문제로 백부님께 여쭈어 본 적이 있는데, 아마도 내 가문의 영향이 있는가 봐."

"그게 무슨 말이야?"

"자세한 건 나도 잘 모르겠다. 다만 본능적으로 내공을 사용할 때 경공술을 제외한 다른 무공에 쓸 수가 없는가 봐."

"일종의 굳어버린 습관 같은 건가?"

"그럴지도. 자세한 건 나도 몰라."

무영은 머리를 긁적였다.

사실 그로서도 자신이 어째서 다른 무공에는 재능이 없는 것인지 이해가 되지 않았다. 내공이 모이지 않는 것도 아니고, 정명처럼 심성이 나약한 것도 아니었다.

다만 사람을 공격하려고만 하면 저절로 공력이 흩어져 버리곤 했다. 마치 발바닥을 간질이면 웃기 싫어도 저절로 웃음이 터지는 것처럼.

솔직히 오늘 정명에게 보여준 경공술은 아주 간단한 것이었다. 그가 사용할 수 있는 가장 고난도의 경공술은 곤륜의 비기라고도 할 수 있는 비룡축전이었지만, 지금은 어디선가 자신을 지켜보는 백부의 시선을 의식했기 때문에 비교적 수준이 낮은 경공술을 펼친 것이다.

우습게도 비룡축전은 바로 5년 전에 자청 백부가 자신에게 남몰래 전수해준 것이었다. 하지만 무영은 그것이 백부의 시험이라는 것을 단번에 눈치 챌 수 있었다.

비룡축전을 시전하려는 자신을 바라보는 백부의 눈동자에서 어떤 바람을 읽어낼 수 있었던 것이다. 조카에게서 아무런 재능이 나타나지 않기를 바라는 눈빛. 그저 평범한 재능이거나 그보다 못한 재능만 가지고 있기를 바라는 눈빛.

결국 무영은 비룡축전을 시전하는데 실패했다. 아니, 비룡축전을 익히는데 실패한 척했다.

그 당시 백부는 정말이지 무영이 뭔가 대단한 것을 해냈을 때보다도 더 기쁜 것처럼 보였다. 그는 무영의 머리를 쓰다듬어주며 한껏 부드러운 목소리로 말했다.

"영아, 네가 이 경공을 익힐 수 없다하여 실망하지 말거라. 오히려 익히는 것이 이상한 것이다. 사실 큰 아비는 네가 이 경공을 익혀 버릴까봐 노심초사했단다. 조금 비유가 어긋날지 모르지만 과유불급(過猶不及)이라는 말이 있지 않더냐. 재능도 지나치면 모자람만 못한 것이란다. 그리고 오늘 이 경공을 내가 너에게 전수하려고 했다는 것은 아무에게도 말하면 아니 된다."

무영은 고개를 끄덕였고, 백부는 그것으로 흡족해했다.

하지만 무영은 그로부터 정확히 한 달이 지난 후에 비룡축전을 완전히 시전할 수 있었다. 물론 백부의 감시가 없는 곳에서.

'하지만 오늘은 백부께서 지켜보고 계시니 정명에게 비룡축전을 보여줄 수는 없겠어.'

무영은 한껏 흥분해서 떠들어대는 정명을 보며 그리 생각했다.

백부가 어디에 숨어서 지켜보고 있는지 도무지 감을 잡을 수는 없지만, 그 감시의 시선만큼은 확실히 느낄 수 있었다. 어쩌면 이것 또한 가문의 핏줄이기 때문일까? 확실히 무영은 남들보다 타인의 시선에 민감했다. 반대로 타인은 자신의 시선에 무감했다.

무영이 가르쳐준 보법을 한참 따라하던 정명은 다가오더

니 들뜬 목소리로 말했다.

"어느 정도 되는 것 같아!"

"잘됐구나."

"응. 전부 네 덕분이야. 넌 정말 내 스승이나 다름없어."

"너무 추켜세우지 마. 그냥 친구로서 가르쳐 줬을 뿐이야."

무영은 웃으며 손사래를 쳤다.

정명은 그런 무영을 보며 빙긋이 미소 지었다. 속가제자로 곤륜에 들어오고 나서 매일같이 힘든 나날을 보내던 시절, 유일하게 먼저 손을 내밀어준 사람이 바로 무영이었다.

그때도 무영은 언제 다가왔는지도 모르게 불쑥 손을 내밀어 주었다. 그리고 창선 일당에게 얻어맞고 쓰러져 있는 자신을 부축했다. 그 후로 항상 어려운 일이나 힘든 일이 있으면 무영은 소리없이 다가와 도움을 주었다. 희미한 기척과 존재감을 가졌지만, 그래서 오히려 항상 옆에 있는 것만 같은 친구.

정명은 무영의 옆에 앉으며 말했다.

"무영아, 과거 원나라를 세운 몽고족들은 저마다 절친한 친구를 두었다고 하더라. 그 친구에게는 서로 물건을 교환하고 생사를 같이하기로 약속했대."

"그러고 보니 나도 아버지께 들은 것 같아. 그 친구를 '안다' 라고 하던가? 아마 형제라는 뜻이었던 것 같은데."

정명은 고개를 끄덕였다. 그는 사뭇 진지한 표정으로 무영을 돌아보았다. 아주 짧은 순간, 정명의 머릿속이 망설임으로 찼다.

'이런 나를 무영이 받아줄까? 하지만 말해보자.'

정명은 무영의 손을 잡았다.

"네가 괜찮다면 난 너의 안다가 되고 싶어."

무영은 뜬금없는 말에 눈만 동그랗게 떴다.

자신이 이토록 정명에게 존재감을 부각시켰던가?

무영은 잠시 생각에 잠겼다. 생과 사를 함께할 정도로 절친한 친구사이가 된다라.

문득 과거에 아버지께서 하신 말씀이 떠올랐다.

'영아, 이 아비는 세상 모든 것을 훔쳐 보았다. 탐관들의 금은보화는 물론 말과 비단 등, 죽은 것에서 살아 있는 동물까지 다양하게 말이다. 하지만 세상에서 가장 훔치기 어려운 것이 무엇인지 아느냐? 그건 바로 사람의 마음이다. 우정, 사랑, 충성 같은 것은 손재주나 기교로 훔칠 수 있는 것이 아니란다. 오로지 진실된 마음으로만 얻을 수 있는 가장 값진 보물이란다.'

무영은 다시 고개를 돌려 정명을 바라보았다. 그의 초롱초롱한 눈동자가 자신의 입술을 바라보고 있다. 그리고 대답을 기다리고 있다. 언제 어디서 정명이 자신을 이렇게 믿어버린 것인지 알 수 없었다. 하지만 정명은 분명 진실된 마음으로 자신의 마음을 부르고 있다.

 무영 이계를 훔치다 Thief King

‘좋다. 지금까지 어떻게 내가 정명의 마음을 움직인 것인지 알 수 없지만, 지금부터라도 나는 너를 진실로 대하리라. 나의 절친한 친구로.’

“좋아. 지금이 원나라 시대도 아니고, 여기가 몽고도 아니지만 그 ‘안다’ 라는 의미는 나도 좋다고 생각해. 난 이제부터 너의 안다가 되겠어.”

순간 정명의 입이 함박웃음을 머금었다.

“우와, 고마워! 그럼 난 이걸 네게 주겠어.”

정명은 품속에서 뭔가를 꺼냈다. 초승달처럼 부드럽게 휘어있는 단검이었는데, 정교하게 세공된 손잡이만 보아도 보통 물건이 아니라는 것을 단박에 알 수 있었다.

“이건 월검(月劍)이야. 우리 가문에서 전해오는 소중한 검이야. 이걸 너에게 줄게.”

무영은 화들짝 놀라서 소리쳤다.

“무슨 소리야? 그렇게 중요한 거라면 내게 줄 필요없어. 물건이 무슨 의미가 있겠어. 중요한 건 마음이지. 게다가 난…… 너에게 마땅히 줄 것도…….”

“괜찮아. 그리고 난 정말 이걸 너에게 주고 싶어서 그래. 오래전부터 믿을 수 있는 친구가 나타난다면 반드시 이걸 주고 싶었어.”

“하지만.”

망설이는 무영에게 정명은 다짜고짜 월검을 손에 쥐어주

었다. 결국 무영도 어쩔 수 없이 월검을 받아들고 정명에게 고마움을 표현했다. 대신 무영은 목에 걸고 있던 청옥을 정명에게 건넸다. 지금 자신이 정명에게 줄 수 있는 가장 소중한 것은 그게 전부였다.

"너희 집은 부자니까 별거 아닐지 모르겠지만, 내겐 무척 소중한 거야. 이걸 너에게 줄게."

"정말 고마워!"

정명은 청옥 목걸이를 받아들고 뛸 듯이 기뻐했다. 그는 청옥을 보고보고 또 봤다. 가문의 보검과 여인네의 가락지만 한 청옥을 어찌 같은 가치에 놓고 볼 수 있을까? 하지만 정명에게 있어서 그 청옥은 세상의 어떤 금은보화보다도 값진 물건이었다.

무영도 기뻐하는 정명을 보고는 자신이 받은 보검을 들어 보았다. 날카롭게 날이 잘 선 월검.

어쩐지 무영 역시 검을 보고 있자니 세상에서 가장 값진 보물을 살피는 기분이었다.

이날 두 사람은 서로의 안다가 되고 나서 더욱 각별한 사이가 되었다. 그 이후 무영은 자청 백부의 시선이 느껴지지 않을 때마다 어김없이 정명에게 비룡축전을 전수해 주었다.

정명 역시 열심히 배웠다. 심성이 약해 다른 무공에는 조예가 없었지만 어쩐지 경공을 배우는 실력은 꽤 빨랐다. 그렇게 평화로운 시간이 흐르는 동안에도 창선 일당은 오래도록 모습을 드러내지 않았다.

정명은 그저 잘된 일이라고 마냥 즐거워했지만, 무영은 그다지 마음이 편치 못했다. 오래전에 아버지가 하신 말씀이 계속 신경 쓰였기 때문이다.

무영이 어렸을 때, 내기에서 이기고 돌아오는 아버지를 보고 여쭈었던 적이 있다.

"아버지, 어쩌면 그렇게 내기에서 잘 이기세요?"

"허허허. 영아, 내기도 하나의 도박이란다. 도박에 있어서 가장 기본이 되면서도 중요한 것이 무엇인지 아느냐?"

"글쎄요. 그게 뭔가요?"

"절대로 자신의 패를 보여주거나 들켜서는 안 된다는 것이지."

"피이~ 그건 누구나 다 아는 것 아닌가요?"

"허허허, 그렇지. 우리 영이도 알 만큼 쉬운 것이지. 하지만 말이다. 무엇보다 중요한 것은 도박이 끝나고 나서도 그 패를 보여서는 안 된다는 것이야. 물론 말해서도 아니 된다."

"도박이 끝나고 나서도요?"

"그렇지. 자신의 패는 도박이 시작되는 순간 영원히 자신만 아는 비밀이 되어야 한단다."

어린 무영은 고개를 끄덕였다.

지금 무영이 가장 신경 쓰이는 것은 바로 그때 아버지께서 해주신 말씀과 관련된 것이었다.

지난번 창선 일당과의 소동이 있었을 때, 무영은 마지막에 창선에게 자신의 패를 보인 것이나 다름없었다.

자신이 가지고 있던 패. 즉, 비단주머니를 절대 떨어뜨리지 않았을 것이라는 패. 그때는 창선에게 더욱 처절한 좌절감을 심어주기 위해서, 그리고 자신이 더욱 우월감을 가지기 위해서 내보인 패였다.

하지만 지금 무영에게는 그 패로 인해서 오히려 자신이 위기에 처할지도 모른다는 막연한 불안감이 있었다. 이것 또한 도박사로서의 직감일까? 어쨌든 오랫동안 창선이 보이지 않는 것은 그만큼 이길 준비를 하고 있는 것인지도 모른다. 그날 무영의 패를 본 창선은 분명 이길 수도 있었다는 생각을 했을 것이다.

그 막연했던 불안감이 실제로 무영에게 다가온 것은 며칠 지나지 않아서였다.

창선 일당은 생각보다 빨리 무영을 위기로 내몰았다.

*　　　　*　　　　*

쏴아아아.

비가 추적추적 내리는 날 오후.

 무영 이계를 훔치다
Thief King

무영은 천운각부터 시작해서 비천각에 이르기까지 쉴 새도 없이 다리품을 팔았다. 이상하게 어젯밤부터 정명이 보이지 않았던 것이다. 정명의 행방이 묘연해 천일에게 물어보려고 했지만 그 역시 쉽지 않았다. 천일 역시 어디에 틀어박혔는지 도무지 찾을 길이 없었던 것이다.

"정명아! 유정명!"

비천각 뒤뜰에서 소리치는 무영은 벌써 온몸이 비로 흠뻑 젖어 있었다. 보통 때라면 정명이 좀 안보여도 신경 쓰지 않겠지만, 요즘 들어 어쩐지 기분이 좋지 않았다. 게다가 오늘은 음식을 먹던 도중 이유도 없이 젓가락이 부러지지 않았던가. 아버지 같으면 이런 날은 작업도 나가지 않으셨다.

'도대체 어디 있는 거냐, 정명. 무슨 일이 생긴 거야?'

무영은 주위를 두리번거리며 속으로 중얼거렸다. 이토록 돌아다녀도 창선 일당 역시 보이지 않는다는 것이 몹시 불길했다. 게다가 하필 오늘이라니.

짓궂은 날씨 때문에 오늘이 탐탁지 않은 것은 아니었다. 다만 오늘은 바로 각대 문파의 대표들이 곤륜을 찾는 날이었다. 때문에 산 위쪽에 위치한 일곱 채의 건물에는 감히 속가제자 신분인 무영으로서는 얼씬도 할 수 없었다. 평소에도 쉽게 들어갈 수 없는 곳이니 오늘처럼 맹의 회동이 있는 날이면 더욱 상상도 할 수 없다.

만약 정명이 그곳에서 무슨 일이 생긴 거라면 이런 곳에서 백날을 찾아도 헛수고이리라.

비천각의 처마 아래로 가끔씩 어린 도인들이 지나다녔지만 마당에서 비를 맞고 선 무영을 본 사람은 없었다. 평소에도 희미한 존재감과 약한 기척을 가진 무영이었는데, 거기에 비까지 오니 마치 무영은 그곳에 없는 사람처럼 느껴질 정도였다.

그런데 어느 순간 한 사람이 무영을 발견하고는 소리쳤다.

"무영 사형."

처마 아래에서 소리친 사람은 다름 아닌 천일이었다. 고개를 돌린 무영은 반색을 하고는 달려갔다.

"천일이구나! 그렇지 않아도 내 너를 찾고 있었는데, 어디에 있었던 거냐?"

"저야말로 사형을 찾느라 헤맸수다. 도대체 존재감이 느껴져야지 원."

어쩐지 오늘 천일의 말투는 다소 삐뚤어 있었다. 남을 관찰하는데 능한 무영이 그 정도 변화를 놓칠 리 만무했지만, 그리 문제 삼지는 않고 본론을 꺼냈다.

"지금 정명을 찾고 있는데 보이지 않는구나. 어디에 있는지 아느냐?"

"그렇지 않아도 그걸 말해주려고 왔습니다. 따라오슈."

천일이 앞장서서 걷고, 무영이 뒤를 따랐다.

창선과의 한바탕 소동이 있고나서 천일은 무영을 조금 경계하는 듯했다. 그도 그럴 것이 직계제자인 창선을 완전히 개로 만들어 버렸으니 아무리 같은 속가제자더라도 조금은 두려운 마음이 들었으리라.

하지만 어쩐지 지금 천일의 태도는 뭔가 달랐다. 무영은 말없이 천일의 뒤를 쫓으며 생각에 잠겼다. 아버지께서는 사람의 걸음걸이만 보아도 그 사람이 어떤 심리를 가졌는지 알 수 있다 하였다. 무영은 아버지 말씀을 곱씹으며 유심히 천일의 걸음걸이를 살폈다.

발 앞부분이 다소 바깥쪽으로 향한 팔자걸음에 양 어깨는 평소보다 한 치 정도 더 앞뒤로 흔들렸다. 그리고 쓸데없는 동작이 많아졌다. 목을 돌리거나 팔을 돌리거나 하는…….

어쩌면 정명의 일과 관련이 된 것일까?

"천일아, 지금 어디로 가는 것이냐?"

"황룡각으로 갑니다. 이쪽으로 가면 황룡각밖에 더 나오겠습니까?"

"그렇군. 그런데 너 오늘 말투가 좀 거칠구나."

무영이 은근히 날이 선 목소리로 말하자, 천일은 몸을 움찔거렸다. 그리고 곧바로 걸음이 달라졌다. 한 치 정도 더 흔들리던 어깨도, 불필요한 동작도 많이 차분해졌다. 오히려 뭔가에 잔뜩 긴장한 듯 굳은 석상처럼 움직이고 있었다.

‘네 녀석이 뭔가 지은 죄가 있구나.’

무영은 가만히 속으로 짐작했지만 더 이상 입을 열지는 않았다. 어색한 침묵이 지속되는 가운데 잠시 후 두 사람은 황룡각에 도착했다.

황룡각은 주로 1대 혹은 2대 제자들이 모여 회의를 하는 곳으로 사용되었는데, 보통은 비어 있는 경우가 많았다.

그런데 오늘은 예외인 듯했다.

천일은 황룡각의 문을 열고 들어서자마자 후다닥 달려갔다. 그가 달려간 곳에는 덩치가 큰 창선과 그 뒤로 창위, 창길이 서 있었다. 전혀 짐작하지 못했던 것도 아니기에 무영은 슬쩍 눈살을 찌푸리는 것으로 그쳤다.

“천일, 네 녀석이 왜 창선의 개가 된 거냐!”

“네 이놈! 주둥아리가 가볍다!”

창선은 발끈하며 들고 있던 칼끝으로 무영을 가리켰다. 비록 연습용 진검이었지만 날이 날카롭게 선 칼이었기에 충분히 위협이 될 만했다.

하지만 무영은 그 어느 때보다도 차분하게 천일만을 향해 말했다.

“천일, 나는 정명을 찾으려고 했는데 어째서 개가 짖는 곳으로 데려온 것인지 말해주겠나?”

“이놈이 그래도!”

결국 창선은 분을 참지 못하고 검을 찔러 들어갔다. 그러나 무영은 가볍게 몸을 비틀어 창선의 공격을 피했다. 생각보다 빠른 몸놀림에 창선의 눈동자가 잠시 꿈틀거렸치만 이내 다음 공격이 이어졌다. 과연 곤륜의 직계제자다운 훌륭한 검술이었다.

창선이 쓰는 검술은 뇌룡진인 장문인께서 직접 만드신 비룡십팔검(飛龍十八劍)중 일 초와 삼 초였다. 단 두 개의 초식만을 같이 쓰는 것으로도 무영은 위기감을 절실히 느꼈다. 그런데 여기에 창위와 창길마저 검을 뽑아들고 가세를 하자, 무영은 결국 제압당할 수밖에 없었다.

휘익!

"헛."

창선의 검은 무영의 목젖에서 아슬아슬하게 멈추었다. 무영 역시 침을 꿀꺽 삼키고 돌처럼 굳어버릴 수밖에 없었다.

태어나서 처음으로 목이 날아갈 뻔했다. 평소 싫어하고 경멸하던 창선이지만 확실히 무예실력은 인정할 수밖에 없었다.

무영이 움직임을 멈추자, 창위와 창길이 뒤로 다가와 팔을 꺾어 잡고 구속했다. 그제야 창선은 무영의 목에서 칼을 거두고 물러났다.

"후훗, 네놈의 경공 실력은 지난번에 확실히 알 수 있었지. 하지만 공격도 하지 못하면서 언제까지 피할 수만 있을 줄 알았느냐? 기껏 그 따위 경공만을 믿고 네 녀석이 그리도 까분 것이냐?"

"오늘은 어쩐지 개새끼가 신이 났군."

"이 자식!"

짝!

창선은 무영의 뺨을 후려쳤다. 입술이 터지고 찢어진 살갗에서 피가 튀었다. 고개가 홱 돌아갔던 무영은 천천히 시선을 돌려 천일을 노려보았다. 그리고는 움찔 몸을 떠는 천일을 향해 낮게 질문을 던졌다.

"어째서 이런 개새끼랑 같은 수준이 된 거냐?"

"나, 난 어쩔 수 없었어요."

"뭘 말이냐?"

"사, 사형과 정명 사형은 함께 곤륜을 떠나겠지만…… 나, 난 더 오래 남아 있어야 하지 않습니까? 그, 그때 창선 사형을 어떻게 대하겠소. 두 사형이 떠나고 나면 나 혼자 어떻게 창선 사형을 대하냔 말이오."

천일의 대답을 들은 무영은 뒤통수를 얻어맞은 듯 입을 딱 벌리고 아무 말도 할 수 없었다.

천일의 대답은 틀리지 않았다. 자신과 정명은 같은 나이로 같이 입산했으며 둘 모두 약관이 되면 곤륜을 떠날 터였다. 하지만 천일은 달랐다. 나이도 좀 더 어릴뿐더러 자신들보다 늦게 입산했다. 그런 천일이 혼자 남게 되면 필시 창선 일당

무영 이계를 훔치다 Thief King

에게 어떤 짓을 당할지 알 수 없었다.

천일을 챙겼어야 했다.

그에 대한 대비도 했어야 했다. 하지만 자신은 그 패를 챙길 생각조차 하지 못했다.

언젠가 아버지께서 그러지 않으셨던가. 도박사는 항상 최악의 경우가 무엇인지 정확히 알고 도박에 임해야 한다고.

하지만 자신은 그 수를 읽지 못했다.

뒤늦은 정신적 충격을 수습하고 있을 때, 천일의 변명이 계속 이어졌다.

"하, 하지만 창선 사형은 오늘부터 날 곤륜의 도인으로 인정하고 사제로 대해준다고 했단 말이요. 그, 그러니 나로서도 어쩔 수 없는 것입니다. 나를 탓하지 마세요, 무영 사형."

어찌 너를 탓하랴. 내가 저지른 일로 네가 곤란에 처한 거였고, 그로 인해 너는 살 길을 찾은 것일 뿐이리라. 모든 과오는 나로부터 시작된 것이다.

무영은 고개를 떨어뜨려 버렸다. 그 모습을 보는 천일의 마음도 찢어질 듯 아팠지만 다른 수가 없었다. 천일은 그저 앞에 놓여 있는 살아나갈 길을 밟아야 할 뿐이다.

"크흐흐. 이제 알겠느냐? 지금 상황을 알겠냐는 말이다. 천일은 이제 우리와 한 편이 되었단 말이다!"

창선은 검집으로 무영의 복부를 가격했다.

"커헉!"

창위와 창길에게 팔이 붙잡힌 채 복부를 얻어맞은 무영은 붉은 피를 울컥 쏟아냈다.

'제길, 어째서 천일의 입장을 생각하지 못했던가? 결국 창선은 내 약점이 될 수 있었던 그 패를 확실히 잡아버렸다.'

또 한 번 아버지 말씀이 떠올랐다. 사람의 마음을 얻기란 세상의 무엇을 훔치는 것보다도 어려운 것이라는. 결국 무영은 정명의 우정을 얻었지만 그를 곤란하게 만들어 버렸고, 천일을 악당의 손에 넘긴 셈이다.

하지만 이미 엎질러진 물. 자신에게 마음을 준 정명만큼은 구해야 한다. 적어도 정명이 어떤 상황에 처해 있는 것인지, 그의 친구로서, 그의 안다로서 알아야만 한다.

"정명은 어디에 있나?"

"후후. 그 또라이를 챙기고 싶은가 보지?"

"혹시라도 미친개한테 물렸을까 걱정되는군."

"클클. 역시 네 대가리와 다르게 주둥아리는 상황파악을 못하는구나."

퍼억! 퍽!

"크헉!"

다시 창선의 검집이 무영의 몸을 사정없이 구타했다. 한참 동안 무영을 때리던 창선은 식식 숨을 몰아쉬며 웃었다.

"하하하. 꼬락서니 볼 만하구나. 개한테 얻어맞는 기분이 어떠냐?"

"크크크. 네 녀석이 개라는 걸 너도 인정하는구나."

빠악!

이번에는 주먹이 무영의 안면에 그대로 냅다 꽂혔다.

"퉤엣!"

무영은 바닥에 피범벅이 된 침을 뱉어냈다. 얼굴은 퉁퉁 부었고, 사지는 욱신욱신 쑤셔댔다.

상황이 좋지 않다. 확실히 창선은 이번에 이길 수 있는 패를 모두 잡아버린 셈이다. 천일은 창선의 편이 되어버렸고, 정명은 어디에 갇혀 있는지도 모른다.

이런 상황에서는 지난번 창선의 치욕을 사람들에게 떠벌려봐야 신빙성이 전무하다. 그 자리에 함께 있었던 천일도 그 사실을 부정할 것이 뻔하고, 유일하게 증명해 줄 정명이 사라졌으니 무영이 쥐고 있던 패는 모두 소실된 셈이었다.

결국.

"입장이 완전히 바뀌었다."

창선은 히죽 웃었다.

그의 누런 잇새에 고기찌꺼기가 끼어있는 것이 보였다. 평소에도 자주 볼 수 있던 모습이지만 오늘따라 무영은 더욱 심하게 구토증이 밀려온다.

하지만 그건 확실했다. 그의 말대로 입장이 바뀌었다. 창위와 창길에게 팔이 붙잡힌 무영은 물었다.

"원하는 게 뭐냐? 내가 어떻게 하면 되는 것이냐?"

"다를 건 없다. 지난 번 너와의 도박으로 많은 것을 배웠지."

"무슨 소리지?"

"클클클, 정명을 구하고 싶나?"

"원하는 게 뭔지나 말해."

무영의 까칠한 말투에 창선은 오히려 너털웃음을 터뜨렸다.

"크하하하, 역시 판단이 빠르군. 원하는 것? 그건 다시 한 번 하는 거다."

"뭘 말이냐?"

창선은 뚜벅뚜벅 걸어와서 무영의 턱을 들어 올렸다. 그는 이죽거리며 무영의 코앞에서 고기 썩는 냄새를 풍기며 말했다.

"도박, 도박 말이다. 다시 한 번 나와 한판 하지."

"무슨 도박이지?"

"뭐, 쉽게 말하면 도박이라기보다는 내기라고 봐야겠지?"

자꾸 뜸을 들이는 창선의 태도에 무영은 슬슬 부아가 치밀어 올랐다. 하지만 여기서 녀석의 분위기에 말려들어서는 안 된다. 무영이 이를 악다물고 있으니, 창선이 계속해서 말을 이었다.

무영
이계를
훔치다
Thief King

"내가 말한 것을 해내면, 정명을 풀어주겠다. 하지만 해내지 못하면 정명이 어떻게 될지 나도 모른다."

빠득.

무영은 이를 갈았다.

"그게 뭐지?"

"간단해. 너의 특기를 살리면 되는 거다. 바로 도둑질이지."

"뭐?"

무영은 눈을 동그랗게 떴다. 자신의 생각을 완전히 빗나가 버린 것이다. 지난번 자신이 했던 것 마냥 개처럼 짖는 것이 고작일 것이라고 생각했지만 창선이 꾸미는 일은 뭔가 달랐다.

창선은 즐겁다는 투로 말했다.

"물건 하나를 훔치면 되는 거다. 친구를 구하고 싶다면 네 특기를 십분 발휘하는 것이 좋을 거야."

순간 무영의 머릿속에 불길한 생각이 음습해왔다. 그는 조심스럽게 입을 열었다.

"무엇을…… 훔치란 말이냐?"

"뇌룡신검(雷龍神劍)."

"이런 미친 자식!"

"호오, 못한다는 소린가 보군. 그럼 우린 이만 가지, 애들아."

"예, 사형."

창선의 부름에 세 사람은 걸음을 뗐다.

창위와 창길의 구속에서 벗어난 무영은 털썩 주저앉았다. 얼마나 얻어맞았는지 서 있을 힘도 없었다.

하지만 그보다 더 고통스러운 것은 정명을 구할 방도가 막연하다는 것이었다.

만약 이대로 나가서 사부님에게 모든 일을 고한다면? 하지만 누가 자신의 말을 믿을 것인가? 아무런 증거도 증인도 없는 판국에 그 누가 자신의 말을 믿을 것인가?

오히려 자칫해서 직계제자인 창선이 입을 놀렸다가는 정명이 실종된 것이 아니라, 제 발로 곤륜을 떠난 것처럼 처리될 수도 있었다. 그렇게 되면 설상가상으로 정명이 파문당할지도 모른다. 물론 사형을 모함했다는 이유로 자신도 함께.

그렇다면 백부님께 고한다면?

잠시 생각하던 무영은 곧 고개를 가로저을 수밖에 없었다. 그때는 창선도 자경 사숙에게 의지하려고 할 테고, 그렇게 되면 자신이 창선의 비단주머니를 뺏고, 개로 만든 이야기까지 이실직고해야만 한다. 하지만 그랬다가는 무영은 분명히 파문당할 것이고, 백부님에게도 좋지 않은 영향을 줄 것이다.

결국 이 모든 길 중에서 스스로 해결할 수 있는 유일한

길은…….

“잠깐!”

무영이 소리쳤다. 그러자 문을 열고 막 나가려던 창선 일당
은 걸음을 멈추었다. 창선의 기름진 목소리가 들려왔다.

“오호, 왜 그러지? 생각이 바뀌었나?”

“다시 묻겠다. 내가 훔쳐야할 물건이 무엇인가?”

“쿡쿡. 여전히 귀가 어둡군. 다시 한 번 잘 말해줄 테니 잊
어버리지 마라. 크크크. 네가 훔쳐야 할 물건은 바로 뇌룡신
검이다. 운룡각(雲龍閣)에 있는 뇌. 룡. 신. 검.”

우르릉 쾅!

짓궂은 날씨가 기승을 부리며 천둥번개를 울렸다. 마치 무
영의 지금 심정을 밖으로 끄집어내기라도 한 것처럼.

무영은 가만히 이를 갈며 주먹을 움켜쥐었다.

운룡각. 현재 장문인께서 기거하시는 곳이다. 그리고 뇌룡
신검은 장문인이 가장 아끼는 애검(愛劍)이다. 그런데 지금
창선은 자신에게 그 뇌룡신검을 가져오라 하고 있다.

그야말로 창선으로서는 가장 좋은 패를 쥔 셈이었다. 만약
이 절도행각이 누구에게라도 들키는 날에는 무영의 목숨은
보장받지 못하리라. 성공한다고 해도 다시 갖다 놓으려면 위
험이 곱절로 따를 것이다.

게다가 들킨다고 해도 창선에게는 피해가 없을 것이다. 뇌
룡신검을 절도하다가 들킨 속가제자가 무슨 변명을 할 수 있

겠는가.

　사형이 시켜서 했습니다?

　말도 안 되는 소리다. 만에 하나 그 말을 믿는다고 하더라도 사형이 그런 걸 시켰다고 정말 실천하는 정신 나간 사제가 어디 있단 말인가. 게다가 자신은 도둑의 가문에서 태어난 자식이 아닌가.

　어쨌든 이유막론하고 들키는 날에는 모든 게 끝장이다. 또한 성공한다고 하여도 어디 가서 입도 뻥긋 못하리라.

　절도에 성공하고 정명을 구해도 창선이 이기는 도박. 절도에 실패해도 창선이 이기는 도박. 확실히 이번 내기에서는 창선이 이길 수밖에 없는 경우였다.

　하지만 이미 무영은 스스로 저지른 일에 대한 책임을 스스로 지기로 결심했다. 무영은 천천히 자리에서 일어났다.

　"하겠다."

　그의 무거운 목소리에 창선마저 움찔거렸다. 어느 정도 예상은 했었지만 실제로 하겠다는 말을 들으니 전신에 경련이라도 일어난 듯 짜릿짜릿했다.

　만약 무영이 이번 내기에 응하지 않는다면 정명을 계속 숨긴 다음 제 발로 곤륜을 떠난 것처럼 꾸미고 파문시킬 생각이었다. 하지만 이렇게 무영이 직접 나서겠다고 하니, 놀라우면서도 한편 즐거워졌다.

　"크하하하, 좋아. 역시 무영이구나. 감히 뇌룡신검을 훔치겠다는 말이지?"

"한 가지만 확실히 약속해라."

"아아, 정명을 풀어주는 것 말이야? 그건 걱정하지 마라. 약속은 지키마. 너도 짐작하겠지만 우리 목적은 사실 정명보다 네놈이거든."

무영은 고개를 끄덕였다.

그로서도 그건 알고 있었다. 지금 창선의 목표는 자신이다. 정명은 자신을 끌어내기 위한 미끼에 지나지 않는다는 것을 알고 있었다.

하지만 자신이 그들의 뜻대로 움직이지 않으면 그 미끼를 아무 거리낌 없이 짓밟아버릴 것이라는 것도 알기에, 무영은 미끼를 물기로 했다.

그 미끼는 처음으로 우정과 의리를 맹세한 친구니까.

"언제 하면 되지?"

"오늘 밤, 자시 초(子時 初:23~24시)에 해내면 된다."

창선의 들뜬 대답에 무영의 눈썹이 가늘게 꿈틀거렸다.

오늘 밤 자시 초.

각대 문파의 대표들이 운룡각에서 장문인과 함께 대화를 나누는 시간이다. 즉, 창선은 지금 무영을 호랑이가 득실거리는 동굴로 밀어넣고 있는 중이었다. 살아나올 가능성이 전무한 죽음의 동굴로.

하지만 무영은 이미 그 도박을 받아들이기로 결심했다.

"좋다. 오늘 밤 운룡각에 잠입해서 뇌룡신검을 훔쳐 오겠다."

"이히히. 히히히히."

창선은 뭐가 그리도 좋은지 실성한 사람처럼 웃어댔다. 반면 창위, 창길 그리고 천일은 마른 침을 꿀꺽 삼켰다.

*　　　*　　　*

쿠르르룽 쾅!

번개가 치고 천둥이 울렸다. 어둠 속에서 굵은 빗줄기가 세차게 쏟아져 내렸다.

짙은 먹구름 때문에 달빛조차도 구경할 수 없는 밤하늘. 그 아래로 한 인영이 지붕을 밟아가며 날렵하고도 조심스럽게 이동하고 있었다.

바짝 웅크린 몸은 마치 어두운 밤에 녹아 있는 듯했고, 쏟아 붓는 빗줄기에 녹은 듯했다. 그만큼 인영의 몸놀림은 재빠르면서도 쉽게 발견하기 힘들었다.

곤륜의 직계제자들만 드나들 수 있는 일곱 채의 건물. 그 중 여러 가지 비서(秘書)를 관리하고 정리하는 승천각(昇天閣)의 지붕 위를 인영이 재빠르게 달려가고 있었다.

승천각에서 다시 신룡각(神龍閣)으로, 신룡각에서 다시 금안각(金雁閣)으로 흑의 인영은 나는 듯이 옮겨갔다. 그의 경공이 무척이나 감쪽같고 신속했기에 경계를 서고 있던 도인 들 중 아무도 그의 존재를 눈치 챈 자가 없었다.

쏴아아아.

금안각 처마 끝에서 잠시 걸음을 멈춘 인영은 가만히 호흡을 조절했다. 전신에 떨어지는 빗방울 소리와 칠흑처럼 어두운 밤의 공기 그리고 곳곳에서 풍겨오는 예리한 기운들이 그의 감각을 자극했다. 몸에서 허연 김이 스멀스멀 올라왔다. 쏟아지는 비 때문에 차갑게 식은 밤이었지만 그의 몸은 열기로 달아 있었다.

이제 바로 다음 건물로 옮겨가기만 하면 목적한 곳에 도달한다. 인영은 코와 입을 가리고 있던 복면을 살짝 내렸다. 만약 누군가 가려져 있던 그의 얼굴을 보았더라면 대경실색했으리라.

그는 다름 아닌 무영이었던 것이다.

무영은 가만히 눈을 감고 심호흡을 했다. 바로 앞에 있는 건물인 운룡각에는 각 문파의 대표들이 모여서 회의를 하고 있을 것이다. 털끝만 한 실수도 허용되지 않는다. 아직 운룡 각의 지붕을 밟지도 않았는데 예사롭지 않은 기가 뭉클뭉클 전해져 오는 것이 느껴진다.

'망설일수록 생각은 복잡해지고, 생각이 복잡할수록 망설이게 된다. 악순환이다. 어차피 인생은 도박. 이건 내 인생의 작은 도박에 불과하다.'

무영은 가만히 주먹을 움켜쥐었다.

생각이 정리되자 몸은 재빠르게 반응했다.

그는 얼른 복면을 올려 쓰고 주위를 살폈다. 그의 모든 감각을 동원해서 파악된 운룡각 주위의 감시자는 총 15명. 하지만 파악하지 못한 장문인의 호법 등을 포함한다면 대략 30~40명은 되리라. 거기다가 운룡각에서 회의 중인 각 대문파의 초절정 고수들 여럿을 포함한다면 역시 쉬운 일이 아니다. 아니 쉽고 말고를 떠나서 가능한 일이 아니다.

'하지만 해야 한다. 가자!'

무영은 거기서 생각을 끊었다. 망설임이란 끝을 모르는 법. 스스로 먼저 행동하지 않는다면 그 집요한 망설임은 자신의 의지를 끝내 방해할 것이다.

휘리릭!

한 차례 도포자락이 휘날렸다. 하지만 쏟아지는 빗줄기 때문에 그 소리는 빠르게 묻혀 갔다. 그리고 적절한 순간에 운 좋게도 천둥이 울렸다.

우르릉 쾅쾅!

'날씨 한번 고약하군. 발각되기도 전에 번개 맞아 죽겠어.'

무영은 쓴웃음을 지으며 하늘을 힐끔거렸다. 이제 그가 바짝 웅크리고 있는 곳은 운룡각의 지붕 위였다. 그는 얼른 지붕에서 북쪽으로 조심스럽게 걸음을 옮겼다. 기척을 감추어야 한다는 중압감 때문에 전신의 근육이 마비될 정도로 잔뜩 힘이 들어갔다.

역시 절정 고수들이 운룡각에 모여 있는 만큼 지붕 아래에서는 어마어마한 기운이 뭉실뭉실 올라오고 있었다.

운룡각은 크게 두 개의 방으로 나누어지는데, 남쪽을 향한 남방과 북쪽을 향한 북방이었다. 다행히 현재 장문인과 각 대문파가 회의를 하는 곳은 남방이었고, 무영이 훔쳐야 할 뇌룡신검은 북방에 안치되어 있었다.

사사삭.

"후우."

북방의 지붕 위까지 무사히 걸음을 옮긴 무영은 참았던 숨을 비실비실 흘려내며 때를 기다렸다. 이제 가장 중요한 관문을 앞에 두고 있는 셈이었다.

바로 북방의 뒷문을 열고 잠입하는 것.

뒷문에서 조금 떨어진 곳에 세 명의 도인이 경계를 서고 있었지만 아직까지 무영의 존재를 눈치 채지 못한 듯했다. 하지만 만약 무영이 뒷문을 열고 들어가려고 한다면 그들은 눈치챌지도 모른다. 아무리 평소에 존재감이 약한 무영이라지만 섣불리 움직여서 위험을 감수할 수는 없었다.

그래서 무영이 생각한 것이 바로 때를 기다리는 것이다.

번쩍!

어느 순간 먹구름은 또 한 번 빛을 뿜었다. 무영의 고개가 하늘로 휙 돌아갔다. 바로 지금을 기다린 것이다. 소리는 빛의 뒤를 따르는 법.

'좋아, 곧 천둥이 울릴 것이다.'

예상대로 번개의 뒤를 따라 천둥소리가 요란하게 울렸다.

우르르릉 쾅쾅!

'이때다!'

휙!

무영은 날렵하게 몸을 던졌다. 순식간에 바닥에 내려선 그는 천둥소리에 맞춰서 뒷문을 열고 재빠르게 북방 안으로 잠입했다. 그리고 문을 닫는 소리에 맞춰 한참 울부짖던 하늘도 고요히 비만 뿌려댔다.

경계를 서고 있던 도인 중 한 명이 고개를 휙 돌리고는 말했다.

"무슨 소리 못 들었나?"

"소리? 천둥소리라면 실컷 듣고 있는 중이네만."

옆에 있던 다른 도인은 하필 오늘 같은 날에 비가 오는 것이 못마땅한 듯 투덜거렸다. 결국 먼저 말을 꺼냈던 도인은 운룡각의 지붕을 한번 힐끔거리고는 시선을 돌렸다.

한편 운룡각의 북방에 무사히 잠입한 무영은 문짝에 한참을 기대고 있다가 겨우 참고 있던 숨을 놓았다. 만약 조금이라도 늦었더라면 저들에게 발각당하고 말았으리라.

비인지 땀인지 모를 물방울이 그의 이마와 등골에서 끊임

무영 이계를 훔치다
Thief King

없이 흘러내렸다. 무사히 북방에 잠입하는 데는 성공했지만 도저히 움직일 기력이 없었다.

'도둑질이 이토록 심한 체력을 소모하는 것일 줄은 미처 몰랐다. 도대체 아버지는 이런 걸 어떻게 하시는 거지?'

무영은 그런 생각을 하면서도 터질 것처럼 뛰는 심장을 주체할 수가 없었다. 한참이나 호흡을 가다듬고 정신을 수습하자 남방에서 두런두런 나누는 대화 소리가 희미하게 들렸다.

'제기랄. 털끝 하나의 움직임도 조심해야 해. 바깥에서 경계를 서는 자들과 달리 저 남방에 모인 사람들은 모두 괴물이야. 내 기척 따위는 너무도 쉽게 눈치 챌 것이 분명해.'

무영은 주위를 조심스럽게 살펴보고는 엉금엉금 기어갔다. 다리에 힘이 풀렸는지 일어설 기력조차 없었다. 조심스럽게 움직이던 무영은 어느 순간 돌처럼 굳었다.

'저, 저건?'

벽 한쪽에 잘 안치되어 있는 장검. 언젠가 장문인께서 저 검을 허리춤에 차고 있던 것을 보았었다. 바로 장문인의 애검, 뇌룡신검이었다.

'찾았다!'

무영은 주먹을 불끈 쥐고 속으로 쾌재를 불렀다. 목표물이 눈앞에 보이자 조금은 자신감이 붙었다. 자리에서 조심스럽게 일어난 그는 발걸음 소리가 나지 않게 걸으며 뇌룡신검을 향해 다가갔다. 장검을 향해 내뻗는 손이 부들부들 떨렸다.

꿀꺽.

침 삼키는 소리가 너무 컸을까? 아니면 자신도 모르게 발소리를 내버린 것일까? 안에서 두런거리던 목소리 중 하나가 불현듯 날카롭게 튀어나왔다.

"잠깐! 밖에서 무슨 소리 못 들으셨소?"

"무슨 소리를 말이오?"

남방에서 들려오는 목소리에 무영은 그대로 굳은 듯이 멈춰버렸다. 몸을 숨겨야 한다는 생각도, 도망가야 한다는 생각도 하지 못했다. 그저 온몸이 무거운 납덩이로 가득 찬 것처럼 꼼짝할 수 없었다.

잠시 뒤 남방 안에서는 다시 사람들의 두런거리는 목소리가 이어졌다.

"흠, 아무래도 잘못 들었나 봅니다. 이야기를 계속합시다."

"커험. 그럼 계속 이어가겠습니다."

다행히 누군가의 그 말을 끝으로 남방에 모여 있던 고수들의 기운이 아까처럼 평온해졌다.

그럼에도 무영은 한참 동안 움직이지를 못했다. 숨은 한껏 참았고, 심장은 가슴 밖으로 튀어나올 것처럼 쿵쾅거렸다. 심장 소리가 너무 커서 남방에 모인 고수들이 눈치 챌까봐 두려울 정도였다.

얼마나 시간이 흘렀을까?

 무영 이계를 훔치다
Thief King

무영은 운룡각에 잠입한 것을 수백 번은 더 후회하고 나서야 겨우 몸을 움직일 수 있었다.

'망설임은 악순환일 뿐이야.'

무영은 다시 한 번 각오를 되새기며 과감히 손을 뻗었다. 모든 신경은 등 뒤의 남방으로 향하고, 시선은 북문을 주시하고, 손은 뇌룡신검을 들어 올렸다.

쿠르릉 쾅!

천둥소리가 다시 울렸다. 순간 흠칫하던 무영은 이내 천둥소리를 반기며 참고 있던 숨을 일시에 몰아냈다. 그리고 천둥소리가 멈추는 것과 동시에 다시 숨을 여리게 골라냈다.

'이런 곳이 바로 지옥이구나.'

무영의 얼굴에는 땀이 줄줄 흘렀다. 조금 전까지는 그것이 비인지 땀인지 구분되지 않았지만, 지금은 확실히 땀이라는 것을 알 수 있었다.

뇌룡신검을 품에 안은 무영은 조심스럽게 걸음을 옮겼다. 이제 남은 것은 다시 문을 열고 나가는 일. 그러기 위해서는 한 번 더 천둥이 치길 기다려야 했다.

그런데 뒷문을 향해 다가가던 무영은 순간 몸을 움찔거렸다. 남방에서 갑자기 노호성이 터져 나온 것이다.

"도저히 용서할 수가 없는 일이오!"

"진정하세요, 구 장로님. 흥분해서 해결될 문제가 아닙니다."

무슨 일인지 곤륜의 문주이자 무림맹주인 뇌룡진인이 누군가를 부드럽게 달래고 있었다. 하지만 덕분에 무영은 입에 거품을 물고 졸도하기 직전이었다.

'제기랄. 도대체 무슨 일 때문에 사람을 이리 놀라게 하는 거야?'

무영은 이제 겁에 질리다 못해 슬슬 짜증마저 일어났다. 그는 남방에서 새어나오는 희미한 빛을 따라 걸음을 옮겼다.

'어차피 번개가 치고 천둥이 칠 때까지 기다려야 하니, 아주 잠깐만 엿들을까?'

때론 인간의 호기심은 두려움마저 이길 때가 있다.

무영은 대담하게도 당장 나가려던 생각을 바꾸고 남방을 향해 조심스럽게 다가갔다. 그리고 살짝 벌어진 문틈으로 얼굴을 가져갔다.

남방은 북방과 달리 환한 불빛을 품고 있었는데, 모두 아홉 명의 고수들이 모여서 대화를 나누고 있었다.

"나 또한 혈교를 용서할 수는 없소. 그러니 이렇게 오늘 맹을 소집한 것 아니겠소."

제일 먼저 입을 연 사람은 바로 뇌룡진인이었다. 그러자 소림에서 온 것으로 보이는 승려 한 명이 합장을 하더니 입을 열었다.

"무량수불. 벌써 사라진 대협들이 셋이나 됩니다. 가만히 두고 볼 수는 없겠지요."

"해서, 우리가 한 가지 대책을 생각했습니다."

지금 나선 사람은 옷이 헤지고 지저분한 것으로 보아 개방의 장로인 철심이 분명했다. 철심은 몇 년 전에도 곤륜을 찾은 적이 있었기에 무영은 기억하고 있었다.

그의 말에 맹주인 뇌룡진인이 손을 들어 보이며 재촉했다.

"무슨 대책이신지요?"

"혈교에서 사용하는 그 약을 우리가 사용하자는 겁니다. 그 약은 어마어마한 힘을 가지고 있지요. 우리가 그 약의 힘을 빌린다면 오히려 혈교의 뒤통수를 치는 것이 아니겠습니까?"

"하지만 어떻게 우리가 그 약을 사용할 수 있겠습니까? 혈교는 온갖 사술을 사용해서 약을 만들어냈을지 모르지만, 우리는 그런 사술이 없지 않습니까? 게다가 우리가 혈교와 같은 수법을 사용한다면 세상이 비웃지 않겠습니까?"

맹주의 말에 아미산에서 온 듯한 여고수가 나섰다. 외모는 20대 후반으로 보였지만 아마도 실제 나이는 그보다 많고, 내공을 이용해 젊은 모습을 유지하고 있는 듯했다.

"홍! 세상이 비웃는다면 세상이 모르게 처리하면 되지 않겠습니까? 그리고 혈교를 정리하는 대로 우리 또한 그 약들을 사용하지 않고 처분해 버리면 되지 않겠습니까? 이대로 혈교의 횡포를 두고만 볼 수는 없습니다."

"저, 청속 역시 홍화검녀(紅花劍女)께서 하신 말씀에 동의합니다. 우리 무당에서도 혈교는 절대 용서할 수 없다는 것이 결론입니다. 벌써 강호의 인재가 세 분이나 사라졌습니다."

마지막에 말을 꺼낸 사람은 무당에서 온 장로로 도호는 청속이고, 무풍검제(無風劍帝)라는 별호를 가진 고수였다.

무영은 실내를 가만히 들여다보면서 마른침을 삼켰다.

도대체 무슨 이야기들일까? 강호에서 고수들이 세 명이나 사라졌다니? 그리고 혈교의 약이라니? 혹시 혈교에서 먹기만 하면 엄청 강해지는 약이라도 만들어낸 것일까? 그 약을 복용한 혈교 고수들이 정파 고수 세 명을 살해했다면 어느 정도 앞뒤가 맞아 들어가는 것 같았다.

무영이 추리하고 있을 때, 맹주인 뇌룡진인이 무거운 입을 열었다.

"알겠습니다. 여러 대협들의 의견이 그러하시다면 저 또한 뜻을 함께하겠습니다. 하지만 분명한 것은 이 일이 철저하게 비밀리에 진행되어야 한다는 것입니다."

"물론입니다."

여러 사람들이 입을 모아 대답했다. 뇌룡진인은 고개를 끄덕인 다음 말을 이었다.

"그렇다면 이제 방법을 논해보지요. 어떻게 혈교의 약물을 사용하겠다는 겁니까?"

"지난번에 제가 뇌룡진인께 부탁드린 것이 있지요?"

개방의 장로 철심이 꺼낸 말에 뇌룡진인은 비단주머니를 들어보였다. 금띠로 봉해진 고급스러워 보이는 주머니였다.

"이것 말이지요?"

비단주머니를 확인한 무영은 눈을 동그랗게 떴다. 바로 얼마 전에 자신이 창선에게서 빼앗았던 그 주머니였다. 자경 사숙이 장문인께 전해야 한다며 창선에게 맡겼던 그 비단주머니.

비단주머니를 본 다른 문파의 고수들은 눈길을 모으며 물었다.

"저 주머니가 무엇입니까?"

"아, 저 안에는 혈교의 본거지와 내부 지도가 들어 있습니다."

뇌룡진인의 대답에 여러 고수들은 이구동성으로 찬탄했다. 물론 북방에서 몰래 엿보고 있던 무영은 입을 딱 벌리고는 다물 생각도 하지 못했다.

저 물건이 그리도 중요한 것이었단 말인가? 만약 자신이 정말 벼랑 끝에서 놓쳐 버리기라도 했으면 필시 목숨을 잃었으리라.

그때 다시 개방의 장로가 말했다.

"제가 왜 이걸 부탁한 것인지 아십니까?"

"글쎄요."

뇌룡진인은 미간을 좁히고 신음성을 흘리다가 순간 표정

을 꿈틀거렸다. 그리고 여러 고수들을 둘러본 다음 철심에게 시선을 던졌다.

"설마 혈교에?"

"그렇습니다. 혈교의 본거지에 잠입하기 위해서입니다."

모두들 입을 쩍 벌렸다.

밖에서 엿듣고 있던 무영도 마찬가지였다.

'이건 보통 일이 아니다. 나는 지금 듣지 말아야 할 것을 들어버렸다.'

무영은 전신이 가늘게 떨리는 것을 느꼈다. 호흡도 자꾸 비틀어졌다.

때론 아는 것이 독이고, 모르는 것이 약이다.

하지만 지금 무영은 그 독잔을 들이킨 셈이었다.

"저희 개방의 정보에 의하면 달포 정도가 지나면 혈교의 교주가 본거지를 잠시 떠날 것입니다. 그때 혈교에 잠입해서 그 약물을 훔쳐 오는 것입니다. 그리고 우리가 바로 그 약물의 힘을 사용해 혈교를 제압하는 것이지요."

개방 장로의 말에 여러 고수들은 고개를 끄덕였다.

줄곧 밖에서 엿보고 있던 무영은 눈을 떼고 호흡을 가다듬었다. 오늘 내가 여기에 왔다는 것을 후일에도 들켜서는 안 된다. 자칫 이 내용을 엿들었다는 것이 발각되기라도 한다면 모든 게 끝이다. 그러기 위해 당장 먼저 해야 하는 것은 빨리 이곳을 빠져나가는 것이다.

쿠르릉 쾅!

천둥이 쳤다. 무영은 흠칫 몸을 떨었다가 곧 차분하게 자세를 바로잡았다. 벌써 여러 번 천둥이 쳤을 것이다. 하지만 남방을 엿보는데 신경을 집중하다보니 몇 번이나 나갈 수 있는 기회를 놓쳐 버렸다.

'지금이라도 더 이상 엿듣지 말자. 어서 뇌룡신검을 가지고 빠져나가는데 집중해야 해.'

무영은 이를 악다물고 조심스럽게 걸음을 뗐다.

그런데 그 순간.

달칵!

무영이 품에 안고 있던 뇌룡신검에서 아주 작은 마찰음이 터졌다. 그 작은 소리가 무영에게는 천둥치는 소리보다도 컸다.

영원과도 같은 짧은 순간.

'낭패다!'

그 생각과 함께 남방에서 날카로운 외침이 튀어나왔다.

"거기 누구냐!"

콰앙!

휘리릭!

엄청난 소음과 함께 남방을 가로막고 있던 문짝이 부서지며 날아갔다. 동시에 무영은 몸을 날렸다.

남방에 모인 고수들의 시선은 어둠에 쌓인 북방을 더듬었다. 하지만 그들은 아무것도 발견할 수 없었다. 그저 아득한 빗소리만 그들 사이로 비집고 들었다.

"분명 소리를 들었는데."

뇌룡진인은 날카로운 눈초리로 북방의 곳곳을 살피며 중얼거렸다.

"그렇습니다, 맹주님. 저 또한 소리를 들었습니다."

"저도 마찬가지입니다."

고수들은 저마다 의견을 모았다. 그럴수록 그들의 시선은 더욱 날카롭게 북방의 구석구석을 뜯어내듯이 살폈다.

한편 무영은 지금 천장에서 사지를 쫙 벌린 채 아래의 동태를 주시했다. 조금이라도 힘을 풀었다가는 바닥에 떨어지고 말 것이기에 그는 젖 먹던 힘까지 다해서 버티는 중이었다.

'제길, 최악이야. 그나마 문이 부서져 나가는 순간 본능적으로 몸을 날리지 않았다면 지금쯤 발각됐겠지. 하지만 이 상태로 얼마나 버틸지 알 수 없는데.'

이마에서 구슬땀이 흘러내렸다. 땀방울은 미간을 따라서 콧잔등을 타고 다시 흘렀다.

아직도 남방의 고수들은 각자의 기를 최대한 곤두세우고 북방을 살피고 있었다.

호흡 한 번 쉬이 내쉴 수 없는 열악한 상황.

이럴 때 코끝에서 대롱거리는 땀방울이 떨어지기라도 했다가는 단번에 발각될 것이다.

지옥 같은 시간이 흐르고, 결국 개방의 철심이 너털웃음을

 무영 이계를 훔치다 Thief King

날렸다.

"허허허, 아무래도 쥐새끼가 지나갔던 모양입니다."

"그런가 봅니다. 신경 쓰지 말고 마저 대화를 나눕시다."

무당의 장로가 동의하자 뇌룡진인도 고개를 끄덕였다.

"그러지요. 그런데 제가 문작을 날려버렸으니 이거야 원, 뭔가 허전하군요."

"그럼 저 병풍을 쓰는 것이 어떻겠습니까?"

무당의 장로 무풍검제는 말을 꺼내자마자 곧바로 장력을 이용해 병풍을 날려버렸다. 놀랍게도 병풍은 남방과 북방 사이를 정확하게 가로막았다. 그의 놀라운 무공 실력이 이번만큼은 무영에게도 도움이 되었다.

병풍이 남방과 북방 사이를 정확히 가로막은 순간, 무영의 코끝에 매달렸던 땀방울이 바닥으로 떨어졌다.

톡.

지극히 희미한 소리. 그러나 무영에게는 파도치는 소리처럼 사나웠다.

'좋아, 한고비 넘겼다. 이제 기회를 보고 내려가자. 다행히 저 병풍이 가로막고 있으니 어떻게든 될……'

무영의 생각은 마저 이어지지 못했다. 난데없이 뇌룡진인의 날카로운 목소리가 튀어나온 것이다.

"잠깐!"

그와 함께 가로막혀 있던 병풍이 원래 자리로 거짓말처럼 옮겨졌다.

"왜 그러십니까, 맹주님?"

"이 방에 누군가 있소!"

"어찌해서 그런 말씀을?"

순간 무영은 눈앞이 깜깜해졌다.

뇌룡진인은 진노한 목소리로 소리쳤다.

"뇌룡신검이 없어졌소!"

"어떻게 그런!"

철심이 놀라며 벌떡 일어났다. 그는 냉큼 북방으로 달려와서 사방을 둘러보았다.

천장에서 버티고 있던 무영은 이제 정말이지 눈물을 쏟을 것만 같았다. 팔다리는 저려오고 희망이라고는 보이지 않았다.

개방의 장로는 검의 받침대를 살펴보고는 맹주에게 물었다.

"틀림없이 이곳에 뇌룡신검이 있었단 말입니까?"

"내가 거짓말을 하겠소?"

뇌룡진인이 신경질적으로 대답하자 개방의 장로는 더 이상 묻지 않고 다시 주위를 찬찬히 살폈다. 다른 고수들도 긴장하기는 마찬가지였다.

어느 누가 감히 맹의 모임에 잠입할 생각을 했단 말인가? 혈교일까? 그렇다면 엿듣는 것으로도 모자라 감히 맹주의 애검인 뇌룡신검마저 훔쳐 갔다는 말인가? 이는 치욕이다. 비단 곤륜의 치욕이 아니라 정파의 모든 문파를 능멸하는 행위였다.

세심하게 주위를 살펴보던 철심은 문득 미간을 좁혔다. 그의 눈길이 바닥 한쪽에 머물렀다. 좀 더 정확히 말하자면 그는 지금 물방울 하나가 떨어진 자국을 보고 있었다.

그건 바로 무영이 조금 전 흘린 땀방울이었다. 그 순간 무영의 가슴이 철렁 내려앉은 것은 말할 필요도 없으리라.

눈 깜짝할 사이에 철심은 몸을 날렸다.

"거기구나!"

휘리릭!

"헛!"

예상치 못한 공격에 무영은 얼른 몸을 피했다. 하지만 상대는 무림에서도 으뜸으로 꼽는 고수다. 개방의 장로 구철심이 아닌가.

빠악!

"커헙!"

옆구리에 주먹을 맞은 무영은 속절없이 날아가 버렸다.

콰당탕!

가구를 부서뜨리며 날아간 무영이 얼른 일어나서 도망가려고 하자, 이번에는 홍화검녀가 몸을 날리며 달려들었다.

"어딜! 하앗!"

"허업!"

촤앙!

날카로운 검이 뽑아지며 무영의 목덜미에서 정확히 멈추

었다.

꿀꺽.

무영의 침 삼키는 소리가 빗소리를 뚫었다.

여기서 잡히면 끝장이다. 도망가야 한다. 다행히 복면 때문에 얼굴은 모를 것이다. 목숨을 걸어서라도 도망가야 한다.

절체절명의 순간, 뇌룡진인이 호통을 치며 다가왔다.

"네 녀석은 누구냐? 누구기에 감히 겁도 없이 운룡각에 잠입을 했단 말이냐!"

순간, 무영은 대답 대신 있는 힘을 다해 몸을 날렸다.

하지만 이미 팔방에 무림 절정 고수들이 포진해 있는 이상, 어망에서 날뛰는 물고기에 지나지 않는 법.

"건방진 녀석!"

일갈과 함께 무풍검제가 검집 채로 찔러 들어왔다.

"커헉!"

복부를 얻어맞은 무영은 그대로 날아가 남방의 정문을 부수며 마당까지 굴러가 버렸다.

콰당탕!

"헉, 헉!"

쓰러진 무영은 일어날 힘도 없어 한참 숨을 몰아쉬었다. 얼굴과 전신에 차가운 비가 쏟아져 내렸다.

'여기서 쓰러지면 안 된다. 일어나야 해. 일어나야 한다. 저들은 내 얼굴을 보지 못했어. 아직 늦지 않았어.'

 무영 이계를 훔치다
Thief King

무영은 가물가물한 정신을 다잡고 사력을 다해서 몸을 일으켰다. 억수 같이 쏟아지는 비 때문에 눈앞이 제대로 보이지 않았다. 하지만 그는 곧이어 차라리 보지 않는 것이 좋았다는 것을 절감했다.

어느새 마당에는 장문인의 호법들과 비령단(秘令團), 홍룡단(紅龍團)이 대거 밀집한 채 자신을 포위하고 있었다. 그리고 바로 앞에는 각 대문파의 절정 고수들이 무영을 날카롭게 쏘아보고 있었다.

창그랑!

무영은 힘없이 뇌룡신검을 떨어뜨렸다. 그리고 빗속에서 천천히 무릎을 꿇었다.

CHAPTER 4

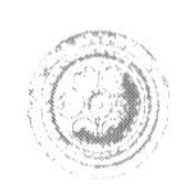

가문의 비기(秘技)

쏴아아아.

차가운 비가 대지를 적신다.

곤륜의 운룡각 앞마당에는 뇌룡진인 장문인을 비롯해 각 대문파의 고수들이 무서운 표정으로 서 있었다. 그들의 전신에서 뿜어지는 어마어마한 기운 때문에 빗방울은 감히 그들의 옷깃조차도 적시지 못했다.

각파 고수들 앞에는 한 복면인이 무릎을 꿇고 있었고, 그 뒤로 호법들과 흑립을 쓴 비령단, 붉은 옷의 홍룡단이 대열을 맞춰 시립해 있었다.

비령단은 곤륜의 비밀 전령단이었기에 항시 운룡각 근처

에 머물러 있는 집단이었고, 홍룡단은 곤륜의 척살대(刺殺隊)인데 오늘은 호법들과 함께 기척을 숨기고 운룡각을 경계하는 임무를 맡았다. 그들은 곤륜에서도 유일하게 오늘의 비밀회합 내용을 알고 있는 자들이었다.

그런데 자객이라니!

비령단과 홍룡단은 도저히 납득되지 않는다는 표정으로 자신들 앞에 무릎 꿇고 있는 복면인의 뒷모습을 바라보았다.

최악의 실수다.

각파 대표들이 모인 운룡각에 자객이 잠입하는 것을 허용해 버렸다. 이 얼마나 멍청하고 수치스러운 일이란 말인가! 어찌 장문인 앞에서 고개를 들 수 있단 말인가!

아니, 복면인의 모습으로 보아 자객은 아닌 듯싶다. 방금 떨어뜨린 저 뇌룡신검을 보건데 어쩌면 좀도둑일지도 모른다. 한낱 좀도둑이 어떻게 호법과 비령단, 홍룡단의 감시를 뚫고 운룡각에 잠입했단 말인가! 곤륜의 수치이자, 장문인께 씻지 못할 죄를 지은 셈이다.

아니나 다를까, 장문인 뇌룡진인은 복면인을 추궁하기도 전에 자신의 식구들에게 먼저 호통을 쳤다.

"이놈들! 대관절 어떻게 경계를 섰기에 운룡각에 좀도둑이 들었단 말이냐! 너희들이 그러고도 곤륜인이라고 할 수 있단 말이냐!"

쩌렁쩌렁 울리는 장문인의 노호성에 시립해 있던 사람들

은 일제히 무릎을 꿇었다.

"죽을죄를 지었습니다!"

"맹의 회의를 이토록 방해할 만큼, 너희 목숨이 그만한 가치가 된다고 생각하느냐! 각 단장은 앞으로 나오너라!"

장문인의 호통에 호법장과 비령단장, 홍룡단장은 신속히 앞으로 나갔다. 비령단장은 쓰고 있던 흑립을 가슴 앞에 들고 나갔는데, 만약 그 모습을 꿇어앉은 무영이 보았다면 아연실색했으리라. 비령단장은 다름 아닌 자청이라는 도호를 쓰는, 무영의 백부 곽진서였다.

세 단장이 나란히 나와 서자 뇌룡진인은 저벅저벅 걸어가더니 따귀를 한 대씩 올려 쳤다.

짝! 짝! 짝!

"못난 것들! 오늘 너희들의 죄는 죽음으로 값을 치러야 할 것이다!"

스릉!

뇌룡진인은 격노한 목소리를 뱉으며 호법장이 차고 있던 칼을 뽑아 들었다. 이쯤 되자 지켜만 보던 각파 고수들이 얼른 나서서 그를 말렸다.

"아미타불. 뇌룡진인께서는 분노를 거두십시오. 어찌 좀도둑 하나 때문에 인재들을 이리도 엄하게 대하십니까? 저 복면인의 신상부터 파악하는 것이 우선입니다."

"현정 대사님의 말씀이 맞습니다. 진인께서는 너무 노하지 마십시오. 경계 임무를 소홀히 한 것에도 어느 정도 책임은 있겠지만 사실 저 좀도둑의 실력이 예사롭지가 않았습니다. 자칫 우리조차 놓칠 뻔하지 않았습니까? 아랫사람들을 너무 나무라지 마십시오.”

개방의 구철심이 소림 현정의 말을 거들고 나서자 뇌룡진인도 가까스로 분노를 억눌렀다.

“에잇! 쓸모없는 것들!”

창그랑!

뇌룡진인은 신경질적으로 호법장의 검을 바닥에 내팽개치고는 몸을 돌렸다.

반면 무릎을 꿇고 빗속에 파묻힌 듯 조용히 있던 무영은 호흡조차 힘겨울 정도였다. 자신을 향해 뻗어오는 호법들과 비령단, 홍룡단의 살기가 등에 가시처럼 박혀왔다. 게다가 앞에서 쏟아져 나오는 고수들의 삼엄한 기운은 무영의 숨통을 옥죄는 듯했다.

처벅. 처벅.

빗물을 밟으며 뇌룡진인이 다가왔다. 그의 뒤로 각파 고수들도 걸음을 옮겨왔다.

“네 녀석은 누구냐! 누구의 명을 받고 겁도 없이 곤륜에 잠입했단 말이냐?”

“……”

무영은 위에서 무겁게 억누르는 살기 때문에 전신을 떨며

 무영 이계를 훔치다 Thief King

아무 말도 할 수 없었다. 뭐라고 대답해야 한단 말인가? 이 상황을 어찌 타개해야 한단 말인가? 방법이 없다. 죽을 수밖에.

한참 대답이 없자 뇌룡진인이 매섭게 소리쳤다.

"여봐라! 이놈의 복면을 당장 벗겨라!"

"옛!"

호법장이 재빠르게 다가와 무영의 복면을 아래로 잡아당겼다.

아직 약관도 지나지 않았을 앳된 얼굴. 눈, 코, 입을 따로 떠올리면 제일 먼저 무심결에 떠올리게 될 정도로 평범하면서 준수한 얼굴. 하지만 그 평범함이 너무 지극해서 잘 기억되지 않을 얼굴이었다.

얼굴을 드러낸 무영은 아무 말도 할 수 없었다. 목숨을 구걸한다고 해서 해결될 상황이 아니다. 어떤 말도, 어떤 생각도 나지 않았다.

무영의 얼굴을 확인한 뇌룡진인은 고개를 갸웃거렸다. 생각보다 너무 어린 것도 의아했지만, 어디선가 본 얼굴이었다. 하지만 잘 기억이 나지 않았다. 누구였더라?

그때.

"영아?"

문득 목소리가 들린 곳은 앞에 시립해 있던 세 명의 단장 중 한 명으로부터였다. 바로 비령단장 자청이 무심결에 목소리를 뱉어낸 것이다. 그는 무영을 확인한 순간 손에 들고 있던 흑립을 힘없이 떨어뜨렸다.

"영아! 네, 네가 여길 어떻게?"

자청의 목소리는 심하게 떨렸다.

이 무슨 경천동지할 일이란 말인가! 어째서 무영이 복면을 쓰고 이런 곳에 무릎 꿇고 있단 말인가! 무영의 놀란 표정을 보며 머릿속이 하얗게 비어갈 때, 뇌룡진인의 날카로운 목소리가 빗속을 뚫었다.

"비령단장! 자네가 아는 아이인가?"

"이 아이는……. 이 아이는……."

뇌룡진인의 미간에 주름이 팍 새겨졌다.

짝!

그가 뺨을 후려치자 겨우 정신을 차린 자청은 고개를 숙이고 즉각 대답했다.

"이 아이는 제가 데리고 온 조카 녀석입니다. 이름은 무영이라고 합니다."

"뭣이? 그럼 어째서 곤륜의 속가제자가 감히 운룡각에 잠입을 했단 말이냐!"

자청이 그 답을 알 리가 없다. 그가 우물쭈물 거리자 뇌룡진인은 다시 눈길을 돌리고 무영에게 소리쳤다.

"네 녀석은 누구의 사주를 받은 것이냐? 이실직고하지 않으면 네 백부마저 위험해질 것이야!"

그제야 무영도 정신을 차리고 이마를 땅에 박았다.

“오늘 일은 백부님과 조금도 관련이 없습니다! 저를 벌하여 주십시오!”

“너는 무슨 일로 운룡각에 잠입을 한 것이더냐!”

무영은 한참 동안 망설였다. 이를 어찌 설명해야 할까? 하지만 여기서 마냥 입을 다물 수도 없는 노릇. 어줍지 않은 거짓말보다는 사실을 고하는 것이 나으리라.

무영은 자신이 잠입하게 된 이유를 모두 털어놓았다. 창선을 개로 만든 그날부터 시작해서 오늘에 이르기까지, 모든 이야기를 빠짐없이 털어놓았다.

이야기를 모두 들은 뇌룡진인은 사나운 표정으로 소리쳤다.

“그 말이 모두 사실이렸다!”

“감히 어느 앞이라고 거짓을 고하겠습니까? 믿어주십시오.”

“크흠.”

뇌룡진인은 잠시 신음을 흘리다가 고개를 돌렸다. 그는 호법들을 향해 소리쳤다.

“너희들은 당장 정명을 찾아내고 사실 여부를 확인하라. 만약 이 녀석의 말이 진실임이 밝혀지면 즉시 창선을 곤륜에서 쫓아내라!”

“존명!”

호법들이 흩어지며 날아갔다.

그러나 아직도 뇌룡진인의 무서운 표정은 쉽게 풀리지 않았다. 지금부터가 중요했다. 사실 무영이 그저 사형제지간의 간 큰 내기 때문에 운룡각에 잠입한 것이라면 그 죄가 중할지언정 목숨을 거둘 정도는 아니다. 하지만 문제는 그것만이 아니다.

뇌룡진인은 다시 무영을 내려다보며 날카롭게 말했다.

"내 너에게 묻겠다."

"하문하십시오!"

"북방에 잠입했을 때, 우리의 이야기를 어디까지 들었느냐?"

"그, 그건……."

무영이 새파랗게 질린 얼굴로 더듬거리자, 장문인 뒤에 서 있던 다른 고수들이 앞 다투어 나섰다.

"어서 사실대로 말하지 못하겠느냐!"

"머리 굴리지 말고 진실을 고하라!"

각파 고수들의 윽박지르는 소리에 무영의 얼굴은 새파랗다 못해 하얗게 질리고 있었다.

'어차피 이들은 내가 잠입한 순간을 대략 짐작할 것이다. 거짓말은 통하지 않을 터.'

무영은 이마를 땅에 박으며 말했다.

"혈교에 잠입해 약물을 빼온다는 사실까지 모두 들었습니다!"

무영 이계를 훔치다
Thief King

순간, 운룡각 앞마당에 모여 있던 모든 사람들의 표정이 딱딱하게 굳었다.

쏴아아아.

빗소리가 무영에게는 죽음의 속삭임처럼 들려왔다. 오늘따라 비가 너무 차갑다.

한편 뇌룡진인은 이미 대답에 상관없이 마음을 굳힌 상태였다. 지금까지 자신이 곤륜을 이끌어온 원칙은 하나였다.

걸림돌은 걷어치운다.

사사로운 정에 이끌려 대사를 망치지 않는다. 아무리 예쁜 조약돌일지언정 발에 걸리는 것은 한 치의 망설임도 없이 모두 가루로 만들며 걸어온 그였다. 하물며 속가제자 따위는…….

"이미 네 목숨은 네 것이 아닐 터!"

뇌룡진인은 바닥에 떨어진 검을 주워 들었다. 그리고 망설임없이 검을 휘둘렀다. 그 순간.

"문주님!"

비령단장 자청이 과감하게도 무영의 앞을 가로막으며 끼어들었다. 그는 이마를 땅에 박으며 소리쳤다.

"감히 문주님께 청이 있습니다!"

"흥! 조카를 살려달라는 따위의 말은 하지도 말아라! 어차피 네 녀석의 죄도 네 조카 못지않다는 것을 알아야 한다!"

뇌룡진인은 일별도 주지 않고 냉랭하게 소리쳤다.

사실 그는 무영을 죽인 다음 곧바로 자청마저 제거할 심산이었다. 원한에 의한 복수가 두렵다기보다는 원한 때문에 맹의 밀담이 세상에 알려질 것을 염려했기 때문이다.

무릎을 꿇고 이마를 땅에 찧은 자청도 이미 그 정도는 짐작하고 있었다. 가끔 명분을 위해서는 사파 못지않게 악랄한 것이 정파가 아니던가. 지금껏 자기가 보아온 문주라면 위험 요소를 제거하기 위해 충분히 일족을 멸할 수도 있으리라.

하지만 우선 무영은 살려놓고 보아야 한다.

자청은 얼른 자신의 생각을 쏟아냈다.

"무영은 저희 가문에서 태어난 도신입니다."

"도신?"

뇌룡진인은 눈살을 찌푸리고 물었다. 어느 정도 관심을 이끄는데 성공하자 자청은 좀 더 자신감을 가지고 말했다.

"그렇습니다. 저희 가문에서 도신이라 함은 도박과 도둑질에 있어서 최고의 경지에 다다를 수 있는 기량을 가진 자를 말합니다."

"흥! 그래서 그 재주를 믿고 오늘 이리도 소란을 피운 것이 아니더냐!"

"죽을죄를 지은 것이 분명합니다! 그렇다면 이번에 혈교에 잠입하는 임무를 이 아이에게 시키는 것이 어떻겠습니까? 무영은 어려서부터 타고난 기척이 약하고 존재감이 희미하기에 이보다 적합한 인물이 또 없을 듯합니다. 조카 녀석의 목숨을 살려주시어 이번 임무를 통해 큰 공을 세우게 해주신다면 그 은혜를 평생 잊지 않을 것입니다!”

“당치도 않는 소리! 이번 일은 임무에 성공하는 것보다도 비밀 유지가 절대적으로 중요한 것이다. 우리 맹이 혈교의 약물을 사용하려고 훔치려한다는 사실이 세상에 알려지면 사파들도 기고만장하여 설칠 것이 분명할 터! 이 아이의 능력이 제아무리 비상하다해도 한낱 속가제자 신분으로서 맹의 밀담을 엿들었으니 살려둘 수는 없다!”

뇌룡진인의 단호한 목소리에 자청은 지그시 입술을 깨물었다. 이대로 일족이 몰살당해야만 하는 걸까?

그때, 뒤에 서 있던 무풍검제가 의미심장한 미소를 띠고 나섰다.

“생각해 보니 그 방안도 괜찮을 듯합니다. 이 아이는 비록 중한 죄를 지었지만 혈교에 잠입하기에 더 없이 좋은 능력을 가진 듯합니다. 오늘 일만 해도 우리조차 이 아이의 존재를 거의 눈치 챌 수 없지 않았습니까?”

그의 말에 홍화검녀가 다가왔다.

“하지만 이 일은 철저히 비밀리에 진행해야 한다는 것을 잊으셨나요? 이 일에 대해서 알려지기라도 한다면…….”

“후훗. 제게 방도가 있습니다.”

무풍검제는 입 꼬리를 말아 올렸다.

그는 뇌룡진인을 불렀다.

"진인께서는 잠시……."

뇌룡진인은 무풍검제의 말뜻을 알아듣고 고개를 끄덕였다. 무풍검제는 각파 고수들과 함께 따로 대화를 나누고 싶어 하는 것이다. 그는 옆에 서 있는 호법장과 홍룡단장에게 명했다.

"이 두 사람을 잘 감시해라."

"존명!"

두 단장이 자청과 무영을 지키는 가운데 뇌룡진인은 무풍검제를 따라 각파 고수들이 모여 있는 처마 아래로 걸어갔다.

자청은 자신들을 소외시키고 대화하는 고수들이 다소 신경 쓰였지만 크게 개의치는 않았다. 무영을 살리는 것이 우선이었다. 그들이 무영을 살리는 것에 대해서 잠시 서로 의견을 나눌 정도로 고심한다는 것은 그나마 희망이 있다는 말이다.

무풍검제를 따라 처마 아래에 들어선 뇌룡진인은 차분한 목소리로 입을 열었다.

"무슨 이야기 때문이오?"

"저 아이를 살려주시는 것이 어떻겠습니까?"

무풍검제가 씩 웃으며 말했다. 뇌룡진인은 이맛살을 구겼다.

"아까도 말했다시피 녀석이 임무를 완수하는 것보다는 비밀이 중요하오. 만약 저 놈을 살려주었다가는 언제 입방정을 떨지 모를 일이 아니겠소. 난 중요한 일에 있어서는 한 치의

 무영 이계를 훔치다 *Thief King*

위험 요소라도 있다면 모두 제거하면서 살아왔소."

"후훗. 하지만 녀석이 지금 죽으나 늦게 죽으나, 우리의 뜻하는 바는 이루지 않겠습니까?"

"그건 또 무슨……."

"이번 혈교 잠입에 저 꼬마를 이용합시다. 그리고 목숨은 그때까지만 연장해 주는 겁니다."

무풍검제의 말에 홍화검녀가 나섰다.

"그 말은 저놈이 임무를 완수하고 나면 그때 처리하자는?"

"그렇지요."

"하지만 그랬다가 앙심을 품을 저 단장과 남은 가족들은 어찌합니까?"

"어차피 저놈이 밀담을 엿들은 이상 그들이 살 방도는 없다고 봅니다. 언제나 모두 좋을 수는 없는 법이지요. 대(大)를 위한 소(小)의 희생은 항상 따르는 법 아니겠습니까?"

무풍검제의 말을 끝으로 다른 고수들도 천천히 고개를 끄덕였다. 어차피 그들 입장에서 무영은 죽을죄를 지은 몸. 정의를 위해 좀 더 살게 하는 것도 나쁘지 않았다. 그리고 운이 좋다면 이번 임무에 비령단과 홍룡단을 투입하는 것보다 효율적일 수도 있다. 그들은 어디까지나 명분을 최우선시하는 자들이다.

"좋소. 여러 대협들의 의견을 수렴하겠소."

뇌룡진인은 고개를 끄덕인 후 발길을 돌렸다.

그는 무릎을 꿇고 엎드려 있는 자청과 무영에게 다가갔다. 그리고 진중한 목소리로 말했다.

"무영의 목숨을 살려주겠다. 앞으로 한 달 후에 무영은 맹을 위해 혈교에 잠입하는 임무를 수행한다. 그동안 자청은 최대한 녀석을 훈련시키도록 하라. 하지만 그동안은 너희 둘 모두 지룡혈(地龍穴)에 갇혀 지내야 할 것이다!"

"감사합니다!"

자청은 다시 이마를 바닥에 찧었다.

지룡혈은 곤륜에서 중죄를 지은 도인이나, 혹은 무림에서 악행을 저지른 사람들을 가두어 두는 일종의 동굴 감옥이었다.

뇌룡진인을 비롯해 각파 고수들이 운룡각으로 들어가자, 시립해 있던 호법들과 홍룡단은 두 사람을 묶어 지룡혈로 끌고 갔다.

*　　　*　　　*

똑. 똑.

일정한 간격으로 떨어지는 물방울 소리는 무영의 심장박동과 꼭 닮았다. 지룡혈 깊숙한 곳에 위치한 감옥 안에서 정좌를 하고 앉은 무영은 언젠가 사부님께 들었던 말씀을 떠올

 무영 이계를 훔치다 Thief King

려 보았다.

'지룡혈에는 항상 일정한 간격으로 떨어지는 물방울이 있단다. 이것은 적당한 습기를 유지해서 동굴 내부가 부식되는 것을 막아줄 뿐만 아니라 내부에 갇혀 있는 자들의 정신 수양에도 큰 영향을 주지.'

사부님의 말씀처럼 정말 지룡혈 어딘가에서 들려오는 이 물방울 소리는 무영의 머리를 맑게 해주고 있었다.

자청과 나란히 한참 동안 정좌의 자세로 앉아 있던 무영은 순간 두 눈을 들어 올렸다.

"백부님, 누군가 오고 있습니다."

"나도 느꼈다. 기척으로 보아 네 또래의 아이겠구나."

무영은 고개를 끄덕였다.

백부의 감지 능력에 내심 탄복하면서도 한편 자신의 잘못으로 인해 그마저 옥중에 갇히게 만든 것이 못내 송구스러웠다.

잠시 후, 창살 너머로 귀에 익은 목소리가 들렸다.

"무영아! 괜찮아?"

"정명이구나?"

무영은 얼른 창살 가까이 다가가 정명을 살폈다. 다친 곳은 보이지 않았지만 무영을 바로 보지 못했다. 그도 그럴 것이 자신 때문에 무영이 이런 곳에 갇혔다고 생각하니 감히 눈을 마주칠 용기가 나지 않았던 것이다.

무영은 그런 정명의 반응에 개의치 않고 질문을 던졌다.

"창선 녀석이 널 어디에 가두었던 거야?"

"창선 사형은 내게 대나무 하나를 입에 물리고 온몸을 묶어서 숲 속에 파묻었었어."

무영은 주먹을 불끈 쥐고 욕지기를 내뱉었다.

"우라질! 그 녀석을 확실히 혼냈어야 하는 건데. 내 생각이 짧았어!"

"미안해, 무영아. 괜히 나 때문에 이렇게 큰일을 당하게 돼서. 정말 미안해."

"아니야. 넌 아무 잘못 없어. 내가 그 녀석을 개로 만드는 바람에 이렇게 된 거지 뭐."

무영은 싱긋 웃으며 말했다. 그의 웃는 얼굴을 보자 정명도 다소 마음이 놓이는 듯했다. 서로 마주 웃다가 문득 무영은 뭔가 떠올랐는지 창살을 움켜쥐고 물었다.

"창선은? 그 개놈은 어떻게 됐지?"

"그게……."

정명이 고개를 숙이고 우물쭈물 거리자 무영은 재촉했다.

"왜 말을 못해? 그 자식은 어떻게 됐냐니까?"

"그게 사실은, 자경 사숙께서 장문인을 설득해 파문은 면했어. 대신 천운각에서 보름 동안 반성하도록 했어."

"뭐야!"

무영은 눈을 부릅뜨고 소리쳤다. 어찌 이럴 수가 있단 말인

 무영 이계를 훔치다 *Thief King*

가! 무예가 뛰어난 직계제자와 도둑가문에서 태어난 별 볼 것 없는 속가제자가 이리도 차별받는단 말인가?

무영은 이를 빠드득 갈면서 주먹을 바르르 떨었다.

이놈이고, 저놈이고 똑같다. 모두 한통속일 뿐.

무영이 가까스로 분을 삭이고 있을 때, 창살 너머에서 지룡혈을 지키는 자현 사숙의 목소리가 들려왔다.

"어이, 이제 그만 돌아가라. 너무 오래 만나고 있으면 내가 곤란하다."

"예, 알겠습니다."

정명은 얼른 고개를 돌려 대답하고는 다시 무영을 보고 말했다.

"너무 속상해 하지 마. 그래도 다시는 창선이 우릴 괴롭히지는 못할 거야. 참, 얼핏 듣기로 한 달 후에 임무를 나간다며? 꼭 성공하고 돌아오길 바랄게. 네가 그 임무에 성공하고 나면 창선도 우리를 더욱 함부로 대하진 못할 테니까."

"그래. 반드시 성공하고 돌아올게."

무영이 대답할 때, 다시 한 번 자현 사숙의 재촉이 이어졌다. 더 이상 시간을 끌 수 없자, 정명은 뒷걸음치며 말했다.

"그럼 그동안 몸 건강하게 지내."

"그래. 찾아와 줘서 고마워."

"무슨 소리야. 이 정도는 당연한 거지. 난 친구인 너를 위해 목숨까지 바칠 각오도 되어 있다고."

"훗."

두 사람은 서로 웃어 보이고는 헤어졌다.

정명이 나가고 나자 뒤쪽에서 정좌하고 있던 자청이 부드러운 목소리로 입을 열었다.

"좋은 친구를 두었구나."

"좋은 친구죠. 다만 우리 둘 다 힘없는 친구 사이라는 것이 안타깝습니다."

"허허허, 친구를 어찌 하나의 잣대로 재려고 하느냐. 자고로 사람이란 하나의 잣대로 가늠할 수 없는 존재란다."

자청은 잠시 호흡을 고르다가 무영을 보며 말했다.

"영아, 오늘부터는 큰 아비가 너에게 가문의 비기를 전해 주마."

"네?"

무영은 순간 입을 벌리고 자신의 백부를 바라보았다. 가문의 비기를 전수해 준다니? 그동안 자신이 아무리 생떼를 쓰고 졸라도 아버지께서는 가문의 비기를 일절 꺼내지 않으셨다. 그것은 큰아버지 자청도 마찬가지였다.

오히려 두 사람은 자신이 가문의 비기를 전수받는 것을 경계하는 것만 같았다. 그런데 이런 옥중에 갇혀서 가문의 비기를 전수해 주겠다니!

자청은 자리에서 일어나며 무영에게 걸어왔다.

"그리 놀랄 필요는 없다. 원래는 네가 약관이 지나면 가문의 비기를 전수해 줄 생각이었다. 하지만 일이 이렇게 틀어졌으니 임무를 완수하기 위해서라도 좀 더 일찍 네게 비기를 전수할 수밖에 없게 되었구나."

"하면, 정말 지금 제게 그 비기를 전수해 주시겠다는 말씀입니까?"

"물론 모든 것을 네게 전수할 수는 없다. 그러기에는 우리에게 시간이 너무 짧다. 대신 이걸 줄 것이다."

자청은 품속에서 낡은 책자를 꺼냈다. 다소 허름한 표지였지만 속은 깔끔하고 때 묻지 않았다. 겉 표지에는 절도신기(竊盜神技)라는 글씨가 선명하게 적혀 있었다.

"이것은 우리 가문에서 대대로 전해져 내려오는 비서의 필사본이다. 내가 보고 옮겨 적은 것이니 비서와 다를 것은 전혀 없을 것이다. 이것을 잘 간직하고 있다가 앞으로 살아가면서 틈틈이 익히도록 해라."

무영은 책자를 받아들고 한참을 들여다보다가 중얼거리듯 대꾸했다.

"하지만 무공도 경공술을 제외하고는 거의 할 수 없는 제가 어찌 가문의 비기를 습득할 수 있겠습니까?"

무영의 물음에 자청은 잠시 너털웃음을 터뜨렸다. 이 아이가 자신의 재능을 각성했다면 어찌 이런 말을 하겠는가? 하지만 그는 무영에게 굳이 무공과 가문의 비기가 다르다는 것을 깨우쳐 주지는 않았다.

때가 되면 자연히 알게 될 터. 오히려 지금 도신이니 뭐니 하는 말을 꺼내는 것은 무영을 더한 위험에 빠뜨릴지도 모른다.

다행히 무영 역시 지난번 자청이 장문인 앞에서 자신을 일컬어 도신이라고 말한 사실에 대해 별다른 의문을 가지지는 않았다. 그저 백부가 자신을 살리고 싶어서 둘러댄 말이겠거니 하고 넘어간 것이다. 앞에 불러 앉혀놓고 한참을 설명해 줘도 의심을 가질 터인데, 그런 상황에서 도신 이야기가 나왔으니 오죽하랴.

자청은 인자한 표정으로 무영의 어깨를 짚었다.

"영아, 실패와 실망은 천지차이니라. 자신에 대한 실패는 하나의 영광스러운 상처로 남지만, 자신에 대한 실망은 시작도 하기 전에 당하는 치욕과 같은 것이다. 실패했다하여 실망하는 자는 다신 고개를 들 수 없으나, 실패를 딛고 올라선 자는 다신 실패를 두려워하지 않는 법이다. 무슨 말인지 알겠느냐?"

무영은 고개를 끄덕였다.

누가 나를 도둑 가문의 자식이라고 멸시한단 말이냐. 아버지와 큰아버지가 이리도 훌륭한 생각을 가지고 계시는데, 누가 뭐라고 한들 그것이 웬 말이냐.

무영은 자신도 모르게 가슴이 벅차오르는 것을 느꼈다. 무공을 익히는데 한 번 실패했다 하여 어찌 자신에게 실망할까?
그것을 딛고 올라서면 그만인 것을.

무영은 절도신기를 품에 챙겨 넣고 나서 대답했다.

"잘 간직하고 있다가 앞으로 살아가면서 필요할 때마다 꺼
내 보고 깨달음을 얻겠습니다."

"옳지. 역시 우리 영이구나. 허허허."

자청은 무영의 양 어깨를 짚고 한참을 웃었다. 그러고 나서
그는 뒤로 서너 걸음 물러난 다음 사뭇 진지한 표정으로 말했
다.

"우리에게 시간이 없으니 너에게 가문의 비기 중 가장 중
요한 것을 전수해 주마."

"가장 중요한 것이요?"

"그래. 가문의 비기는 모두 이 보법을 기초로 하는 것이다.
지금 가르칠 것은 가장 중요하면서도 가장 기본이 되는 것이
다."

"어떤 거죠?"

무영의 질문에 자청은 문득 재미있는 생각이 떠오른 듯 웃
음을 지었다. 그리고 무영에게 손짓했다.

"이리 와서 저걸 한 번 보겠느냐?"

무영은 고개를 갸웃거리고 자청 앞으로 걸어왔다. 그리고
자청이 가리킨 방향을 향해 몸을 돌리고 유심히 살폈다. 하지
만 그가 가리켰던 동굴 한쪽 벽에는 아무런 특징도 없었다.

그저 어느 곳이나 눈길을 두면 볼 수 있는 평범한 동굴의 벽일 뿐이었다.

"뭘 말씀하시는 건지 모르겠습니다."

무영은 중얼거리며 다시 유심히 살폈지만 역시 뭔가를 찾기란 어려웠다. 결국 그는 몸을 돌리고 물었다.

"대관절 뭘 보라고 하신 건지……."

무영은 마저 말을 잇지 못하고 눈을 동그랗게 떴다.

'사라졌다.'

"백부님!"

무영은 버럭 소리치고 다시 몸을 획 돌려 사방을 살폈다. 조금 전까지만 해도 함께 있던 자청이 지금은 그림자조차도 보이지 않았다. 다만 그가 쓰던 흑립만이 죄수들이 사용하는 침상 위에 고이 놓여 있을 뿐이었다.

대관절 어디로 사라졌단 말인가? 조금 전까지만 해도 이곳에 계시던 분이 아닌가!

무영은 냉큼 달려가서 창살문을 흔들어 보았다. 혹시라도 열려 있다면 백부님이 그곳으로 나갔을 확률이 있기 때문이다. 하지만 창살은 굳건히 잠겨 있었다.

"백부님! 백부님! 어디 계십니까?"

하지만 동굴 안에는 무영의 목소리만 메아리칠 뿐, 자청의 대답은 어디에서도 들리지 않았다.

대관절 백부님은 어디로 사라지신 걸까? 땅으로 꺼진 것도

 무영 이계를 훔치다 Thief King

아니고 하늘로 솟은 것도 아니라면 어찌 사람이 이리도 감쪽같이 사라진단 말인가!

무영은 혹시나 해서 다소 넓은 편인 옥내를 이리저리 살폈지만 자청이 숨어 있을 만한 곳은 보이지 않았다. 결국 그가 소란을 떨자 지룡혈 입구를 지키고 있던 자현이 멀찍한 곳까지 들어와 소리쳤다.

"이 녀석아! 왜 그리 시끄러운 게냐?"

"사숙님, 갑자기 백부님이 보이지 않습니다."

무영의 말을 들은 자현은 눈살을 찌푸리고 고개를 갸웃거리더니 헛웃음을 날렸다.

"허참, 별 싱거운 녀석 다 보겠네. 괜히 잔꾀 부리지 말고 얌전히 있어라. 당최 무슨 생각으로 그런 헛소리를 하는 게냐?"

자현은 투덜거리더니 그대로 지룡혈 입구 쪽으로 걸어가 버렸다.

무영은 어이가 없었다. 잔꾀는 무슨 꾀란 말인가? 백부님이 사라졌는데도 저 자현 사숙은 코웃음만 치고 나가 버렸다. 이 무슨 아닌 밤중에 홍두깨란 말인가.

무영은 그대로 철퍼덕 주저앉아 생각에 잠겼다. 자신이 꿈을 꾸고 있었던 것은 아니다. 분명히 조금 전까지 자청은 자신과 함께 대화를 나누고 있었다. 저기 놓여 있는 흑립만 봐도 그건 알 수 있다.

'혹시 장문인이 눈 깜짝할 사이에 백부님을 해한 것일까?

갑자기 그런 생각이 들자 무영은 오한이 스며드는 것만 같아서 양팔을 쓰다듬었다. 백부님이 사라지셨다. 그냥 눈물이 흐를 것 같아 코를 훌쩍였다.

"영아, 어찌 사내자식이 그만한 일로 눈물을 보이느냐?"

"백부님?"

무영은 반색을 하고 몸을 돌렸다. 하지만 역시 옥내에는 아무도 보이지 않았다. 이제는 환청까지 들리는 것일까?

"으아아악! 백부님, 도대체 어디에 계십니까?"

"이 녀석아, 시끄러워서 귀 떨어지겠다!"

생생한 목소리. 이건 분명히 환청이 아니다.

무영은 갑자기 정좌를 하고 마음을 가다듬었다. 그는 심호흡을 하면서 조금 전까지 있었던 일을 되새겨 보았다.

분명 백부님은 자신과 함께 대화를 나누고 있었다. 그것은 꿈도 환상도 아니다. 엄연한 사실이었다. 그리고 자현 사숙이 들어와서 옥내를 살피고는 아무 일도 없다는 듯이 돌아가 버렸다. 오히려 무영을 이상하게 취급했다. 그 말은 곧, 무영에게는 보이지 않지만 자현에게는 자청이 보였다는 것.

"휴우."

무영은 일단 안도의 숨을 깊게 내쉬었다. 그리고 차분한 목소리로 말했다.

"백부님, 장난 그만 하시고 나오세요. 제 뒤에 계신 것 다 알고 있습니다."

무영 이계를 훔치다
Thief King

그러자 다시 형체없는 목소리만 들려왔다.

“녀석, 이제야 눈치 채다니. 그리 느려서야 가업을 어찌 잇겠느냐? 도둑에게 두 번째로 중요한 것이 눈치다.”

“어차피 제게는 별 재능이 없다는 것을 아시지 않습니까?”

“어허, 너는 내 말을 허투루 듣는 모양이구나. 조금 전만 해도 실패와 실망은 다르다 했거늘.”

“네, 알고 있습니다. 적어도 전 제 자신에게 실망하지 않습니다. 그러니 이제 나오세요, 백부님.”

“그럼 어디 나를 찾아보아라.”

무영은 얕게 한숨을 내쉬고는 불현듯 몸을 날렸다.

휘리릭!

그의 도포 자락이 바람결에 세차게 휘날렸다. 무영은 곧바로 몸을 비틀며 바닥에 드러누워 버렸다. 등 뒤에 있는 자를 보려면 등 뒤를 막아버리면 된다.

“음?”

하지만 생각과 달리 자청은 쉽게 모습을 드러내지 않았다. 무영이 잽싸게 고개를 좌우로 돌렸지만 역시 보이지 않았다. 누운 자세로 위를 올려다보고 아래를 내려다보고, 양 옆도 보았지만 헛수고였다. 필시 자청은 무영의 시선이 움직일 때마다 그에 맞춰 몸을 숨기는 것이 분명했다.

결국 무영은 자리를 털고 일어나며 말했다.

“제가 졌습니다, 백부님. 이제 그만 나와 주십시오.”

"껄껄. 항복이로구나."

자청의 손길이 부드럽게 무영의 어깨를 짚었다. 또 언제 사라질까 싶어서 무영이 냉큼 몸을 돌리자 자청이 안면 가득 웃음을 머금고 있었다.

"녀석, 진땀을 흘렸던 게로군."

"백부님, 이런 장난은 두 번 다시 하지 말았으면 합니다. 정말 또 백부님이 사라지셨다가는 정신이 온전치 못할까 두렵습니다."

자청은 무영이 부루퉁하게 내뱉는 소리에 껄껄 웃고는 입을 열었다.

"이게 바로 내가 말했던 가문의 비기 중 가장 기본이 되는 것이니라."

무영은 짐작하고 있었기에 담담히 고개를 끄덕였다. 확실히 무공에서의 은신술이나 경공술과는 달랐다. 자신 뒤에 누군가 있다는 기척을 전혀 눈치 챌 수 없었다. 그야말로 도둑에게는 반드시 필요한 기술이리라.

"그것을 뭐라고 하는 거죠?"

무영의 질문에 자청은 혹립을 주워들며 대꾸했다.

"방금 네게 시전한 것은 고양이가 길을 걸을 때처럼 조용하고 감쪽같다 하여 묘도보법(猫道步法)이라고 한다. 이 묘도보법이 우리 가문의 비기 중 가장 중요한 것이자, 큰 뿌리라고 보면 된다."

"정말 감쪽같았습니다. 저는 정말 백부님이 사라지신 줄만 알았습니다."

"이 묘도보법을 앞으로 남은 기간 동안 네가 익혀야 한다."

"열심히 배우겠습니다. 어떻게 하면 묘도보법을 시전할 수 있죠?"

무영은 대답과 함께 바로 질문을 던졌다.

자청은 그런 조카를 다정스럽게 바라보다가 뒷짐을 지고 걸음을 옮겼다.

"묘도보법은 기본적으로 앞 사람의 뒤를 바짝 따르면서 시행하는 것이다. 앞 사람의 혈의 흐름과 기의 흐름, 그리고 걷는 자세와 보폭을 완벽하게 따라해야 하느니라. 물론 호흡조차도 같아야 할 것이며 어떤 움직임이라도 자신의 몸에 녹일 수 있어야 한다."

무영은 침을 꿀꺽 삼켰다.

자청은 손에 들고 있던 흑립을 매만지며 계속 말을 이었다.

"내가 만약 너의 움직임을 내 몸에 녹일 수 없었다면, 네가 급하게 몸을 틀었을 때 난 발각되었을 것이다. 하지만 너의 모든 움직임을 내 몸에 녹여냈기에 흐르는 물에 떠내려가는 부초처럼 자연스레 흐름에 따라 몸을 감출 수 있었던 것이다."

"그럼 상대의 혈의 흐름과 기의 흐름을 똑같이 흉내 내는 방법은 무엇입니까?"

"후훗, 도둑의 기본이 무엇이냐? 바로 훔치는 것이다."

"그렇다면 백부님께서는 제 혈의 흐름과 기의 흐름을 훔치 셨다는 말씀입니까?"

"그렇다고 볼 수 있지. 좀 전에 내가 너의 양어깨를 짚었을 때, 나는 네 혈의 흐름과 기의 흐름을 훔쳐 냈단다. 또한 호흡 과 보폭의 차이 역시 훔쳐서 내 몸에 녹인 거지."

무영은 천천히 고개를 끄덕였다.

하지만 고개를 끄덕인다고 해서 이해한 것은 아니었다. 단 지 그 방법을 알아냈을 뿐이지 자신이 시행하기에는 너무도 어려운 문제였다. 직접 해보지 않고서 말만 듣고 모든 걸 익 힌다면 어느 누가 힘들여 무공을 연마하고 책을 읽고, 글을 쓰겠는가.

자청도 그런 생각을 하고 있었는지 곧바로 무영에게 다가 와 말했다.

"아무리 들어도 직접 해보지 않고서는 그 방법을 알 수 없 는 법이니라. 자, 이제 실전을 해보자꾸나."

그는 먼저 자현을 불러 양해를 구한 다음 목검 하나를 건네 받았다. 비록 죄수로서 지룡혈에 갇혀 있긴 하지만 자현은 자 청과 나름 친분이 있는 사이였고, 또 무영의 임무 준비를 위 해 필요하다고 둘러대니 그 정도 부탁은 쉽게 들어주었다.

자청은 한 손에 목검을 들고, 다른 한 손은 무영에게 내밀 며 말했다.

"자, 우선은 상대의 기혈의 흐름을 파악하는 것이 중요하니 맥을 짚어 보도록 해라."

"예, 백부님."

무영은 백부의 손목을 잡고 한참 동안 눈을 감고 앉아 있었다. 맥을 짚고 기혈의 흐름을 파악하는 것은 그리 어려운 일이 아니지만 그 흐름을 완전히 기억하는 것은 쉽지 않다. 게다가 그 흐름을 자신의 몸에 녹여서 완벽하게 훔치는 것이라면 더더욱.

"이 녀석아, 하루 종일 맥만 짚을 심산이냐?"

"하지만 아직 완전한 흐름을……."

"됐다. 바로 실전으로 들어가자. 아무리 맥을 오래 짚는다고 해도 묘도보법을 성공할 수 있는 것은 아니다."

자청이 일어서서 몸을 돌리자 무영은 심호흡을 하고는 그 뒤에 바짝 붙어 섰다.

자청은 무영을 등진 상태로 말했다.

"지금부터 내 뒤에서 기척을 숨기고 뒤를 밟아라."

말을 마친 자청이 움직였다. 무영은 자청의 걸음걸이를 보며 같은 너비의 보폭으로 같이 움직이기 시작했다. 자청이 왼쪽으로 몸을 돌리면 곧바로 무영도 왼쪽으로 몸을 돌렸다. 그러다가 걸음을 멈추면 무영도 마찬가지로 걸음을 멈추었다. 그러던 어느 순간,

따악!

"아얏!"

자청의 목검이 매섭게 무영의 오른팔을 내려쳤다. 무영이 외마디 비명을 내지르며 꿇어앉자 자청은 무서운 표정으로 말했다.

"너는 지금 내게 기척을 들켰다. 만약 기척을 들켰다 하더라도 네가 내 움직임을 완전히 녹이고 있었다면 지금 목검에 맞지 않았을 것이다. 일어서서 다시!"

"예, 백부님."

무영은 황급히 일어나며 다시 자청 뒤에 섰다.

자청은 다시 걸음을 옮겼다.

매가 효과가 있었던 걸까? 자청은 자신 뒤에 바짝 붙어 있을 무영의 기척을 느끼기가 힘들었다. 그는 마음속으로 미소 지었다.

'녀석, 한 번 만에 이 정도로 기척을 숨기다니. 역시 도신이 틀림없구나. 장하다. 하지만 이 정도로는 앞으로의 네 삶이 안전하다고 보장할 수 없다. 적어도 여기 있는 동안은 묘도보법만큼은 확실히 익혀야 한다. 그때까지 이 큰아비가 좀 엄하게 대하더라도 너무 서러워하지는 말거라.'

자청은 들리지 않는 소리를 속으로 되뇌었다. 그리고 다음 순간.

따악!

"아야얏!"

다시 목검에 허벅지를 얻어맞은 무영은 주저앉아 버렸다.

 무영 이계를 훔치다
Thief King

자청은 엄한 표정으로 무영을 나무랐다.

"그래서야 어찌 혈교에 잠입을 하겠느냐? 그들은 타인의 기척을 눈치 채는데 아주 능한 인물들이다. 네가 그곳에서 살아남을 방법은 이 묘도보법밖에 없음을 모르느냐!"

"다시 하겠습니다, 백부님."

"그럼 어서 일어나거라."

"예."

결국 하루가 다 지나가도록 지룡혈 내에서는 목검을 휘두르는 소리와 무영의 외마디 비명이 끊이질 않았다.

*　　　*　　　*

그날 밤 무영은 온몸에 멍이 들고 상처가 생겼다. 결국 몸조차 가누기 힘들어 벌러덩 드러누우며 거친 숨을 몰아쉬자, 자청은 목검을 바닥에 내려놓았다.

"하루 종일 묘도보법을 연마하느라 고생이 많았구나. 이렇게 급하게 익힐 수 있는 것이 아닌데도 상당히 실력이 늘었다. 오늘은 묘도보법을 여기까지만 수행하도록 하자꾸나."

자청의 말을 들은 무영은 가까스로 안도의 숨을 내쉴 수 있었다. 하루 종일 목검에 두드려 맞았더니 온몸이 쑤시고 아파왔다. 이제야 좀 쉴 수 있겠구나하고 생각하던 무영은 뒤이어 들려온 자청의 목소리에 하마터면 비명이라도 지를 뻔했다.

"자, 그럼 어서 일어나서 무공을 연마하도록 하자꾸나."

"예엑? 무, 무공이라니요? 방금 전 오늘은 여기까지만 하자고……."

따악!

"으얏!"

눈 깜짝할 사이에 자청은 바닥의 목검을 주워들고 무영의 이마를 때렸다. 무영의 이마는 금세 새빨갛게 부어올랐다.

"이 놈! 아직도 정신을 못 차리는 것이냐! 땀을 많이 흘릴수록 피를 적게 흘린다는 것을 모르느냐! 혈교는 구파일방이 하나로 뭉쳐도 쉽사리 상대키 어려울 만큼 무시할 수 없는 존재이거늘, 어찌 그리 태평하단 말이냐!"

"잘못했습니다. 제 생각이 짧았습니다."

무영은 부어오른 이마를 어루만지며 대답했다. 하지만 무공에 재능이 없는 자신이 과연 잘 해낼 수 있을지 의문스러웠다.

"백부님, 무공에 재능이 없는 제가 과연 가르침을 잘 받을 수 있을지 모르겠습니다."

무영이 조심스럽게 꺼낸 말에 자청도 그제야 너그러운 표정을 지으며 대꾸했다.

"허허허, 그렇지. 네가 무공에 소질이 없다는 것은 나도 알고 있단다. 그래서 내가 가르칠 무공은 그리 대단한 것이 아니다. 다만 혹시라도 네가 위험에 처해질 때 도움이 될까 해서 알려주려고 한다."

"그렇다면 지금 가르쳐 주실 것은 제가 할 수 있는 것입니까?"

"대단한 것은 아니니 충분히 할 수 있으리라 본다."

자청은 대답을 하고 나서 무영의 몸을 잠시 살펴보았다. 그리고 다시 반문했다.

"영아, 네가 무공을 연마하지 못하는 이유가 무엇이냐?"

"이상하게 상대를 공격하려고 하면 절로 공력이 흩어져 버립니다."

"바로 그래서 지금 이 큰아비가 가르치고자 하는 것은 내공이 거의 필요 없는 금나수(擒拿手)와 분근착골수(分筋錯骨手)니라."

자청의 말에 무영은 크게 고개를 끄덕였다.

과연 금나수와 분근착골수라면 해볼 만했다. 자청의 말대로 내공을 쓰지 않고 기술만으로 상대를 일시에 제압할 수 있는 무공이라면 이만한 것도 없을 것이다.

자청의 설명이 이어졌다.

"이미 알겠지만 이 두 무공은 적의 관절과 혈도를 노려서 제압하는 기술이다. 이것들을 익히기 위해서는 무엇보다 신체의 구조를 잘 익히고 관절과 혈도의 위치에 대해서 명확히 알아야 하느니라."

자청은 자신이 입고 있던 검은 도포를 벗었다. 그리고 상체를 드러내고는 각 부위의 중요한 관절과 혈도에 대해서 설명해 주기 시작했다.

따귀를 치면서 턱이 빠지게 한다든지, 악수를 하면서 손목이 빠지게 하는 등의 기본적인 탈골 방법부터, 온몸을 마비시키는 마혈(痲穴)의 종류와 상대를 죽일 수도 있는 사혈(死穴), 그리고 정신을 잃게 만드는 혼혈(魂穴) 등을 빠짐없이 가르쳤다.

이론적인 것을 공부한 다음에는 당연 실습이 따라야 한다. 모든 관절과 혈도를 익힌 무영은 묘도보법을 익힐 때와 마찬가지로 자청을 상대로 금나수와 분근착골수를 시도해야만 했다.

어찌 조카로서 백부의 몸에 손을 댈 수 있을까?

하지만 자청의 표정은 결연했다.

"네가 지금 나를 탈골시키고 점혈하지 않으면, 나는 피눈물을 삼키며 너를 땅에 묻어야 할지도 모른다. 그건 필시 나와 네 아비에게는 죽음보다 더한 고통이 될 터. 망설임없이 덤벼오너라."

자청의 말에 무영은 입술을 꾹 깨물었다. 그리고 한참 만에야 힘겹게 고개를 끄덕였다. 이 정도에 약한 모습을 보여서야 혈교에는 어찌 잠입하겠는가? 무영은 이를 악다물고 자신의 백부를 향해 손을 내질렀다.

팟! 파바밧!

무영은 몸을 어지럽게 움직이며 가만히 서 있는 백부를 향해 손을 뻗었다.

그러나! 결과는 실패였다.

관절을 탈골시키거나 혈도를 점하려고 하면 어김없이 손이 멈칫거렸다. 이것은 무영이 다른 무공을 익힐 때도 비슷하게 나타나는 현상이었다.

내공이 필요 없는 초식만을 이용해서 겨루는 검술 대련에서도 무영은 늘 상대를 공격하기에 앞서 망설이곤 했다. 때문에 남보다 날렵하고 재빠른 움직임에도 불구하고 늘 대련에서 참패를 면치 못했다.

"헉, 헉."

결국 무영은 자청에게 손가락 하나 대지 못한 채 무릎을 짚고 숨을 헐떡였다.

아무리 재능이 없다 해도 어쩌면 이리도 무능하단 말인가! 백부님께서 이리도 신경써 주시는데 왜 이 모양일까?

생각 같아서는 혈도를 앞에 두고 멈칫거리는 자신의 손가락을 댕강 잘라 버리고 싶은 심정이었다. 하지만 어찌된 것인지 자신의 그런 실망스러운 모습에도 자청은 눈을 지그시 감고 뭔가 생각에 잠긴 듯 고요했다.

사실 자청으로서도 어느 정도 짐작하고 있던 현상이기도 했다. 도신이라하면 전적으로 도둑과 도박사의 기질을 타고난 몸. 가문 대대로 사람을 해하지 않고 물건만 훔쳐온 도둑의 기술이 모두 무영의 피에 녹아들었다고 해도 과언이 아니었다. 때문에 무영은 본능적으로 사람을 해하지 못하는 것이다. 아마 그럴 것이다.

그렇다면 혈도를 훔쳐낸다는 기분으로 시도한다면 어떨까? 생각이 정리되자 자청은 눈을 게슴츠레 뜨더니 무영을 돌아보았다.

"영아, 내 앞으로 와서 잠시 눈을 감아 보아라."

"예, 백부님."

무영이 앞으로 다가와서 눈을 감고 서자 자청은 계속 말을 이었다.

"지금부터 내 혈도와 관절 부분에 금가락지가 숨겨져 있다고 생각해 보아라. 그리고 그 금가락지를 훔쳐 낸다는 기분으로 점혈을 하는 것이다. 내가 그런…… 헛!"

갑자기 자청의 목소리가 끊어졌다. 그는 눈을 멀뚱멀뚱 뜬 채 온몸이 고목나무처럼 뻣뻣하게 굳어버렸다.

그리고 바로 앞에서는 무영이 놀란 표정으로 자신의 손끝을 바라보고 있었다.

"배, 백부님! 지, 지금 혈도를 점했어요. 지금 막 백부님의 거골혈(巨骨穴)과 견정혈(肩井穴)을 점했다구요! 우와! 드디어 해내다니! 백부님, 뭐라고 말 좀 해보세요!"

무영은 잔뜩 신이 나서 소리쳤지만 자청은 뻣뻣하게 선 채로 꿈쩍을 하지 않았다. 그러다가 잠시 후 스르르 쓰러지기 시작하자 무영은 얼른 그의 몸을 부축했다. 그제야 무영은 자신의 실수를 깨달았다.

'아! 마혈인 거골혈을 점했으니 움직일 수가 없고, 아혈(啞穴)

인 견정혈을 점했으니 말을 하실 수 없었던 거구나! 이런!

무영은 뒤늦게 점혈을 풀었다.

"푸후!"

"백부님! 괜찮으세요?"

"이 녀석아! 점혈을 했으면 냉큼 풀어주어야 할 것 아니냐? 혼자 신나서 떠들어대고 이 큰아비를 죽일 생각이냐?"

무영은 뒤통수를 긁적이며 송구한 표정을 지으면서도 한편 이렇게 호통 치시는 것을 보니 괜찮은 것 같아 내심 안도했다.

결국 무영은 그날 밤, 잠 한숨 못자고 날이 새도록 금나수 와 분근착골수를 연마할 수밖에 없었다. 그리고 모든 무공이 그렇듯, 자신도 그 무공에 당해봐야 효과를 절감하는 법.

때문에 무영의 온 뼈마디가 자청에게 탈골당했음은 말할 필요도 없으리라.

*　　　*　　　*

하루가 지나고, 일주일이 지나고, 시간은 마냥 흘러갔다.

그만큼 무영의 수련 성과도 빠르게 나타났다. 이제 그는 금 나수와 분근착골수만큼은 완벽하게 전개할 수 있었다.

그리고 처음 묘도보법을 익힐 때는 상대의 기혈을 감지하 고 습관적 행동을 파악하기 위해 한 시진 동안 맥만 짚어야 했던 그였다. 하지만 그 시간이 조금씩 줄어들더니 이제는 상

대의 옷자락만 살짝 스쳐도 기혈의 흐름과 동작을 감지하기
에 이르렀다.

그의 온몸을 구타하던 목검 소리도 차츰 줄어들다가 급기
야 하루가 다 지나도록 목검이 뭔가를 때리는 소리는 들을 수
도 없게 되었다.

오히려 상황은 역전되었다.

"헉, 헉. 이 녀석아, 큰아비를 놀리면 못쓴다. 어서 나오너
라."

사방을 두리번거리던 자청은 숨을 거칠게 몰아쉬며 말을
토했다. 벌써 두 시진 가까이 무영이 모습을 감춰 버린 것이
다. 그렇다고 목소리가 들려온 것도 아니다. 그야말로 사라졌
다는 표현이 딱 어울릴 정도로 감쪽같이 모습을 감춰버렸다.
물론 뒤에 있겠지만 이리도 오랫동안 아주 작은 기척조차 감
지할 수 없으니 정말 정신이 어떻게 될 것만 같았다.

"영아, 넌 큰아비가 미쳐 버려 사람 구실도 못하길 바라는
것이냐?"

"후후후. 백부님도 정말 너무하시는군요. 전에 저를 그렇
게 놀리실 때는 언제고."

"이 녀석, 네가 언제까지 숨을 수 있는지 보자!"

휘리릭! 쉬익!

자청은 몸을 이리저리 날리며 사방으로 목검을 휘둘렀다.
어디에든 있으면 맞을 터! 하지만 손끝에 전해져 오는 타격감

은 전혀 없었다. 한참 동안 옥내를 설치던 자청은 거칠게 숨을 몰아쉬고 철퍼덕 주저앉아 버렸다.

"고얀 것! 큰아비를 놀리다니. 내가 조카 녀석을 잘못 가르쳤구나. 에혀."

자청이 길게 한숨을 내쉬자 그제야 무영은 모습을 드러내고 무릎을 꿇었다.

"백부님, 그런 것이 아닙니다. 죄송합니다. 제가 생각이 짧았습니다."

"녀석. 이제 내일이면 네가 임무를 맡아 떠나야 하는데, 조금이라도 더 널 보고 싶은 이 큰아비의 마음을 모르겠느냐?"

"잘못했습니다, 백부님."

무릎을 꿇고 엎드린 무영을 보며 자청은 이내 표정을 풀었다. 그리고 부드러운 손길로 무영의 머리를 쓰다듬으며 말했다.

"그야말로 청출어람이구나. 네 실력이 이렇게 급진할 줄은 나도 미처 몰랐다."

"과찬이십니다. 모두 백부님께서 잘 가르쳐 주셨기 때문이지요."

"녀석, 겸손한 것도 제 아비를 꼭 닮았구나. 껄껄."

무영은 그제야 얼굴에 미소를 띠웠다. 그리고 짐짓 부루퉁한 표정으로 말했다.

"하지만 백부님도 제게 처음 짓궂은 장난을 하시지 않았습니까? 전 그때 정말 백부님이 사라지신 줄 알고 얼마나 놀랐는지 모릅니다.”

“허허, 그것은 네 녀석이 이 큰아비를 속였으니 혼쭐을 내주려고 그랬던 것이다.”

“제가 백부님을 속이다니요?”

무영이 눈을 동그랗게 뜨고 묻자 자청은 피식 웃더니 주위 눈치를 살피고 속삭이듯 말했다.

“내가 모를 줄 아느냐? 네놈이 비룡축전을 모두 익혀 버린 것을 말이다.”

“헉! 알고 계셨습니까?”

“이 큰아비는 장님이 아니란다.”

“역시 백부님이세요.”

무영은 자청을 보며 엄지손가락을 치켜세웠다. 그러자 자청은 호탕하게 웃으며 무영의 머리를 쓰다듬었다. 두 사람이 한참을 웃고 나자, 자청은 진중한 표정으로 말했다.

“영아.”

“예, 백부님.”

“인생은 도박이라는 말이 있지. 살아가면서 어느 한쪽 길을 선택해야만 하는 순간은 언제든지 닥칠 수 있단다. 그때는 항상 가능성이 있는 모든 길을 살펴야 한다. 어느 한 길이라도 놓치지 않도록 모든 가능성을 살펴야 한다는 뜻이다.”

무영은 천천히 고개를 끄덕였다.

지난번 자신은 천일에게 일어날 수 있었던 그 가능성의 길을 살피지 못했기에 지금 이런 처지가 되지 않았던가.

자청의 말이 계속 이어졌다.

"이때 신중함은 그 가능성의 길을 살피는데 필요한 것이다. 하지만 모든 길이 정해졌을 때, 선택의 순간만큼은 망설여서는 아니 된다. 모든 길이 파악되었을 때는 네가 생각하기에 가장 좋은 길 하나를 망설임없이 선택해야 하느니라."

자청은 고개를 끄덕이는 무영을 지그시 바라보다가 마저 말을 이었다.

"신중함과 망설임이 어떻게 다른지 알겠느냐? 신중함은 혹시나 빠트린 길이 없는지 살필 때 필요한 것이고, 모든 길이 파악되고 나서는 신중함보다는 신속함이 필요한 것이다. 그때의 신중함은 그저 망설임에 불과한 것이니라. 그리고 그 망설임이란 희망에 대한 의심일 뿐이다."

"명심하겠습니다."

무영은 진심을 담아 대답하고 큰절을 올렸다.

이제 내일이면 임무를 떠나야 한다. 어쩌면 이번만큼은 정말 목숨을 걸어야 할지도 모른다.

그날 두 사람은 밤이 깊도록 많은 대화를 나누었다.

그리고 결국 날이 밝고 무영이 떠나야 할 시간이 되었다.

CHAPTER 5

도박엔 이기든 지든 둘 중 하나밖에 없다

혈교의 본거지는 신강의 천산에 위치해 있었다. 청해의 곤륜산에서 신강은 그리 멀지 않았기에 무영은 조금 느긋한 마음으로 여행길에 올랐다.

어차피 미리 입수된 정보에 의하면 교주가 본교를 비우는 시간은 제법 길었다. 때문에 무영은 조급해하지 않고 충분히 여유를 가지고 천산으로 향하면서 세부적인 계획을 궁리했다.

그럼에도 무영이 천산에서 가까운 도시인 고차까지 도착하는 데는 그리 오랜 시간이 걸리지 않았다. 생각했던 것보다 일찍 도착한 무영은 천산에서 가장 가까운 마을의 객잔에서 닷새 정도를 머물며 더욱 세밀한 계획을 세웠다.

혈교에 잠입하여 약물을 훔쳐오는 사람은 오로지 무영 혼자였으므로 계획은 치밀할수록 도움이 될 것이다.

뇌룡진인으로부터 받은 혈교의 본거지로 가는 상세 지도와 혈교의 내부 지도를 꼼꼼히 살핀 무영은 정확히 닷새가 되는 아침에 객잔을 나섰다.

산 아래 마을 사람들은 중원의 사람들보다는 서역의 사람들을 닮았다. 물론 곤륜의 여러 도인들도 서역의 외모를 풍기긴 하지만 이곳은 그 정도가 더욱 심한 듯했다.

하지만 무영 역시 청해에서 태어나고 자라서 그런지 어중간한 외모였기에 그다지 사람들의 이목을 끌지는 않았다. 때문에 무영으로서도 누군가 자신을 감시하지는 않는지 조심하기에 부담이 없는 환경이었다.

자신을 감시하는 눈이 없다는 것을 확신한 무영은 조심스럽게 마을을 빠져나와 본격적으로 천산을 오르기 시작했다.

그는 무리하지 않고 일반인처럼 천천히 등산했다. 자칫 경공술을 썼다가 오히려 혈교의 이목을 끌게 될까봐 조심스러웠던 것이다. 하지만 산 중턱도 오르지 못했을 때, 무영은 뭔가 이상한 낌새를 눈치 챘다.

휘이잉.

한차례 불어오는 바람.

 무영 이계를 훔치다 *Thief King*

서늘한 바람이 무영의 목과 등에 배어 있는 땀을 차갑게 식혀주었다. 그런데 무영은 지금 마주쳐 오는 바람 이외에 다른 기척을 감지하고 있었다.

'뭔가 다가오고 있다. 그것도 매우 빠르게!'

무영은 돌연 고개를 휙 돌렸다.

'엄청난 속도다. 방향과 속도로 가늠해 볼 때 필시 나를 쫓고 있을 터.'

무영은 잠시 고심하다가 주위를 둘러보았다. 침엽수가 울창하게 우거져 있는 숲이었지만 딱히 숨을 만한 곳은 찾기 힘들었다. 자신을 향해 다가오는 그 누군가는 점점 거리를 좁혀오고 있었다.

'제길. 시간이 없다.'

더 이상 망설일 수 없게 되자 무영은 몸을 날렸다.

모든 가능성의 길을 파악했을 때는 망설이지 말라고 백부님께서 말씀하시지 않았던가.

높은 나뭇가지 위로 올라선 무영은 숨을 죽이고 기척을 숨긴 채 아래를 내려다보며 추격자가 도달하기를 기다렸다. 그나마 기척을 숨기는 실력은 타고났으니 운이 좋다면 상대가 고수더라도 위기를 넘길 수 있을 것이다.

'벌써 혈교가 내 존재를 눈치 챘단 말인가?'

아니나 다를까, 잠시 기다리자니 멀찍한 곳에서 정확히 자신이 있는 방향으로 달려오는 한 인영이 눈에 들어왔다. 키는

다소 작아보였지만 몸놀림은 매우 민첩하고, 경공 실력이 가
히 만만치 않은 듯했다.

그런데 한참 상대를 바라보던 무영은 어느 순간 눈을 부릅
떴다.

"저 경공술은?"

틀림없다. 저건 곤륜에서만 전해지는 비룡축전!

그렇다면 이곳으로 향하고 있는 자가 곤륜인이라는 말인
가? 그렇다면 왜 자신을 쫓는 걸까?

아주 짧게 고민하는 사이, 그 인영은 무영 바로 아래까지
다가왔고, 그는 더 이상 고민할 필요조차 없어져 버렸다. 상
대가 누구인지 확실해졌고, 바로 그 상대는 자신이 믿을 수
있는 세상에 몇 안 되는 사람 중 한 명이었기 때문이다.

"정명!"

무영은 막 아래를 지나치려던 정명을 향해 소리치고는 나
뭇가지에서 뛰어내렸다. 한참 비룡축전을 펼치며 날 듯이 달
려가던 정명은 급하게 멈추며 고개를 돌렸다.

츠츠츠츠.

사방에 깔려있던 풀과 이파리들이 급제동에 의해 주위로
날아올랐다.

"무영이구나!"

"그래! 네가 여긴 웬일이야? 너 드디어 비룡축전을 익혔구
나?"

무영은 반색하며 정명에게 달려갔다. 하지만 정명의 얼굴을 보는 순간, 이상하게 불길한 예감에 휩싸였다.

곤륜산을 떠나온 지 보름도 더 지났다. 그런데 이렇게 오랜만에 멀리서 만나게 되었음에도 불구하고 정명의 얼굴에는 반가움보다는 괴로움이 잔뜩 묻어 있었다.

“명아? 무슨 일이야? 안색이 안 좋아.”

“우선 여기보다 안전한 곳을 찾자.”

정명은 다짜고짜 주위를 두리번거리며 말했다.

도대체 뭘 저렇게 경계하는 것일까? 왜 저리 심각한 표정을 짓는 것일까? 자꾸만 가슴을 짓누르는 이 묘한 기분은 무엇일까?

무영은 덩달아 기분이 이상해져 말없이 걸음을 놀렸다.

두 사람은 산 아래쪽에 위치한 동굴을 찾아 그 안으로 들어가고 나서야 대화를 나눌 수 있었다.

“무슨 일이야? 여긴 어떻게 온 거야?”

쏟아지는 무영의 질문에 정명은 침을 삼키고 대답했다.

“내 말 듣고 절대 놀라지 마. 침착해야 해.”

“무슨 일인데 그래?”

무영은 가슴이 뛰었다. 도박을 하는 것도, 도둑질을 하는 것도, 혈교에 잠입한 것도 아닌데 가슴이 이렇게 미친 듯이 뛰는 이유가 뭔지 알 수 없었다.

정명은 숨을 고르고 나서 무영의 어깨를 짚으며 말했다.

“이제 임무를 수행할 필요가 없어. 차라리 여기서 도망가.”

“그게 무슨 소리야? 내가 걱정돼서 여기까지 온 거라면 너무 걱정 안 해도 돼. 난 분명히 성공해서 돌아갈 테니까.”

“이 바보야! 그런 문제가 아니야!”

정명은 발작하듯 외쳤다.

순간 무영은 두 눈을 멀뚱멀뚱 뜨고 정명을 바라보았다.

“정…… 명아, 왜 그래?”

“내 말 들어. 그냥 임무를 중단하고 어디로든 도망가라고!”

“그러니까 왜 그래야 하는지 이유를 말하란 말이야!”

무영도 화가 나서 소리쳤다.

대관절 이게 무슨 일이란 말인가? 갑자기 곤륜에 있어야 할 정명이 나타나서 임무를 포기하라고 하질 않나, 잘못한 것도 없는 자신에게 소리를 지르고 화를 내질 않나. 그리고 자꾸만, 자꾸만 터질 것처럼 쿵쾅거리는 이 심장은 뭐란 말인가!

이번에는 오히려 무영이 정명의 어깨를 마구 흔들며 외쳤다.

“무슨 일이야? 확실하게 말해! 뭔가 있지? 뭔가 있는 거지?”

“있긴 뭐가 있어. 그냥 임무를 중단하라고. 너 위험하단 말이야!”

"그러니까 그게 뭐냐고!"

무영이 침을 튀겨가며 소리치자, 결국 정명도 어쩔 도리가 없는 듯 한숨을 내쉬고는 무영의 두 눈을 빤히 바라보며 눈물을 글썽였다. 그 일렁거리는 눈망울 속에서 무영은 왜 그런지 자꾸만 속이 뒤틀렸다.

정명은 잔뜩 젖은 목소리로 말했다.

"왜인지 모르지만…… 네가 떠나고 나서 장문인은 곧장 홍룡단을 너희 집으로 파견했어. 그리고 새벽에 모두 자고 있을 때, 너희 집에 불을 질렀어. 그리고…… 살아나온 자는 없었어."

털썩.

무영은 멍한 표정으로 그대로 자리에 주저앉았다. 도대체 홍룡단이 왜?

"거짓말이지? 장난치는 거지?"

"무영아, 장난치려고 여기까지 온 거 아냐. 너한테 이 사실을 알리기 위해서 아무런 말도 없이 곤륜을 떠나 곧장 널 쫓아 온 거야. 이제 알았으니까 임무를 중단하고 너도 어서 몸을 숨겨."

"웃기지 마! 너도 결국 창선의 개가 된 거야! 그래서 내가 임무를 수행하지 못하게 해서 죽게 만들려고 그러는 거지?"

"곽무영! 정신 차려! 나는 사실을 말한 거야! 여기서 도망가는 게 우선이야. 어차피 네가 임무를 완수하고 나면 장문인은 너도 죽일 생각이야! 내가 전부 들었단 말이야!"

정명은 무영의 어깨를 잡고 흔들었다. 하지만 무영은 거칠게 그의 손길을 뿌리치며 일어났다.

"안 믿어! 그따위 거짓말 내가 믿을 것 같아? 가서 창선에게 전해라. 내가 임무를 완수하고 장문인께 인정받는 순간, 너희 모두 가만두지 않겠다고!"

"이런 멍청한 놈!"

퍽!

정명은 그대로 달려들어 머리로 무영의 복부를 들이받았다. 갑작스런 공격에 무영이 균형을 잃고 넘어지자 정명은 그의 가슴 위에 올라타서는 뺨을 세차게 후려쳤다.

짝! 짝!

"이 멍청한 자식아! 정신 차리라고! 내가! 내가 분명히 들었단 말이야! 홍룡단장이 너희 집에 불을 지르고, 집을 빠져나오려던 사람은 모두 단칼에 베어 죽였다고 했어! 결국 살아나온 자는 아무도 없었단 말이야! 세상 사람들은 뭐라고 생각하는지 알아? 그냥 너희 부모님이 불나서 죽은 줄 안다고! 그냥 불이 나서!"

"……."

"알아들었어? 뭐라고 말 좀 해봐!"

정명은 무영의 멱살을 움켜쥐고 바락바락 소리쳤다.

무영 이계를 훔치다
Thief King

다시 바람 한 줄기가 불어 동굴 입구로 들어왔다. 무영은 천천히 고개를 돌리고 동굴 안쪽을 바라보며 멍하니 중얼거렸다.

"……알았어. 비켜줘."

"뭐?"

"알았어. 네 말이 사실이라는 것도 알았어. 너무 무겁다. 비켜줘."

"응? 아, 그래."

정명은 얼떨결에 일어나서 몸을 비켰다. 하지만 무영은 드러누운 상태로 한참 동안 움직이지 않았다. 정명이 비킨 지 한참인데 몸은 계속 천근만근 무거웠다. 두 눈 가득 어두컴컴한 동굴 내부가 들어왔다.

왜 이 모양이 된 걸까? 어디서부터 어긋나 버린 걸까? 창선을 개로 만들었을 때부터? 아니, 곤륜에 들어온 것부터 잘못일지도 모른다. 아니다. 어쩌면 나라는 존재가 태어났을 때부터 불운이 시작된 것일지도 모른다.

무영은 마치 자신의 운명이 어두컴컴한 동굴 속처럼 자꾸만 빛을 잃어간다고 생각했다.

암흑.

아무것도 보이지 않는 암흑 속으로 누군가 자신을 계속 밀어 넣는 것만 같았다.

사실 정명의 말이 모두 사실이라는 것은 이미 본능적으로 깨닫고 있었다. 어쩌면 뇌룡신검을 훔치다가 들킨 그날, 모든 것을 예상했을지도 모른다. 그럼에도 자신은 지금까지 애써 그 예감을 무시해온 건지도 몰랐다.

눈가가 젖어 들었다. 아버지와 어머니는 그렇게 돌아가신 걸까? 정말 불에 타 죽었거나, 홍룡단장의 칼에 돌아가셨을까? 하긴 홍룡단이 직접 나섰다면 살아계실 확률은 희박하다. 그 잘난 명분을 위해서라도 불을 지르고 흔적도 남기지 않았겠지.

무영은 먹먹한 가슴을 한껏 억누르며 젖은 목소리를 꺼냈다.

"백부님은 어떻게 되셨어?"

한참 만에 말을 뱉은 무영. 옆에서 무릎을 모으고 앉아 있던 정명은 얼른 눈가를 슥슥 문지르고 갈라진 목소리로 대답했다.

"자청 사숙님은 네가 곤륜을 떠난 다음날 바로 지룡혈을 탈출하셨어. 내가 널 바로 찾아올 수 있었던 것도 사숙님 덕분이야. 아마도 사숙님은 위험할 걸 알고 계셨던 것 같아."

"그나마 다행이구나."

무영은 힘겹게 몸을 일으켰다. 눈동자가 축축하게 젖어서 금방이라도 출렁이는 물결이 주르륵 흘러내릴 것 같았지만, 뺨에 길을 낸 물자국은 없었다.

무영 이계를 훔치다
Thief King

참는다.

이 울분은 마지막까지 참는다. 부모님의 원수를 갚고 적의 심장에 칼을 꽂고 나서 흘리리라.

눈물 대신 꽉 깨문 입술에서 붉은 선혈이 흘러내렸다.

"무영아, 그러니까 이제 어디론가 도망가. 무슨 내용의 임무인지는 모르지만 이 임무는 네가 수행할 필요가 없잖아."

"아니. 끝까지 임무를 완수하겠어."

무영은 주먹을 불끈 쥐고 일어났다. 그는 아예 넋이 나가 버린 정명을 보고 또박또박 말했다.

"어차피 그들이라면 내가 어디에 있든 찾아낼 거야. 아무리 내 기척이 약하다고 해도, 장문인은 무림맹주야. 특히 맹의 밀담을 엿들은 내가 어디 가서 입을 놀리기라도 하면 곤란하기 때문에 구파일방은 일심으로 날 찾아 나서겠지. 맹에서 천라지망을 펼치면 어디에 가든 내 목숨은 내 것이 아닐 거야."

정명은 뭐라고 반박할 수가 없었다. 무영의 말대로 구파일방이 합심해서 그를 찾아 나선다면 어디에 숨어 있다고 한들 그 목숨을 유지하기가 힘들 것이다.

"그렇다고 임무를 수행할 필요는 없잖아?"

"아니. 이번 임무를 수행하면 적어도 장문인을 다시 한 번은 볼 수 있을 테니까. 그럼 따져 물어볼 수도 있을 테고, 운

좋으면 복수를 할 수 있을지도 몰라."

결국 정명은 더 이상 아무런 말도 꺼내지 않았다.

모든 선택은 당사자의 몫이다. 이미 무영의 눈동자가 결연한 의지로 가득 찬 이상 어떤 말을 해도 통하지 않으리라. 게다가 정명으로서도 뾰족한 수가 없는 것이 사실 아닌가.

무영은 아무런 말도 못하고 있는 정명에게 다가가 어깨를 짚었다.

"아까는 소리 질러서 미안해."

정명은 가만히 고개를 가로저었다. 지금 상황에 그런 것이 무슨 문제란 말인가. 그 정도로 이 개 같은 상황이 해결될 수만 있다면 수백 번, 수천 번도 더 욕먹을 수 있다.

그러나 결국 자신은 친구를 위해 목숨 하나도 바칠 수 없는 나약한 존재였다.

"이제 어떻게 할 생각이야?"

정명의 물음에 무영은 단호하게 대답했다.

"넌 이대로 곤륜으로 돌아가. 그리고 나를 만난 것에 대해서 일절 함구해. 내가 지금 들은 소식들을 모르는 것처럼. 이건 널 위해서도, 날 위해서도 중요한 거야. 네가 비룡축전을 익혔다는 것을 아는 사람은 아무도 없으니까 여기까지 왔다고 생각하지는 못할 거야."

그것이 친구를 위한 최선의 길이라면 그리 하리라. 정명은 고개를 끄덕였다.

무영 이계를 훔치다
Thief King

"알았어. 몸조심해. 반드시 임무에 성공하고 돌아오길 바란다."

"걱정 마. 그럼 우리 여기서 헤어지자."

무영은 아쉬운 듯 살짝 미소를 지었다. 그 미소를 본 정명은 왠지 자꾸만 눈물이 났다. 정작 슬픈 건 무영일 텐데.

어째서 세상은 이 모양일까? 강한 자들의 명분 때문에 약한 자들이 거름이 되어 썩어가는 개 같은 세상. 이것이 속세와 달리 협과 의를 중시한다는 강호의 법칙인가? 그렇다면 무슨 의미가 있으랴. 결국 무림은 또 하나의 속세일 뿐.

정명은 어깨를 축 늘어뜨린 채 천산을 하산했고, 무영은 그 길로 곧장 혈교의 본거지를 향해 올라갔다.

*　　　　*　　　　*

찌르륵. 찌륵.

곳곳에서 이름도 알 수 없는 풀벌레 소리가 들렸다. 어두컴컴한 하늘에 떠오른 초승달은 구름에 가려졌다 나타나길 반복했다.

사삭. 사삭.

혈교의 본거지가 자리 잡고 있는 산 중턱.

흑포를 입은 한 인영이 나뭇가지를 밟아가며 재빠르게 움직이고 있었다. 조금 이상한 것은 그의 손에 새 한 마리가 들려 있다는 것이었다.

한참 나는 듯 가지를 밟아가던 그 인영은 마지막 가지에서 혈교의 건물을 향해 길게 몸을 날렸다.

휘리릭!

야행복의 옷자락이 휘날리며 파공음을 일으켰다.

"누구냐!"

마침 혈교의 건물 밖에서 담을 지키고 있던 무사 하나가 고개를 휙 돌리며 날카롭게 외쳤다. 혈교 건물의 지붕으로 올라선 인영은 들고 있던 새를 날려 보냈다.

푸드득!

때맞춰 새 한 마리가 지붕 위에서 날아오르자 무사는 겨우 안도하며 중얼거렸다.

"뭐야, 새잖아."

경계를 서고 있던 무사가 다시 잠잠해지자 지붕 위에 있던 인영은 곧 몸을 돌렸다.

달빛 아래 드러난 얼굴은 다름 아닌 무영이었다. 그는 목에 걸고 있던 복면을 슥 올려 써서 코와 입을 가리고 다시 걸음을 놀리기 시작했다.

지도에 적힌 대로라면 흡혈각(吸血閣)까지는 혼자 힘으로도 충분히 갈 수 있었다. 때문에 무영은 건물의 지붕을 밟고 넘어가며 흡혈각의 지붕까지 신속하게 이동했다.

흡혈각 지붕 위에 착지한 무영은 잠시 호흡을 고르고 주변을 살폈다. 아직까지 경계를 서는 무사들 중 아무도 자신을 발견하지 못한 것이 분명했다.

하지만 문제는 여기부터였다.

비단주머니에 들어 있던 지도 대로라면 이곳, 흡혈각에서 무영이 훔쳐야 하는 약물이 보관되어 있는 수라각까지는 각종 기관과 절진이 펼쳐져 있어 외부인의 출입을 철저하게 통제하고 있었다.

'만약 지도에 적힌 정보가 분명하다면 함부로 뛰어들었다가는 낭패를 당한다.'

무영은 우선 흡혈각 지붕에서 기다리기로 했다.

오늘 그가 혈교의 본거지에 도착한 것은 해질 무렵쯤이었다. 무영은 그때부터 축시(丑時: 1~3시)가 될 때까지 멀리 떨어진 곳에서 건물을 관찰했다. 그 결과 혈교의 무사들이 1시진 간격으로 위치를 교대한다는 사실을 알아낼 수 있었다. 그 계산이 틀림없다면 흡혈각의 입구를 지키던 무사는 곧 건물을 돌아서 수라각의 입구로 갈 터였다.

무영은 기다리는 동안 흡혈각 지붕의 일부를 긁어내고 돌가루를 손에 집었다. 그러던 순간, 그는 귀를 기울이고 집중했다.

발걸음 소리.

흡혈각의 입구를 지키던 병사가 건물을 돌아오는 것이 분명했다.

'저자를 따라가야 한다. 우선 내 기척을 최대한 숨기고 움직인다면, 저자의 기혈의 흐름을 파악하는 것은 간단할 터!'

무영은 잽싸게 흡혈각의 처마 끝으로 다가갔다. 그리고 발목을 처마 끝에 걸고 물구나무서듯이 몸을 눕혔다. 마치 동굴 천장에 매달린 박쥐처럼 그 상태로 잠시 기다리고 있자니, 역시나 무사 한 명이 흡혈각 모퉁이를 돌아서 걸어왔다. 그가 마침 무영이 매달려 있는 처마 아래를 지날 때, 무영은 얼른 손을 뻗어 무사의 옷깃을 스쳤다.

아무리 밤에 보초를 서는 무사라고 할지라도 혈교에서 둔한 자가 어디 있던가? 누군가 어깨를 스친 기척을 감지하자 무사는 매섭게 소리치며 몸을 획 돌렸다.

"누구냐!"

하지만 처마 위에는 아무도 없었다. 또한 자신의 등 뒤도 돌아보았지만 역시 아무도 보이지 않았다.

무영은 이미 그의 뒤쪽에 바짝 붙어서 완전히 몸을 숨긴 상태였다. 이미 기혈의 흐름을 똑같이 움직이고 모든 행동을 완벽하게 따라했기에 무사로서는 도저히 무영을 볼 수가 없었던 것이다.

거기에 때를 맞춰 무영은 손에 쥐고 있던 돌가루를 바닥에 슬쩍 뿌렸다.

마침 자신의 어깨를 쓰다듬던 무사는 바닥의 돌가루를 확인하더니 혀를 끌끌 찼다.

"돌가루에 이렇게 예민하게 반응했다니. 나도 참 늙었나보군."

다행히 무사는 걸음을 옮기기 시작했고, 무영은 가만히 가슴을 쓸어내릴 수 있었다.

그러나 군데군데 불이 밝혀져 있는 밤에 묘도보법을 시행하기란 생각보다 까다로운 점이 많았다. 낮과 달리 여러 방향으로 그림자가 생기기 때문이었다. 이런 경우 앞 사람의 행동과 조금이라도 달라지면 두 개의 그림자가 생기기 때문에 발각되기 십상이었다.

때문에 무영은 몇 번이나 그림자가 갈리는 위기를 맞았고, 그럴 때마다 얼른 자세를 바로잡으며 진땀을 흘려야만 했다.

무영의 앞을 걷는 무사는 오묘한 길을 따라서 한참 동안 걸어갔다. 마치 길이 없을 듯이 보이는 곳인데도 무사가 다다르기만 하면 절로 길이 열렸고, 천 길 낭떠러지로 보이는 곳임에도 발을 내딛으면 외길이 펼쳐지곤 했다.

'이토록 복잡하게 진식이 펼쳐져 있었으니 섣불리 들어왔다면 큰일을 당할 뻔 했구나.'

간담이 서늘해진 무영이 내심 안도하는 동안 무사는 어느새 수라각 입구에 다다랐다. 물론 자신의 등 뒤에 무영이 바짝 붙어 있다는 사실은 꿈에도 모른 채.

무사가 수라각 입구를 등지고 서자, 무영은 재빨리 상대의 등 뒤에서 혈도를 점했다.

파밧!

"흡!"

무사는 곧장 정신을 잃고 힘없이 쓰러졌다. 무영은 그를 곱게 드러눕혀 놓고 수라각의 문을 열고 들어갔다.

"후우."

문을 닫은 무영은 그제야 안도의 숨을 길게 내쉴 수 있었다. 처음으로 실전에서 사용한 묘도보법인데다 온 정신을 집중했더니 등에는 진땀이 흘렀고, 손바닥은 땀으로 미끄러웠다.

잠시 마음을 가다듬은 무영은 천천이 수라각 내부를 둘러보았다. 벽 한쪽에는 야명주(夜明珠)가 불그스름한 빛을 내뿜고 있었고, 세 방향을 가득 채운 진열장에는 갖가지 유리병이 놓여 있었다. 그 유리병들 안에는 오묘한 빛깔의 약물이 담겨 있었다.

"음? 잠깐. 약물이 이렇게 많단 말이야?"

무영은 언뜻 불길한 생각이 음습해 오는 것을 애써 부인하며 조심스럽게 야명주를 집어 들었다. 그리고 진열장을 향해 천천히 걸음을 옮겼다.

갖가지 유리병 아래에는 약물에 대한 간단한 문구가 적혀 있었는데, 흑풍기액(黑風氣液), 녹용혈액(鹿茸血液), 독사진액(毒蛇眞液) 등 다양했다.

"모두 같은 약물이 아니라, 유리병마다 전부 다른 약물이란 말이군? 그 말은 곧……."

무영이 훔쳐야 할 약물이 어떤 것인지 모른다는 말이 된다.

"젠장!"

무영은 자기도 모르게 신경질을 부렸다가 황급히 입을 다물었다. 다행히 바깥에서 자신의 목소리를 들은 자는 없는 듯했지만 치밀어 오르는 짜증은 어쩔 수가 없었다.

장문인은 자신에게 혈교의 수라각에 보관되어 있는 약물만 훔쳐오라고 했을 뿐, 정확히 어떤 약물인지 말해주지 않았다. 어쩌면 장문인 역시 그 약물이 정확히 어떤 건지 모르고 있을 수도 있다. 그게 아니라면 수라각에는 그 약물만 보관되어 있을 것이라고 생각했을지도 모른다.

어쨌든 무영으로서는 난감한 노릇이었다. 목숨을 걸고 수라각에 잠입하는 것은 성공했건만, 정작 중요한 목표물이 어떤 것인지 모르다니. 이 어이없는 상황을 어찌하면 좋단 말인가?

결국 무영은 바닥에 철퍼덕 주저앉아서 길게 한숨을 내쉬었다. 이제 여기서 죽는 수밖에 없는 것인가? 아니, 아무 약병이나 하나 들고 탈출한 다음 장문인에게 건네주는 것은 어떨까?

하지만 무영은 곧 고개를 설레설레 저었다. 그들이 그 정도로 멍청하다면 자신이 여기에서 고생할 이유도 없을 터. 생각을 해보자, 생각을.

무영은 가부좌를 틀고 앉아 생각에 잠겼다.

'기껏 잠입에 성공했더니 훔쳐야할 것이 무엇인지도 모르다니. 만약 이런 경우에 아버지였다면 어땠을까?

아버지 생각이 떠오르자 무영은 불현듯 서글퍼졌다. 자신의 한순간의 실수로 아버지가 돌아가셨다는 것이 믿기지 않았다. 정말 아버지는 돌아가셨을까? 그렇다면 무슨 일이 있어도 이곳을 빠져나가 장문인을 비롯한 그 구파일방의 고수들에게 복수하리라.

문득 무영은 아버지와의 추억이 떠올랐다.

무영이 아주 어렸을 적, 아버지에게 장난을 친 적이 있었다. 조개껍질 두 개를 들고 아버지에게 간 무영은 양손을 불쑥 내밀고 물었다.

"아버지, 어떤 걸 가지고 싶으세요?"

사실 그 조개껍질 중 하나는 속에 흙이 들어 있었고, 다른 하나에는 진주가 들어 있었다.

아버지는 고사리 같은 무영의 손 위에 올려 진 조개껍질을 유심히 바라보다가 하나를 선택했다.

바로 진주가 들어있는 조개껍질이었다.

"이것이 좋아 보이는구나."

"우와! 아버지, 여기에 진주가 들어 있다는 것을 어떻게 아셨어요?"

아버지는 싱긋이 웃으며 조그마한 무영을 품에 안았다.

"영아, 세상 모든 것은 그 진정한 가치를 숨기고 있다 해도 그 가치가 사라지는 것은 아니란다. 일반인들은 거지들을 볼 때 다 같은 거지로 보지만, 무림 고수들은 그중에서 개방의 실력자를 찾아낼 수 있지. 또한 훌륭한 군주는 다 같은 서생 중에서도 매우 뛰어난 학자를 단번에 알아보는 눈이 있지. 그뿐이겠느냐? 한낱 마부라도 오랜 경력을 가진 자는 다 같은 말 중에서 명마를 고를 수 있는 눈이 있단다."

아버지의 말에 어린 무영은 검지를 입술에 물고는 눈을 동글동글 떴다.

"근데 아버지는 무림인도, 임금님도, 마부도 아니잖아요?"

"허허허. 그래. 이 아비는 무림인도, 임금도, 마부도 아니지. 하지만 아비는 세상에서 둘도 없는 도둑이 아니더냐? 도둑이 그 물건의 진정한 가치조차 찾아낼 수 없다면 무엇을 훔치겠느냐? 껄껄껄. 우리 영아도 분명히 그런 가치들을 꿰뚫을 때가 올 것이다."

가부좌를 틀고 앉은 무영은 마치 아버지의 웃음소리가 귓가에 와 닿는 듯했다. 그는 주먹을 꾹 말아 쥐고는 눈물을 가슴으로 삼켰다.

"아버지……."

이제 다시 볼 수 없을지도 모른다. 정말 불에 타 죽었거나 홍룡단장의 칼에 베어 돌아가셨을지도 모른다. 앞으로 어디서 그런 아버지의 지혜를 듣고 배울 것인가.

"아버지……. 음? 잠깐!"

슬픔에 잠겨 있던 무영은 어느 순간 두 눈을 번쩍 떴다. 슬픔 때문에 붉게 충혈된 눈이었지만 어떤 가능성의 빛이 스며들어 있었다.

"나 또한 가문의 피를 이어받은 대도의 자식이다. 분명 그 가치를 눈치 챌 수 있을 터. 이곳에 있는 수많은 약물 중에서 내게 가장 큰 가치가 있는 것은 단 하나다."

무영은 자리에서 벌떡 일어났다. 그리고 눈을 게슴츠레 뜨고 진열되어 있는 수많은 약물들을 훑어보았다.

'고수가 고수를 알아보듯, 임금이 인재를 알아보듯, 마부가 명마를 알아보듯, 도둑은 물건의 진정한 가치를 알아보는 법.'

무영은 마치 그것이 무공의 한 구결이라도 되는 것처럼 중얼거렸다. 그의 전신에서 스산한 기운이 스멀스멀 퍼져 나갔다. 물건은 많지만 찾는 것은 하나다. 그것은 변함없는 진실이다. 그리고 이 중 하나가 바로 그것이다.

순간 무영은 번쩍 눈을 뜨고 몸을 움직였다. 자신을 부르고 있는 하나의 약병. 지금 자신에게 가장 큰 가치를 보여주는 하나의 약병을 향해 걸음을 옮겼다.

"이거다!"

무영 이계를 훔치다 Thief King

무영은 약병 앞에 멈추어 섰다. 아무런 증거도 보증도 없지만 무영에게는 분명한 확신이 들었다. 색깔은 평범한 붉은색이었지만 그곳에서 풍겨지는 오묘한 기운은 절대로 무시할 수 없었다. 약병은 대략 무영의 팔뚝만한 굵기와 길이였는데, 마개로 단단히 입구가 봉해져 있었다.

한 가지 특이한 점은, 다른 것들과 달리 그 약물에는 아무런 이름도 적혀 있지 않다는 것이었다.

어쨌거나 무영은 강한 인상을 받은 그 약병을 품에 넣고 몸을 돌렸다. 그 순간!

"이봐! 정신 차려!"

문밖이 갑자기 소란스러워졌다. 한 명의 고함소리와 함께 다른 한 명의 고함 소리도 들려왔다.

"무슨 일이야?"

"이사형! 오사제가 쓰러져 있습니다."

"혈도를 제압당한 것 같군. 어서 풀어줘라!"

약병을 품에 안고 밖으로 나가려던 무영은 하마터면 약병을 떨어뜨릴 뻔했다.

'제길! 벌써 1시진이 지나버린 건가?'

무영에게는 매우 짧은 고민이었을지라도 실제로 시간은 그만큼 흘렀고, 교대 시간에 수라각으로 온 무사가 입구에 쓰러진 무사를 발견한 것이었다.

'지금이라면 내공을 싣지 않은 모든 공격이 가능하다. 불

시에 문을 열고 나가서 저들을 제압한다면 가능성이 있을지
도 모른다!'

생각이 정리된 무영은 재빨리 실행했다.

바깥에서 무사 세 명이 수군거리고 있을 때, 무영은 벌컥
문을 열고 뛰쳐 나갔다.

마침 밖에 서 있던 무사 두 명이 경악한 표정으로 무영에게
소리쳤다.

"헛! 웬 놈이냐?"

"녀석을 잡아!"

스르릉.

두 무사는 기겁하며 칼을 뽑아 들었다.

그러나 움직임은 무영이 조금 더 빨랐다. 그들이 반사적으
로 검을 뽑아들 때, 이미 무영은 그들에게 바짝 다가가 혈도
를 제압해 버린 것이다.

"컥!"

"큭!"

서 있던 두 명은 혈도를 제압당하자 그대로 허물어지듯 쓰
러졌다. 이제 남은 사람은 처음 수라각의 입구를 지키고 있던
그 무사였다.

"너, 넌 누구냐?"

이제 막 혈도가 풀린 그가 뒤로 물러서며 소리치자 무영은
재빨리 그에게 달려들었다. 찰나, 무사는 품에서 뭔가를 꺼내

하늘로 던져 올렸다.

삐이이~ 팡!

"헛? 신호탄!"

신호탄이 쏘아지자 건물 곳곳에서 웅성거리는 소리가 들려왔다. 조금 전 혈교의 두 무사는 불시에 공격을 받았기에 속절없이 당했지만, 그들이 작정하고 무영에게 덤비면 목숨을 유지하기 어려우리라. 그렇다고 흡혈각까지 진식이 펼쳐져 있는 길을 함부로 들어갈 수도 없다.

방법이 없어진 무영은 얼른 쓰러진 무사에게 다가가 월검을 꺼내 들었다.

날카로운 검이 목젖에 와 닿자 무사는 마른침을 꿀꺽 삼켰다. 보통 때라면 무사에게 이런 애송이쯤은 한주먹거리도 안 되겠지만, 오랫동안 혈도가 막혔다가 이제 풀려난지라 저항할 기운도 없었다.

"누구냐? 죽이더라도 얼굴은 드러내라!"

"쉿. 흡혈각까지만 안내해 준다면 당신을 죽이지는 않겠소."

무사는 표정이 잠시 흔들렸다가 이내 고개를 돌렸다.

"흥! 지금 나랑 거래를 하자는 거냐?"

"아니지. 당신과 나 둘의 목숨을 걸고 하는 도박이오."

무영이 무사의 목에 지그시 칼을 누르며 말하자 결국 무사도 고개를 끄덕일 수밖에 없었다. 어차피 지금 죽을 바에는 조금 더 희망이 있는 쪽으로 도박을 거는 것도 나쁘지 않으리라. 게다가 그렇게 되면 오히려 이 애송이를 잡을 기회가 생길지도 모른다.

"따라와라."

무사가 앞장을 서고 무영이 뒤를 바짝 붙어서 따라갔다. 물론 한 손은 그의 어깨를 짚고, 다른 한 손은 월검으로 목 뒤를 겨눈 채.

한참을 걸어가고 나니 이윽고 흡혈각에 이르렀다. 주위에서는 무영을 찾으려는 분주한 발걸음 소리와 웅성임이 끊이지 않았다.

"여기까지 왔으니 그만 나를 놔주고 가라!"

"아니지. 도박은 이기든 지든 둘 중 하나밖에 없거든. 내가 이겼소이다. 길을 안내해 줘서 고마웠소. 잘 가시오."

"무슨 소리를? 분명히 나를……."

샤악!

"커헉!"

무영은 망설임없이 상대의 목을 긋어버렸다. 시뻘건 피가 분수처럼 솟아올랐다가 시린 달빛을 받으며 비산했다.

무영은 밤하늘보다 어두운 눈빛으로 힘없이 쓰러진 시체를 내려다보며 말했다.

"당신을 살려두면 저들이 내 뒤를 더 바짝 쫓을 테니 어쩔 수 없소. 게다가 내겐 무림인들이 전부 한통속으로 보여서 말이오.”

무엇이 그를 이토록 매정하게 만들었을까?

사신처럼 서늘하게 말을 뱉은 무영은 곧바로 몸을 날렸다. 흡혈각의 지붕을 밟은 그는 재빨리 다음 건물로 향했다.

어차피 모든 무림인은 다 똑같다. 협과 의를 내세우면서 더러운 본심을 숨기는 자들. 아버지와 어머니와 백부님을 아무렇지도 않게 죽일 수 있는 자들. 그들과 무영은 그저 도박을 하고 있을 뿐이다. 누군가는 이기고, 누군가는 질 수밖에 없는. 적에 대한 동정과 양심 따위는 주제를 모르는 사치일 뿐이다.

쿠르릉.

혈교의 무사들이 여기저기서 소리치는 가운데, 하늘이 낮아지더니 여린 울음을 토해냈다. 곧 비가 쏟아질 모양이다.

‘너희들이 나를 이렇게 내몰았으니, 나 또한 똑같이 해주겠다. 내 길을 막거나 걸림돌이 된다면 철저히 부숴 버리겠다.’

툭. 툭. 투둑.

빗방울이 떨어지기 시작했다. 제법 굵은 빗방울이다.

혈교의 마지막 건물에서 숲을 향해 몸을 날린 무영은 비룡축전을 펼치며 빠르게 달렸다. 아득한 고함 소리가 뒤따른다.

툭. 투두둑.

쏴아아.
장문인에게 가차없이 버려졌던 그날처럼 천지가 비뿐이다.

*　　　*　　　*

무영은 천산을 빠르게 달려 내려왔다. 폭포처럼 퍼부어지
는 비를 뚫으며 마치 계곡을 타고 굽이굽이 헤엄치는 용처럼
신속하고 빠르게 달렸다. 아득하게 들려오던 혈교 무사들의
고함소리도 이제는 잠잠해졌다.
'하지만 나는 왜 이렇게 허우적거리는가? 왜 빗속에서 허
우적거릴까?
그랬다.
무영은 빗속에서 한없이 허우적거리고 있었다. 이미 혈교
의 본거지에서 제법 멀어졌다는 것을 알고 있었지만, 그는 여
전히 빗속에서 허우적거리는 기분을 떨치지 못했다. 무엇이
자신을 이토록 젖게 만드는 것일까? 이렇게 발버둥치고 허우
적거려야 할 필요는 무엇이란 말인가?
한참 산을 내려오던 무영은 방향을 틀었다. 그리고 낮에 정
명과 만났던 그 동굴이 있는 곳으로 갔다. 동굴 입구에서 잠
시 비를 피한 무영은 가슴에 품었던 약병을 꺼내보았다.
검푸른 액체.
"헛? 푸른색이라니?"

 무영 이계를 훔치다 Thief King

무영은 눈을 동그랗게 떴다. 이럴 리가 없다. 분명히 자신은 붉은 액체를 가져오지 않았던가! 하지만 지금 그의 손에 들린 것은 푸르다 못해 거뭇한 빛깔마저 감도는 색이었다. 그럼에도 유리병에서 느껴지는 오묘한 기운은 무시할 수 없었다.

'아, 야명주!'

뒤늦게 야명주의 색깔이 붉은 색이었다는 것을 떠올린 무영은 가까스로 안도했다. 야명주의 색깔 때문에 검푸른 색이 붉은 색으로 보였던 것이리라.

무영은 겨우 마음을 가라앉히고 자신의 팔뚝만한 유리병을 품에 넣었다.

그런데 그 순간 기척이 느껴졌다. 그것도 매우 지척에서.

"벌써 혈교가 여기까지 따라왔단 말인가? 너무 오래 쉬었군!"

무영은 몸을 날렸다.

비룡축전을 펼쳐 다시 빠르게 산을 내려갔지만, 그의 안색은 점점 어두워져 갔다. 자신을 쫓는 자들의 경공이 가히 상상을 초월할 정도였다.

'대략 서른 명쯤? 이렇게 가다가는 몇 발자국 못가서 잡히고 말겠어!'

무영의 예상은 적중했다. 불과 몇 장도 가지 못해 붉은 옷을 입은 무사들이 무영의 뒤를 바짝 쫓으며 나타난 것이다.

'혈교가 벌써 여기까지 내려왔을 줄이야!'

하지만 고개를 돌려본 무영은 그만 그 자리에 뻣뻣하게 얼어붙고 말았다. 그사이 붉은 옷을 입은 무사들은 일제히 무영을 둘러싸고 멈추어 섰다.

"홍룡단!"

틀림없이 무영을 둘러싸고 있는 무사들은 곤륜의 척살대 홍룡단이었다. 아버지, 어머니를 죽였다는 그 원수들. 그들이 여기는 왜?

홍룡단장은 무영을 마주본 채 저벅저벅 걸어 나왔다.

"혈교에게 쫓기는 것을 막아주려고 왔다. 물건은 가지고 나왔느냐?"

무영은 천천히 고개를 끄덕였다. 빗방울이 코를 타고, 입술을 타고 턱 끝에서 떨어졌다.

"좋아. 그럼 이제 그 약병을 우리에게 넘겨라. 너는 우리가 호위해서 데려갈 테니 염려하지 마라."

"알겠습니다."

무영은 천천히 걸음을 옮겼다.

아버지, 어머니를 죽인 원수들. 하지만 지금은 저들에게 살기를 드러내서는 안 된다. 지금은 저들이 시키는 대로 약병을 건네주고 장문인부터 만나야 한다.

무영은 홍룡단장 앞에 다가가서 품속의 약병을 꺼내 들었다. 그리고 그에게 약병을 내밀었다. 이상할 정도로 손등에 떨어지는 빗방울이 시릴 만큼 차가웠다.

홍룡단장이 그것을 건네받으려는 순간.

"안 돼!"

불현듯 숲 옆쪽에서 날카로운 목소리가 터지더니 한 인영이 날아들었다. 그 인영의 손에서 비수가 날아오자 홍룡단장은 얼른 몸을 뒤로 물렀고, 무영은 약병을 든 채로 몸을 피했다.

쉬이잇~ 파박!

두 개의 비수는 홍룡단장과 무영 사이를 지나 곧장 나무 기둥에 박혔다.

"웬 녀석이냐!"

홍룡단장의 날카로운 외침과 함께 무영을 둘러싸고 있던 단원들이 일제히 검을 꺼내 들었다.

차앙!

쓰러졌던 무영은 황급히 몸을 일으키고 자신의 앞을 가로막고 있는 인영의 뒷모습을 바라보았다. 놀랍게도 빗속에서 당당하게 어깨를 펴고 있는 그는 다름 아닌 정명이었다.

"정명!"

"괜찮아, 무영아?"

정명은 슬쩍 돌아보며 물었다. 무영은 어리둥절한 표정으로 정명에게 말했다.

"왜 그러는 거야? 저들은 혈교가 아니라 홍룡단이야."

"그래서 더욱 안 된다는 거야."

정명이 단호하게 대답했다. 그는 똑바로 홍룡단장을 쏘아 보며 말을 이었다.

"널 만나고 하산하는 길에 자청 사숙님을 만났어."

"백부님을?"

"그래. 이자들은 너에게서 약병을 받고나면 곧장 널 죽일 생각이야. 자청 사숙님은 지금 고차에서 널 죽이려고 보낸 또 다른 곤륜의 무사들과 싸우고 계셔."

말을 마친 정명은 멍하게 서 있는 무영에게 뭔가를 집어던 졌다.

털썩.

땅에 떨어진 것은 다름 아닌 자청의 흑립이었다. 비령단이 흑립을 벗어 다른 사람에게 주는 것이 어떤 의미인지 무영은 잘 알고 있었다. 자신이 죽을지도 모르는 상황. 그 죽음을 누 군가에게 알려야 할 상황에 비령단은 흑립을 벗어 타인에게 넘겨준다.

무영은 덜덜 떨리는 손으로 흑립을 주워 들었다. 백부의 흑 립이 틀림없었다.

상황이 뒤틀리자 홍룡단장은 이를 뿌득 갈고는 외쳤다.

"정명! 네 녀석이 죽으려고 환장을 했구나!"

"적어도 무영을 먼저 죽게 할 수는 없지요."

"건방진 자식! 뭣들 하느냐? 저 골칫거리를 당장 치워라!"

"존명!"

단장의 명이 떨어지자 붉은 옷의 단원들은 일제히 대답하며 쏟아져 나갔다.

"정명아!"

뒤늦게 무영이 소리쳤지만, 이미 정명은 단원들에게 둘러싸여 버렸다. 정명이 급격하게 비룡축전을 펼치며 날아오르자 단원들도 내심 놀란 듯했다.

하지만 그들이 누구인가? 장문인의 호법들 다음으로 곤륜의 으뜸이라고 할 수 있는 홍룡단이 아닌가. 그런 홍룡단을 상대로 무공이 약한 정명이 오래 버티기란 처음부터 무리였다.

차앙!

"크윽!"

결국 피하기에 급급하다가 옆구리를 베여 버린 정명은 나뭇가지 위에서 땅으로 추락했다. 이를 놓칠 세라 홍룡단장은 허공에서 곧바로 검을 찔러 들어갔다.

쑤걱!

"끄악!"

마침내 정명은 복부가 뚫린 채 지상에 털썩 쓰러졌다.

무영의 눈동자가 찢어질 듯이 부릅떠졌다.

“정명! 정명아!”

허겁지겁 달려간 무영은 정명을 안아 일으켰다. 정명의 입가에 묻은 피는 쏟아져 내리는 비 때문에 금방 씻겨 나갔다. 무영은 덜덜 떨리는 손으로 정명의 얼굴을 쓰다듬었다.

“명아! 정명아! 괜찮지? 괜찮은 거지? 아니, 넌 괜찮아. 괜찮아. 유정명, 너는 괜찮아!”

“무영아.”

정명은 핏기가 빠져나간 손을 힘겹게 들어올렸다. 무영은 그 손을 맞잡고 세차게 고개를 끄덕였다.

“응, 말해. 나 여기 있어!”

“내, 내가 그랬지. 친구인 너를 위해…… 모, 목숨도 버릴 수 있다고.”

“그래. 나도 그래! 내가 믿는 친구도 너뿐이야. 그러니까 넌 죽으면 안 돼. 아니, 넌 멀쩡하니까 괜찮을 거야!”

“쿠쿡. 거짓말. 멀쩡하긴 뭐가 멀쩡해. 배, 배가 아프다.”

무영은 사정없이 떨리는 손으로 정명의 복부를 지혈했다. 하지만 끊임없이 솟구치는 피와 계속 쏟아져 내리는 비 때문에 지혈이 제대로 될 리가 없었다.

정명은 한차례 기침을 하고 나서 손으로 무영의 뺨을 쓰다듬었다. 목소리가 점점 희미해지고 있었다.

“친구야…… 울지 마.”

무영은 고개를 세차게 저었다.

“울긴 누가 울어. 안 울어. 비야. 빗방울이야. 눈물이 아니야.”

그래. 이건 눈물이 아니다. 빗방울이다. 눈물은 지금 수없이 가슴으로 삼키고 있다. 이 삼킨 눈물들은 언젠가는 모든 복수를 하고 나서 마음껏 흘리리라. 이건 비다.

정명은 희미하게 웃었다. 그리고 자신의 목에 걸려 있던 청옥을 잡아당겨 무영의 손에 쥐어주었다.

“도, 돌려줄게. 크헙! 이, 이걸 가지고 나만큼 좋은 녀석이나, 나타나면 줘. 그, 그리고 복수…….”

정명은 더 이상 말을 잇지 못했다. 정명의 핏기없는 얼굴이 힘없이 돌아가 버리자 무영은 가만히 청옥을 잡았다.

“정명아.”

그는 마치 바로 대답을 들을 것처럼 다정하게 불렀다. 그리고 다른 한 손으로 정명의 눈을 감겨주었다.

울지 않으리라. 여기서는 울지 않으리라.

복수. 반드시 복수를 해냈을 때 실컷 울어버리리라.

무영은 옆에 놓인 흑립을 주워 들고 정명의 얼굴 위에 가만히 덮어주었다.

그리고…… 청옥을 목에 걸었다.

무영이 담담하게 일어서자 홍룡단장은 눈살을 구겼다.

“작별이 끝났으면 일을 마저 하지. 약병을 건네라.”

무영은 천천히 고개를 돌렸다.

그리고 자신의 주위를 둘러싸고 있는 무사들을 찬찬히 훑어보았다. 마치 얼굴 하나하나를 모두 기억하려는 것처럼.

무영이 반응하지 않자, 단장은 다시 말했다.

"지금 약병을 넘긴다면 고통스럽게 죽이진 않겠다. 하지만 우리를 귀찮게 한다면 가장 고통스럽게 친구의 뒤를 따르게 될 것이다."

무영의 시선이 그제야 단장에게 날아와 박혔다.

쿠르르릉~ 쾅!

번개가 번쩍이고 천둥이 울렸다. 그 절묘한 찰나에 단장마저 흠칫 거리고는 한 걸음 물러설 정도였다.

무영은 암흑을 담은 눈동자로 중얼거리듯 말했다.

"나와 도박을 하자는 거군."

"무슨 헛소리를 지껄이는 거냐? 어서 약병을 넘겨!"

"이것 말인가?"

무영은 품속에서 긴 원통형 약병을 꺼내 들었다. 번개가 치자 약병 안에 담겨 있는 검푸른 액체가 모습을 드러냈다.

단장은 흠칫 몸을 떨며 무영을 노려보았다.

"무슨 생각이지? 말했을 텐데? 귀찮게 굴면 고통스럽게 죽이겠다고."

"그건 나도 들었어."

무영은 약병의 마개를 열었다. 이제는 단장뿐만 아니라 홍룡단 전원이 몸을 흠칫 떨고는 단장의 눈치를 살폈다. 단장은 기겁을 하며 소리쳤다.

"무슨 짓을 하려는 거냐!"

"두고 보면 알겠지."

무영은 피식 웃었다.

백부님께서는 모든 가능성의 길이 파악됐을 때는 신중보다 신속해야 한다고 하셨다. 지금 이 상황에서 무영에게 열려 있는 모든 길 중, 가장 희망적인 길은 단 하나다.

맹의 밀담에서 거론된 이 약물.

분명 맹에서는 이 약물을 이용해 혈교를 제압하고자 했다. 그렇다면 둘 중 하나다. 이 약물을 먹으면 환골탈태해서 엄청 강한 몸을 가지게 된다든지, 아니면 이 약물이 몸에 닿기만 해도 사람을 죽여 버리는 극약이라든지!

어쨌든 지금 무영으로서는 선택의 길이 몇 가지 없다. 이래도 죽고, 저래도 죽는다. 그렇다면 조금이라도 희망이 있는 길을 선택한다. 거기에 목숨을 걸고 도박을 한다.

망설임은 희망에 대한 의심일 뿐!

"하하하하!"

무영은 돌연 웃음을 터뜨리더니 약병을 들고 벌컥벌컥 들이마시기 시작했다.

"저런 미친 새끼!"

깜짝 놀란 단장은 목청을 높여 소리쳤다.

“멍청하게 서 있지 말고 녀석을 죽여!”

“존명!”

파밧!

수십의 무사들은 일제히 비를 뚫으며 날아올랐다. 그들이
바닥을 박찼을 때는 이미 무영이 모든 약물을 들이키고 나서
희미하게 미소 짓고 있었다.

‘수십 명이 날 향해 날아온다. 내가 저들에게 무엇을 잘
못했기에 저리 험악한 표정으로 내게 칼을 들이미는 것일
까? 빗줄기 하나하나가 방울져 떨어지고 그사이로 단장의
얼굴도 보인다. 그리고 먼저 세상을 떠난 정명의 모습도 보
인다. 죽음 앞에서는 시간이 느리게 흐른다더니 정말 그렇
구나.’

무영은 천천히 눈을 감았다. 그의 귀에 차가운 외침이 닿았
다.

“죽어랏!”

무사들의 칼날이 한 치의 망설임도 없이 무영에게 날아들
었다. 순간, 무영의 몸은 새하얗게 물들었다. 그리고 번쩍 빛
을 뿜었다.

차차창!

좀 전까지만 해도 무영이 서 있던 자리.

그곳에는 수십 개의 칼날만이 허공에 교차하고 있었다.

그 위로 비에 젖은 이파리 하나가 떨어져 내렸다.

사각.
수십 조각으로 나뉜 이파리는 허무하게 비산했다.
그리고 무영은 어디에도 없었다.

CHAPTER 6

이상한 동굴에서 깨어나다

희미한 빛만이 스며드는 동굴.

동굴 깊숙한 곳은 서너 개의 방으로 구분되어 있었고, 각 방은 창살로 가로막혀 있었다. 그리고 창살 안에는 수십 명의 사람들이 갇혀 있었다. 모두 기절해 버렸거나 이미 절명해 버린 시체들이었다.

그런데 그 가운데 아주 미세한 움직임이 일어났다.

부스럭.

사상자들이 잔뜩 쓰러져 있는 가운데 한 사람이 팔을 꿈틀 움직인 것이다.

"끄으⋯⋯."

그는 여린 신음을 내지르며 몸을 뒤척였다. 그리고 천천히 눈꺼풀을 들어 올렸다.

곧게 뻗은 눈썹과 청명한 눈동자, 반듯한 콧날에 비교적 얇은 입술은 어디서나 볼 수 있을 준수하면서도 평범한 얼굴이었다.

하지만 너무 특징이 없다고 해야 할까? 쉽게 볼 수 있을 것 같으면서도 금방 잊어버릴 것만 같은 얼굴.

그는 바로 곽무영이었다.

"크윽, 머리가……."

무영은 이마를 짚으며 몸을 일으켰다. 온몸이 납덩이처럼 무거웠고, 양쪽의 관자놀이는 혈관이 터질 것처럼 욱신거렸다.

한참 심호흡을 하던 무영은 가까스로 정신을 차리고 주위를 둘러보았다.

"죽은 건가? 아니면 아직…… 살은 건가?"

사방에 늘어져 있는 사상자들.

이 틈에서 무영은 도무지 자신이 있는 곳이 어디인지 가늠할 수가 없었다. 널브러져 있는 사람들 중에는 의식만 잃은 자들도 있었고, 아예 호흡이 멎은 시체들도 있었다. 심지어 한쪽 구석에는 부패가 시작되면서 지독한 악취를 풍기는 시체도 있었다.

'극락이나 나락이라면 이렇게 산 자와 죽은 자로 구분될

일은 없겠지.'

결국 무영은 아직 자신이 살아 있다는 것으로 결론을 내렸다. 어찌된 영문인지 모르겠지만, 홍룡단에 둘러싸인 후 검푸른 액체를 모두 마신 뒤 정신을 잃었고, 이렇게 엉뚱한 곳에서 깨어나 버린 것이다.

호랑이 굴에 잡혀가도 정신만 차리면 산다고 했다. 무영은 우선 침착하게 마음을 가다듬은 다음 가부좌를 틀고 앉았다. 여기저기 사상자들이 널브러진 와중에 정신을 가다듬기가 쉽지는 않았지만 우선 차분해질 필요가 있었다.

무영이 한참 운기조식을 하고 있을 때, 마침 동굴 입구 쪽에서 발자국 소리가 들렸다. 서둘러 운기조식을 끝낸 무영은 곧바로 드러누워 사상자들 틈에 섞였다.

창살 안에 갇힌 사상자들이 이토록 많은 것으로 보아 이곳은 혈교의 본거지일 가능성도 충분히 있었다. 괴이하고 악랄한 사술을 많이 쓰는 혈교에서는 산 사람들이나 시체들을 이용해서 강시를 만들기도 한다 하지 않던가.

어쩌면 무영이 홍룡단에 당하기 직전, 혈교의 무사들이 나타나서 오히려 홍룡단을 전멸시킨 것일지도 모른다. 그리고 기절한 자신은 이곳으로 옮겨진 것이다.

머릿속으로 이런저런 가설을 세우던 무영은 발걸음 소리가 가까워지자 얼른 눈을 감고 기절한 척했다.

저벅. 저벅.

도둑 가문의 자손으로 태어난 무영이기에 타인의 기척에는 상당히 예민했다. 그는 발걸음 소리만 듣고 한 번에 상대의 체형을 짐작했다.

'소리에 무게가 있는 것으로 보아 제법 탄탄한 체구를 가졌을 것이다. 하지만 좁은 보폭 소리로 가늠해 보면 키가 크지는 않다. 숨소리를 들어보아서는 다혈질에 가까운 성격이겠군. 즉, 땅딸막한 체구지만 덩치가 있고 사나운 성격일 가능성이 크다.'

무영의 예상은 적중했다.

창살 너머로 모습을 드러낸 상대는 키가 5척도 안 될 만큼 작은 편이었지만, 피부가 제법 단단하고 근육질의 몸이었다. 그런데…….

'헉!'

누워서 상황을 살펴보던 무영은 하마터면 비명을 지를 뻔했다. 횃불을 들고 나타난 상대를 본 순간, 그는 자신의 두 눈을 의심할 수밖에 없었다.

녹회색의 피부에 돼지가 연상될 만큼 심하게 치켜 올라간 들창코, 야수의 이빨처럼 뾰족하고 길게 튀어나온 송곳니와 늑대의 그것을 닮은 귀. 그러나 분명히 사람처럼 두 발로 걷고 두 손을 자유롭게 사용하고 있었다.

도대체 저 생물은 무엇이란 말인가?

이 세상에 존재할 수 없는 괴수를 본 순간 무영은 사지가 뻣뻣하게 굳는 느낌이었다.

그러나 그는 곧바로 정신을 차리고 마음을 차분하게 가라 앉혔다. 그의 머릿속이 빠르게 회전하기 시작했다.

'그래, 가능한 일이다. 여기는 혈교의 소굴이지 않은가! 혈교에서는 산 사람도 잡아다가 갖가지 실험을 하는데, 저런 괴물이 있는 것은 놀랄 일도 아닐 것이다.'

무영은 마른 침을 꿀꺽 삼키고 계속 머리를 굴렸다. 과연 저 생물의 정체가 무엇일까에 대한 고민이었다.

생긴 것으로 보아서는 사람과 괴물의 중간 정도로 보였다. 그렇다면 분명 혈교에서 돼지와 인간, 그리고 늑대를 이용해서 사술을 부린 것이리라. 그리하여 새로운 종류의 강시를 만들어 버린 것이 아닐까?

'이런 나락에 떨어져 천벌을 받아도 시원찮은 놈들! 인간을 돼지와 늑대랑 섞어서 저딴 괴물로 만들어 버리다니!'

무영은 죽은 체 하면서도 분한 마음에 이가 갈렸다.

어쨌거나 혈교에서 만든 것으로 보이는 그 신종 강시는 놀랍게도 사지를 자유롭게 움직였다. 게다가 특이하게도 목에는 주먹만 한 붉은 보석을 걸고 있었다.

이제 무영에게 남은 문제는 이곳에서 어떻게 빠져나가는지에 대한 것이다. 어쩌면 지금이 절호의 기회일지도 몰랐다. 저 신종 강시가 왜 이곳에 들어와서 사람들을 둘러보는 것인지 모르지만, 적어도 잘만 이용한다면 묘도보법을 사용해서

나갈 수 있으리라.

신종 강시는 사방을 둘러보더니 이윽고 한쪽의 창살을 선택해서 자물쇠를 열기 시작했다. 하지만 그곳은 무영이 갇혀 있는 바로 옆의 감옥이었다.

'안 돼. 이곳을 열어야 내가 탈출할 수 있는데!'

무영은 잠시 망설이다가 시체 하나를 발로 걷어찼다.

부스럭.

"취잇!"

신종 강시는 요상한 소리를 내면서 고개를 홱 돌렸다. 녀석은 코를 돼지처럼 벌름거리더니 무영이 갇힌 감옥을 유심히 살폈다. 그러고는 생각이 바뀌었는지 무영이 갇힌 감옥의 문을 열기 시작했다.

'됐다. 저 녀석이 문을 여는 순간, 뒤에 바짝 붙어서 나가면 된다.'

무영은 속으로 안도하며 적절한 때를 기다렸다. 신종 강시는 문을 열자마자 안으로 들어와 기절해 있는 사내 중 한 명을 어깨에 들쳐 멨다.

기절한 사람을 들쳐 멘 신종 강시가 몸을 돌렸을 때, 무영은 잽싸게 뒤로 다가섰다. 그는 아주 짧은 순간 신종 강시의 기혈의 흐름을 훔쳐서 자신의 몸에 녹였다. 하지만 여기서도 무영은 멈칫거리지 않을 수가 없었다.

'아무리 강시라지만 이렇게 요상한 기혈의 흐름이라니.'

 무영 이계를 훔치다 Thief King

그는 눈살을 찌푸렸지만 지금은 그런 게 문제가 아니다. 당장 어떻게든 이곳을 빠져나가야 했다. 한순간의 실수로 자신조차 저런 돼지를 닮은 강시로 변할 수는 없지 않은가.

어쨌든 무영은 신종 강시의 뒤에 바짝 붙어서 묘도보법을 펼치는데 성공할 수 있었다.

신종 강시는 무영이 바로 뒤에 붙어 있는 줄도 모르고 성큼성큼 걸음을 옮기기 시작했다. 한쪽 어깨에는 기절한 남자를, 또 다른 손에는 횃불을 들고 동굴을 따라 걸었다.

조금 걷자니 앞쪽에서 환한 빛이 쏟아져 들어오고 있었다. 밝은 빛으로 보아 대낮이 분명했다. 이제 저 밖으로만 나가면 우선 이곳을 벗어날 수 있을 확률이 훨씬 높아지리라.

'의식을 잃고 나서 얼마나 시간이 지난 것일까?'

문득 무영은 때 아니게 배가 고프다는 것을 절감했다. 그리고 그 순간.

꼬르륵 꼬륵.

뱃속에서 먹을 것을 달라고 아우성을 지른다. 무영의 얼굴은 단번에 사색으로 변했다.

'헛!'

아니나 다를까, 앞서 걷던 신종 강시는 귀를 꿈틀거리더니 매섭게 몸을 돌렸다.

"취잇!"

다행히 묘도보법이 실행되고 있었고, 무영은 상대가 눈으로 볼 수 없는 완전한 사각지대에 있었기에 들키지는 않았다. 하지만 아무리 무영이라고 할지라도 바닥에 떨어질 듯이 쿵쾅거리는 심장은 어쩔 수 없었다.

“쉬잇.”

신종 강시는 한참 동안 뒤를 보면서 예리하게 눈동자를 굴렸다. 그러나 결국 아무것도 발견할 수 없었다. 분명 어디선가 배고플 때 자신의 배에서 나는 소리와 비슷한 것이 들렸는데, 동굴에는 자신 외에 아무도 없었다.

결국 신종 강시는 자신의 배를 한 번 쓰다듬어 보고는 다시 걸음을 옮겼다.

한편 무영은 안도하고 걸음을 옮기면서도 내심 놀랐다. 신종 강시가 배를 쓰다듬어 보았다는 것은 그것이 배고플 때 나는 소리라는 것을 안다는 것이 아닌가. 그렇다면 저 신종 강시는 지능을 가지고 있다는 말이 된다.

‘맙소사! 혈교, 혈교, 혈교. 정말 무시할 수 없구나, 혈교!’

무영은 혀를 내두르면서 계속 묘도보법을 펼쳐 걸음을 놀렸다. 그런데 그 둘이 막 동굴 밖으로 나선 순간이었다.

강한 햇빛 때문에 눈살을 잠시 구겼던 무영은 곧이어 다른 이유로 더욱 표정을 일그러뜨렸다.

‘제기랄. 이제 난 죽었다.’

동굴 입구에는 신종 강시가 두 마리나 더 있었던 것이다.

게다가 한쪽 손에 날카로운 삼지창까지 들고 있는 것이 아닌가. 그 두 마리의 신종 강시는 무영을 발견하더니 경악한 표정으로 한참 동안 움직이지도 못했다.

그러자 무영을 등지고 있던 신종 강시가 물었다.

"취잇! 왜, 왜 그래? 췻."

"취이익, 뒤, 뒤에!"

"음? 취잇, 뭐가?"

신종 강시는 몸을 돌렸다. 그리고 넋을 놓고 있는 무영을 보고 기겁을 하며 돌처럼 굳어졌다. 언제 이 녀석이 뒤에서 따라 나온 것일까? 분명히 본 적도, 느낀 적도 없는데! 잠깐, 어쩌면 아까 그 소리는 자신의 배가 아니라 이 녀석의 배에서 났던 소리일까? 신종 강시는 입을 쩍 벌리고는 말을 잇지 못했다.

놀라기는 무영도 마찬가지였다. 무영은 지금 다른 강시들에게 발각되었기에 놀란 것이 아니었다.

"마, 말을 하잖아?"

그랬다. 무영이 놀란 이유는 단 하나.

강시가 말을 하다니! 그것도 돼지와 늑대를 섞어놓은 강시가 말을 하다니!

'이런 미친 혈교! 너희들의 사술의 끝은 어디인가!'

무영이 멍하게 서 있을 때, 먼저 정신을 차린 것은 강시 쪽이었다. 동굴 입구를 지키고 있던 두 명의 신종 강시는 날카로운 삼지창을 내세우며 일갈했다.

"취이잇! 꼼짝 마라!"

그제야 무영도 얼른 정신을 차리고 그들을 바라보았다. 상대는 세 명. 무영은 침을 꿀꺽 삼켰다. 이렇게 된 이상 이곳을 벗어나기는 틀렸을지도 모른다.

'우선 침착하자. 침착……'

무영은 천천히 손을 들어 저항할 의사가 없음을 밝혔다. 그러자 남자를 들쳐 메고 있던 신종 강시가 천천히 무영에게 다가왔다. 찰나.

샤샥!

"모두 꼼짝 마!"

무영은 잽싸게 그 신종 강시의 등 뒤로 돌아가서 월검을 꺼내 목을 겨누었다. 졸지에 인질이 된 그 강시는 아까처럼 요상한 소리를 내며 버둥거렸다.

"췻, 취이잇! 영악한 놈!"

"시끄러워! 강시 주제에 말을 하다니."

"취이잇! 강시라니? 우린 위대한 취잇, 오크 여전사다!"

"홍! 혈교에서 단단히 교육시켰군. 역시 대단해. 명분에 미친 정파가 왜 그렇게 혈교를 두려워하는지 확실히 알겠다."

무영이 구구절절 늘어놓는 말에 다른 오크들은 눈을 멀뚱멀뚱 뜨고 고개를 갸웃거렸다. 웬 미친 녀석 하나가 족장을 뒤따라 나오더니, 이제는 족장을 인질로 잡았다. 뭐 저런 놈이 다 있을까?

하지만 어쨌든 우선은 족장의 명령을 들어야 한다. 다른 동료라면 죽든 말든 상관하지 않고 후일 복수해 버리면 그만이지만, 지금 인질이 된 상대는 자신들의 족장이지 않은가.

"모, 모두들 일단 멈춰라. 취익!"

족장이 소리치자 두 오크들도 천천히 물러섰다.

"그래야지. 그래야 현명한 강시가 되지."

무영은 그렇게 말하면서도 또 한 번 내심 놀랐다. 강시들 사이에 서열이 있었다니. 이 얼마나 무서운 현실인가? 앞으로 무림의 판세가 뒤집어질 일이 머지않았구나.

그 와중에도 도둑의 본능이 발휘되는 것일까?

무영은 오크 족장이 차고 있던 주먹만 한 붉은 구슬을 낚아챘다.

"취, 취이잇! 그, 그건 안 돼!"

"흥! 강시 주제에 보석을 아끼다니. 당장 폐기 처분되고 싶은가?"

무영의 월검이 오크의 목덜미에 바짝 가 닿자, 결국 상대는 두 손을 들고 말았다.

"아, 알았다."

"진작 그럴 것이지."

무영은 오크 족장을 끌고 슬슬 뒷걸음질 쳤다. 동굴 밖은 예상과 달리 한적한 숲이었다. 사실 혈교의 건물 틈으로 나오게 될 줄 알았는데, 이런 우거진 숲 속이라면 오히려 탈출하는데 도움이 될 것이다.

이제 도망갈 모든 준비는 끝났다. 단지 무영에게 남은 고민은 하나였다. 이 신종 강시를 처리하고 도망갈 것인가? 살려두고 갈 것인가?

짧은 고민 끝에 무영은 강시를 살려두기로 마음먹었다. 어차피 한 마리 정도 제거한다고 해서 혈교에 치명적인 영향을 주는 것도 아닐뿐더러, 괜히 단서를 남겼다가 더욱 빨리 추적당할지도 모른다.

그리고 한편으로는 신종 강시가 되어버린 인간이 불쌍하다는 생각도 들었다.

무영은 오크 족장의 귀에 대고 속삭이듯 말했다.

"내, 너를 살려줄 터이니 나를 쫓을 생각은 하지 마라."

말을 마침과 동시에 무영은 상대를 발로 찼다. 그러자 삼지창을 들고 있던 다른 두 오크가 허둥지둥 앞으로 팅겨 나가는 족장을 받쳐 주었다.

"취, 취이잇! 어, 언니! 괜찮아?"

"조, 족장님! 취잇!"

무영은 바닥을 박차기 전에 자칫 발목을 삐끗할 뻔했다.

'맙소사, 언니라니!'

혈교는 여자를 저 지경으로 만들어 버렸단 말인가! 이 썩어

 무영 이계를 훔치다 Thief King

문드러질 놈들!

무영은 뒤도 돌아보지 않고 곧장 비룡축전을 펼쳐 숲 속을 달려 내려갔다.

이날 무영이 오크 여족장을 죽이지 않은 것은 정말 다행스러운 일이었다. 그로서는 까맣게 모르고 있겠지만, 오크족들이 복수의 화신이라는 것은 이곳 플로리아 대륙 사람이라면 다 알고 있는 사실이 아니던가.

한편 무영에게 사로잡혔다가 겨우 풀려난 오크 족장 트루산은 양손을 뺨에 살며시 대며 걸쭉한 목소리로 꿈결처럼 말했다.

"취, 취이잇. 저, 저 남자. 어쩐지 취잇, 기백이 있어."

"취이익. 족…… 장님?"

그녀를 부축하고 있는 양쪽의 오크 여전사들은 고개를 갸웃거리고는 무영이 사라진 쪽을 바라보았다.

그런데 이때 무영은 한 가지 사실을 잊고 있었다. 자신과 대화를 나눈 그 강시(?)들이 전혀 다른 언어를 구사하고 있었다는 사실이다. 물론 그들과 대화를 나눈 자신 역시 전혀 다른 언어를 구사했다. 분명히 중원에서 사용하는 언어가 아닌, 생전 처음 듣고 말해보는 언어였다.

그럼에도 불구하고 그것이 너무나 자연스러워서 의식하지 못했던 것이다. 하지만 그 사실은 머지않아 무영을 당황하게 만들었고, 그나마 자연스러웠던 의사소통마저도 곧 이루어질 수 없게 돼버렸다.

*　　　　*　　　　*

플로리아 대륙의 교역도시 멜란은 불과 5년 전만해도 헤이즈 왕국에 세금을 내는 도시였다. 하지만 5년 전, 카르젠 제국의 침략이 있고나서 멜란 시는 더 이상 헤이즈 왕국의 땅이 아니었다.

전쟁에서 연이어 패한 헤이즈 왕은 결국 멜란 시까지 카르젠 제국에 넘겨주고 나서 항복을 선언했다. 그리고 영원히 형님의 국가로 받들겠노라고 약속하고 온갖 불평등조약을 맺을 수밖에 없었다.

그리하여 5년 전, 멜란 시의 영주로 제국의 관리가 처음 부임했으며, 그는 온갖 부정부패를 일삼기 시작했다.

물론 교역도시인 만큼 여전히 활발한 분위기는 유지되었지만, 거리에는 도둑, 소매치기, 불량배, 거지들이 셀 수 없이 많았고, 시민들은 온통 유흥에만 빠져 방탕한 생활을 일삼았으니 빈부격차가 날이 갈수록 심해 말로 표현할 수 없을 정도였다.

그래서 사람들은 멜란을 꿈의 도시라고 부른다. 꿈을 꿀 수 있는 도시. 온갖 도박장과 유흥업소에서 하룻밤 꿈을 꿀 수 있는 도시. 하지만 다음 날 깨어나면 냉정하고 차가운 현실만

이 기다린다. 멜란에 들어온 자는 꿈을 타고 오지만, 멜란을 떠나는 자는 현실을 짊어지고 가버린다.

그런 멜란 시에 꿈을 꾸며 들어온 사내가 있었다. 하지만 이 사내의 꿈은 다른 사람들과는 조금 달랐다. 모두 멜란에서 부자가 되는 꿈, 색을 즐기고 부를 탐하며 덤으로 명예까지 노려보려는 꿈과 달리 이 사내의 꿈은 소박했다. 아니, 어쩌면 너무 큰 꿈일지도.

"집으로 돌아가고 싶다."

남자는 중얼거렸다. 사실 그것은 어쩌면 그에게 너무 큰 꿈일지도 몰랐다.

"제기랄! 왜 이제는 말도 통하지 않는 거지?"

남자가 다시 신경질적으로 소리치자, 주위에 있던 사람들이 힐끔힐끔 쳐다보았다. 그가 내뱉는 소리가 이곳 사람들의 어떤 언어와도 다른 말투였던 것이다.

이제 막 소년의 티를 벗어날 듯이 보이는 남자.

그는 다름 아닌 무영이었다.

무영은 멜란 시의 남서쪽에 자리 잡고 있는 산에서 내려오자마자 지나다니는 사람들을 보고 눈을 휘둥그레 떴다. 천산이 아무리 서역에서 가깝다지만, 이곳은 중원과 너무 생활 문화가 달랐던 것이다.

뒤늦게 무영은 자신이 사용하는 언어가 중원에서 사용하는 것이 아니라는 것을 깨닫고 깜짝 놀랐다. 그런데 그 언어도 점점 사용할 수 없게 되더니, 이제는 다른 사람이 하는 말도 전혀 알아듣지 못하게 된 것이다.

"대관절 이곳은 어디란 말이야!"

멜란의 한복판에서 미아가 된 무영은 머리를 움켜쥐고는 소리를 질렀다. 물론 의사소통이 그나마 통할 때, 무영은 이곳이 어디인지 확실히 들었다.

한 꼬마 아이를 붙잡고 자신이 내려온 산 이름과 여기가 어디냐고 묻자, 그 꼬마 소녀가 치클(껌의 주원료)을 짝짝 씹으며 또박또박 알려주었던 것이다.

"여기는 카르젠 대제국의 멜란 시예요. 그리고 저 산은 헤이즈 왕국과 바르데나 왕국 사이에 놓여 있는 라마 산맥의 끝자락이죠. 산 이름은 알비드라고 해요. 알. 비. 드. 산."

소녀는 자신의 지식에 매우 만족한다는 듯 흡족한 표정으로 말했다. 그리고 크면 선생님이 될 거라며, 무영에게 아이를 낳거든 자신에게 데려오라고 했다.

결국 무영은 한참 동안 생각했다.

혹시 재수없게 미친 여자 아이를 잘못 만나서 물어본 것은 아닌지. 하지만 여러 정황으로 보았을 때, 그 소녀의 말을 신뢰할 수밖에 없다고 결론을 내렸다.

그런데 문제는 바로 그 알비드산을 들어본 적이 없다는 것이다. 곤륜산, 공동산, 아미산, 무당산, 소림의 숭산 등은 모두 들어봤어도, 알비드산은 당최 처음 듣는 이름이었다.

무영 이계를 훔치다 Thief King

게다가 멜란 시라니. 도대체 이곳은 중원에서 얼마나 떨어진 곳일까? 기껏해야 천산일 것이라고 생각했지만, 분명 천산은 아닌 게 틀림없었다.

무영은 멜란 시를 이곳저곳 배회하다가 시장 골목길로 들어가서 구석에 철퍼덕 주저앉았다. 시장의 분위기도 중원과는 판이하게 달랐다. 게다가 돌아다니는 사람들 역시 중원인과 다른 용모였다.

외모는 서역의 사람들이었고, 차려 입은 옷 역시 생소하게 보였다. 게다가 온몸을 딱딱한 갑옷으로 차려 입은 사람도 있었다.

무영은 주저앉은 채로 왜 갑자기 말이 안 통하게 된 건지, 아니 어째서 조금 전까지는 말이 통했던 건지 생각해 보았다.

"처음 잠시 동안 말이 통했던 것은 혈교에서 훔쳐낸 약의 기운 때문일지도 몰라. 그런데 이제 약발이 떨어졌으니 의사소통도 안 되는구나. 도대체 그 약물은 뭐였던 거지?"

무영은 막연한 표정으로 하늘을 올려다보았다. 그러다가 배에서 문득 들려오는 소리에 표정을 구겼다.

꾸르륵 꾸륵.

"쳇, 그 신종 강시들을 상대할 때도 말썽을 피우더니 먹을 것을 달라고 아우성이군."

무영은 투덜거리며 몸을 일으켰다. 어쨌거나 뭔가 먹어야 했다. 주위에서 솔솔 풍겨오는 음식 냄새는 그를 더욱 허기지

게 만들었다.

"그나저나 뭘 먹으려고 해도 돈이 있어야지, 원."

무영은 다시 시장을 여기저기 기웃거리며 군침을 삼켰다. 며칠을 굶었는지 배가 등가죽에 달라붙기 직전이었다. 음식도 중원과 달리 생전 처음 보는 것들이 많았지만, 전부 먹음직스러웠다.

"아! 신종 강시에게서 빼앗은 그 보석을 팔면 뭔가 사 먹을 수 있지 않을까?"

뒤늦게 붉은 보석이 생각난 무영은 걸음을 빨리했다. 여기저기 살펴보며 걷던 무영의 발걸음이 멈춘 곳은 허름한 가계 앞이었다.

멜란 시의 마법 상점이었는데 각종 마법구와 메이스 등 여러 도구를 파는 곳이었다.

청옥 같은 커다란 구슬이 있으니 이곳에서도 틀림없이 보석을 매입하리라. 무영은 그제야 미소를 머금고 문을 열고 들어섰다.

딸랑딸랑.

방울 소리가 울리자, 구석에서 대머리에 입술이 두툼한 주인장이 얼굴 가득 웃음을 머금고 모습을 드러냈다.

"어서 옵쇼! 무엇을 찾으시……."

손을 맞비비며 나오던 주인장은 무영을 보자 대뜸 눈살을 찌푸렸다. 행색이 초라하고 지저분한 것으로 보아 틀림없이

 무영 이계를 훔치다 Thief King

무일푼이리라. 그는 혀를 차고는 달갑지 않게 물었다.

"뭘 찾으쇼?"

하지만 무영이 그 말을 알아들을 리가 없었다. 이미 흥룡단에게 포위됐을 때 마셨던 약기운이 떨어져서 그런지 무영의 귀에는 그저 딱따구리가 우는 소리처럼 들릴 뿐이었다.

그러나 무영은 적어도 자신의 행색에 주인장의 태도가 변했다는 사실을 눈치 챘기에 얼른 품에서 붉은 구슬을 꺼내 보였다.

"이걸 팔려고 왔소."

무영의 말에 주인장은 눈을 동그랗게 떴다.

그는 먼저 무영이 내뱉은 말을 알아들을 수 없었기에 한 번 놀랐고, 무영의 손에 들린 불의 속성을 가진 강화석을 보았기에 또 한 번 놀랐다.

주인장의 머리가 빠르게 구르기 시작했다.

'도대체 어디 언어지? 대륙 공용어도 모르고 이 멜란 시에 왔단 말인가? 도대체 어디에 짱 박혀 살던 촌놈인지는 모르지만 담이 크구만. 보아하니 어차피 내가 아니더라도 다른 사람에게 사기당할 팔자겠어. 그렇다면……. 크크크.'

주인장은 내심 쾌재를 부르며 즐거워했다. 어디서 거지가 굴러왔구나 싶어 얼른 걷어차 버리려고 했지만, 이건 거지가 아니라 호박이었다. 아니지, 황금 호박이다. 잠시 참았던 대가로 이런 복이 주어진 것이다.

자고로 강화석 중에서 가장 비싼 것이 불의 속성이었다. 게다가 주먹만 한 강화석이라니! 이런 건 부르는 게 값이다. 그런데 공용어도 모르는 소년이 찾아와 대뜸 강화석을 내밀다니. 필시 시세도 모르는 것이 분명했다.

"하하하, 손님. 이걸 제게 팔고 싶으신 겁니까?"

무영은 상대의 말을 알아듣기 힘들었지만, 대충 손짓을 보고 이해했다. 그가 고개를 끄덕이자 주인장이 사람 좋은 미소를 지으며 말했다.

"그것참. 사실 이런 건 크기만 크지, 별로 쓸모가 없답니다. 저희 가게에서는 이런 걸 받을 수가 없군요. 죄송합니다."

주인장은 손짓을 해가며 무영에게 말을 전했다. 한참 만에 주인장의 말뜻을 알아들은 무영은 시무룩한 표정으로 붉은 보석을 바라보았다.

그 모습을 가만히 지켜보던 주인장은 못내 인심 쓰는 척하며 무영을 잡아 이끌었다.

"이리 와 보시겠습니까?"

무영은 갑자기 자신의 손을 잡아끄는 주인장을 보며 어리둥절한 표정을 지었다.

"무슨 일이십니까?"

물론 주인장도 무영의 말을 알아듣지 못했지만 대충 분위기로 대답했다.

"사정이 너무 딱해 보여서 제가 한 가지 드리려고 합니다.

 무영 이계를 훔치다 Thief King

정 그것을 제게 팔고 싶다면 이걸 드리지요.”

주인장이 무영을 잡아 이끈 곳은 구석에 마련된 조그마한 진열장이었다. 진열장 안에는 갖가지 반지가 나열되어 있었는데, 단 두 개만이 케이스에 따로 담겨져 있었다.

하나는 매우 반짝이고 고급스러워 보이는 반면, 다른 하나는 한 눈에 척 봐도 볼품없고 초라해 보이는 반지였다.

주인장은 고급스러운 반지를 꺼내서 무영의 손가락에 끼워주었다.

그러자 놀라운 일이 벌어졌다.

“어떻습니까? 잘 들리십니까?”

“세, 세상에! 이렇게 신기할 수가! 주인장의 말씀이 분명히 들리는군요!”

무영은 감격한 표정으로 반지와 주인장을 번갈아보았다. 그건 사실 통역 마법이 걸린 반지였기에 서로간의 의사소통이 가능했던 것이다.

좋아하는 무영을 보고 주인장은 미소를 지으며 말했다.

“사실 손님께서 가져오신 그 보석은 별로 중요한 것이 아닙니다. 보석 중에서도 가장 싸고, 오히려 처리가 곤란한 애물단지일 뿐이지요. 하지만 손님이 너무 딱해보여서 제가 이 반지와 그 보석을 바꿔 드리겠습니다.”

무영은 감격한 표정으로 주인장을 보았다.

“저, 정말요? 정말 그래도 되겠습니까? 이렇게 신비로운 반지를!"

"정말이고말고요. 손님이 어디서 오셨는지 잘 모르겠지만 의사소통이 힘든 것을 보니 이 반지가 필요할 것 같더군요. 대륙 공용어를 모르시니 이 반지를 착용하도록 하세요."

대륙 공용어? 중원에도 그런 게 있던가?

어쨌든 지금으로서는 무영에게 가장 필요한 것이었다. 한 끼의 식사보다 말 한마디 통할 수 있는 것이 훨씬 절실했던 것이다.

무영은 연신 굽실거렸다.

"정말 감사합니다. 주인장의 은혜를 어찌 갚아야 할지 모르겠습니다."

"허허, 그렇게 고마워할 필요 없습니다."

무영은 자신의 손가락에 낀 반지를 보며 내심 안도했다. 이제 말이 통하니 한결 편해지리라.

그런데 자꾸만 그 옆에 있던 낡은 반지에 눈이 가는 것은 왜일까? 그리고 자신이 건네주는 붉은 보석에 미련이 생기는 것은 왜일까? 분명 생각했던 것보다 값어치가 나가지 않은 것에 대한 미련 때문이리라.

무영은 다시 한 번 주인장에게 감사하다는 말을 전하고 밖으로 나왔다. 그는 가게를 나서면서 등 뒤의 주인장이 의미심장한 미소를 짓고 있다는 것을 미처 눈치 채지 못했다.

밖은 이미 해가 지고 날이 어둑해지고 있었다. 거리를 돌아

 무영 이계를 훔치다
Thief King

다니던 무영은 다시 자신이 있는 곳이 어디인지 사람들에게 묻고 다니기 시작했다. 하지만 돌아오는 대답은 똑같았다.

"여기가 어디냐고? 멜란이지."

"별 거지 같은 게 이상한 걸 다 묻고 있어. 멜란 시지 어디긴 어디야?"

역시 그 꼬마 소녀는 미친 것이 아니었다. 좀 이상할 만큼 자신의 지식에 대해 자부심을 가졌던 것일 뿐. 분명히 이곳은 멜란 시이며 자신이 내려온 산은 천산이 아닌 알비드산이었다.

밤이 깊어지자 무영은 허기가 지다 못해 쓰러지기 일보직전이었다. 너무 굶었더니 오히려 헛구역질까지 날 지경이었다. 결국 무영은 조사하는 것을 멈추고 다시 시장 골목 구석으로 걸어갔다.

달이 뜬 지 오래된 시각이었기에 골목 여기저기에는 노숙하는 사람들이 제법 보였다. 낮의 화려했던 거리의 모습과 달리 시장 구석은 노숙자로 즐비했다.

'우선 오늘은 저들 틈에 섞어 자야겠다.'

무영은 지친 발걸음을 이끌고 노숙자들 틈으로 걸어갔다. 그리고 아무 자리나 잡고 드러누웠다. 하늘에는 금방이라도 쏟아질 것처럼 별들이 많았다.

너무 지쳤던 탓일까? 무영은 빠르게 잠이 들었다.

달콤한 꿈을 꿨다.

아버지와 어머니. 어머니 품에 안겨 즐거운 대화를 나누는 꿈. 아버지의 칭찬에 해맑게 웃는 꿈. 그리고 그 꿈결에 미소 짓는 순간.

퍼억!

"어헉!"

무영은 복부를 움켜쥐고 부르르 떨었다. 누군가 누워 있는 무영의 복부를 냅다 걷어차 버린 것이다.

"이 새끼는 뭐야! 감히 우리 구역에 들어와서는 벌러덩 자빠져 자고 있어? 이 새끼 들어오는 거 누가 본 사람 없어? 뭐 이런 존재감도 없는 기분 나쁜 녀석이 다 있어?"

빠악!

"커헉!"

다시 발길질이 이어졌다.

"그러고 보니 웬 놈이지? 언제 여기에 자리를 잡고 누운 거야?"

"모르는 놈이면 밟아 버려!"

여기저기서 성난 목소리가 들리더니 발길질이 마구 쏟아졌다.

퍽퍽! 퍼벅!

"크흑! 헙!"

무영은 정신없이 맞았다. 어찌나 많은 발이 사납게 쏟아지는지 고개조차 제대로 들 수 없을 지경이었다.

이윽고 골목에 있던 노숙자들이 전부 일어나서 무영을 발로 차기 시작했다. 그러다가 그 중 한 명이 각목 하나를 들고 저벅저벅 걸어오더니 양손에 침을 탁탁 뱉고는 말했다.

"실컷 밟았으면 다들 옆으로 비켜."

그의 목소리에 거지들이 옆으로 우루루 비켜섰다.

"이야압!"

빠악!

"크악!"

각목에 직격으로 등을 얻어맞은 무영은 그대로 고꾸라졌다. 다시 이어지는 발길질. 무영은 입술이 터지고 옷이 찢어지고 살이 까졌다.

"이런 젠장! 왜들 이러는 거야!"

무영이 버럭 소리를 지르며 몸을 확 일으키자 거지들이 우루루 넘어졌다. 하지만 단신인 그 앞에서 움츠러들 무리가 아니다.

"이 자식이 어디서 큰 소리야!"

각목을 들고 있던 거지는 고함을 지르며 달려들었다. 그가 무작위로 휘두른 각목을 슬쩍 피한 무영은 재빠르게 상대의 등 뒤로 돌아갔다. 그리고 눈 깜짝할 사이에 손가락으로 거골혈을 내찔렀다.

파밧!

"커헛!"

졸지에 몸이 꼼짝도 할 수 없게 되자 각목을 든 거지는 눈동자만 이리저리 굴리며 소리쳤다.

"이 자식! 무, 무슨 짓을 한 거냐? 너 마법사냐? 역시 영주의 개구나."

"무슨 소리야? 그것보다 너희들이야말로 내게 무슨 짓이냐? 자고 있는 사람을 왜 건드리지?"

"시끄러워! 뭣들 하는 거야? 이 자식을 밟아버려!"

혈도를 제압당한 거지가 소리치자 다른 거지들이 우루루 몰려왔다. 찰나, 무영은 품에서 월검을 꺼내 거지의 목에 갖다 댔다. 요즘 따라 인질극을 자주 벌이는 그였다.

"다들 꼼짝 마! 움직이는 순간, 이 자식의 목 근육이 얼마나 질긴지 확인하게 될 거다!"

"어어어."

거지들은 주춤거리며 물러섰다. 혈도를 제압당한 거지도 침을 꿀꺽 삼키고 긴장하기는 마찬가지였다. 그는 이를 뿌득 갈며 말했다.

"이런 짓을 하고도 네가 무사할 것 같아?"

"말이 많군."

파밧.

"커헛!"

무영은 아혈을 짚어 아예 말을 못하도록 막아버렸다. 그는 날카로운 눈으로 거지들을 둘러보며 생각했다.

‘이 자식들은 뭐지? 혹시 개방인가? 개방에서 날 죽이려고 보낸 자들인가? 하지만 개방에 서역인이 이렇게 많다는 것은 금시초문이다.’

그때 맞은편에 바글바글 모여 있는 거지들 틈에서 노년의 사내 목소리가 들려왔다.

“무슨 일인데 이렇게 소란스러운 거냐?”

“왕초!”

거지들은 일제히 노년의 사내를 향해 고개를 숙였다. 그리고 그들은 손가락으로 무영을 가리켰다.

무영은 자신을 쳐다보는 노인을 보며 미간을 찡그렸다.

‘왕초라니. 개방의 방주와 같은 건가? 하지만 무공은 약해 보이는데…….’

한편 왕초라 불린 노인은 무영을 유심히 살펴보다가 다른 거지들을 향해 입을 열었다.

“왜 같은 처지끼리 싸우고 그러냐? 그만 보내줘라.”

“하지만 왕초! 저자는 길드장이 보낸 것일지도…….”

“아니야. 내가 보기에 저자는 이곳에 처음 온 것 같다. 멜란에서 오십 년을 넘게 살아온 내가 그 정도도 모를 줄 아느냐?”

“알겠습니다.”

왕초의 말을 들은 거지들은 슬슬 경계태세를 풀고 좌우로 나누어 서며 물러섰다. 그러자 왕초라 불린 노인은 무영을 향해 너그러운 목소리로 말했다.

“내 친구들이 실수를 했네. 젊은 친구는 그만 분노를 거두고 그 친구를 놓아주게나. 이제 그대에게 해코지하지는 않을 걸세.”

“흥! 그 말을 어떻게 믿겠습니까? 이자들은 제가 자고 있을 때 갑자기 발로 차고 각목으로 공격했습니다!”

“잠시 오해가 있었던 것 같네만. 이 늙은이가 친구들을 대신해 사과드리겠네.”

왕초 노인은 정말로 정중히 허리를 굽혀 사과했다. 비록 말로 풀릴 일이 아니라지만 상대에게서 진심이 느껴졌기에 무영은 월검을 거둬들였다. 그리고 거지의 혈도를 풀어주었다.

잡혀 있던 거지가 얼른 다른 무리들 속으로 도망가자, 무영은 포권을 취하며 대답했다.

“허락없이 무리에 들어와 소란을 일으킨 점 사과드립니다.”

“허허, 예의가 바른 청년이군. 이들은 내 말을 잘 따르니 이제 아무 걱정하지 않아도 될 걸세.”

왕초 노인은 걸음을 돌렸다. 그런데 갑자기 거지들이 웅성거리기 시작했다.

“어어?”

털썩!

멀쩡하게 서 있던 무영이 갑자기 힘을 잃고 바닥에 쓰러져 버린 것이다. 노인은 황급히 걸음을 되돌려 무영에게 다가갔다.

“이보게. 갑자기 왜 이러는가?”

 무영 이계를 훔치다 Thief King

노인이 안아들자 무영은 힘없이 말을 흘렸다.

"배가…… 너무 고픕니다."

그 말을 끝으로 무영은 게슴츠레 떴던 눈을 감았다.

CHAPTER 7

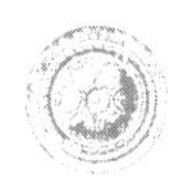

마법 상점을 털다

따닥. 따닥.

마른 장작이 타들어가면서 모닥불을 거세게 피워 올렸다. 불길이 커지자 나무토막을 던져 넣던 노인은 손을 탁탁 털고는 자리로 돌아와 앉았다. 그의 옆에는 아직 스무 살도 채 되지 않아 보이는 소년이 허겁지겁 토끼구이를 먹고 있었다.

어찌나 정신없이 먹는지 고기를 베어 문 소년의 양볼은 터질듯이 불룩했고, 목이 매여도 악착같이 씹어 삼키며 물조차 찾을 생각을 하지 않았다. 그야말로 맛을 음미하기 위해서 먹는 것이 아닌, 뱃속에 뭔가를 집어넣고야 말겠다는 집념 하나로 먹는 것처럼 보였다.

소년을 가만히 바라보던 노인은 물병을 건네주며 말했다.

"천천히 먹게나. 그러다 체하면 아니 먹은 것만 못하네."

소년은 물병을 받으면서도 우적우적 씹기를 멈추지 못하고 대답했다.

"고맙습니다, 영감님."

"허허허, 배가 많이 고팠나보군. 아까는 우리 애들이 실수를 했네. 요즘 영주의 개 노릇을 하는 길드장이 자꾸 그 친구들을 납치하려고 해서 말일세. 틀림없이 투기장 개막 이벤트에 부려먹으려고 그러겠지. 아, 내가 초면에 쓸데없이 주절거리는구먼. 그래, 자네 이름은 뭔가?"

"곽무영이라고 합니다."

아무리 배가 고플지라도 최소한의 예는 차려야겠기에 무영은 뱃속에 고기 집어넣기를 잠시 멈추고 정중히 대답했다.

그래도 저 영감 때문에 거지들한테 맞아죽을 것을 면하지 않았던가. 게다가 허기가 져서 쓰러진 자신에게 이렇게 토끼 고기까지 대접해 주니, 좀 부풀린다면 생명의 은인이나 다름없었다.

"그런데 영감님은 왜 그들과 함께 있지 않고 이런 산 아랫자락에 와서 지내십니까?"

노인이 무영을 데리고 온 곳은 멜란 시의 남서쪽에 위치한 알비드산 아래였다. 이곳에 허름한 천막과 여러 생필품들이 있는 것으로 보아 노인은 줄곧 여기서 생활해온 듯했다.

 무영 이계를 훔치다 *Thief King*

“도심은 시끄럽고 정신이 사나워서 말일세. 나는 조용한 이곳이 좋다네.”

“그럼 왜 그들은 영감님과 함께 있지 않습니까?”

“허허허, 그건 아마도 이 산 위에 살고 있을 오크족 때문이 겠지. 알비드산에 여자 오크족이 살고 있다는 소문이 파다하네. 그 오크들은 남자들을 주로 잡아간다더군. 아무리 무일푼의 거지들이라곤 하지만 목숨을 쉽게 버릴 수야 있겠는가?”

무영은 고기를 물어뜯으며 잠시 생각에 잠겼다.

오크족이라? 처음 듣는 말이었다. 몽고족은 말을 잘 타고, 동이족은 활 솜씨가 뛰어나다는 것 정도는 알고 있다. 헌데 오크족은 산을 잘 타고 남자보다는 여자들이 엄청 강한 것일까? 하여튼 세상에는 신기한 인간들이 많은 것 같다.

무영은 고기를 한 입 물어뜯고 나서 다시 질문을 던졌다.

“그런데 영감님은 왜 이런 위험한 곳에서 지내시는지요?”

“껄껄껄. 그 오크들은 젊은 남자만 납치하기 때문에 나 같은 늙은이는 거들떠도 보지 않을 걸세.”

무영은 알 듯 모를 듯 고개를 끄덕이고는 다시 고기를 먹는 데 집중했다. 소금까지 적당히 뿌린 토끼고기였기에 정말 맛있었다. 물론 중원의 음식에 비할 것은 못 되지만 허기가 반찬이라고 하지 않던가. 토끼 한 마리를 순식간에 다 먹어치운 무영은 겨우 한숨 돌리며 기운을 차릴 수 있었다.

“정말 잘 먹었습니다. 영감님이 아니었으면 저는 굶어죽었을지도 모릅니다."

"껄껄. 젊은 사람이 과장이 심하군."

"그때 전 정말 죽을 것만 같았거든요."

무영은 말을 꺼내면서 씩 웃었다. 과장이 있을지 모르겠지만 그 말은 진심이었다. 얼마나 의식을 잃었고, 얼마나 굶었던 것일까? 태어나 허기가 져서 쓰러진 적은 처음이었다.

'아마 아버지나 어머니가 이런 내 모습을 보았다면 깜짝 놀라시겠지.'

어느 정도 배가 불러오자 무영은 그제야 중요한 것이 생각난 듯 노인을 돌아보며 물었다.

"영감님, 이곳이 어딘지 설명 좀 해주시겠습니까?"

대뜸 묻는 질문에 노인은 눈을 동그랗게 뜨더니 무영을 돌아보았다. 여기가 어디냐고 묻다니?

하지만 그는 곧 무영을 유심히 살펴보고 나서 이해하겠다는 듯 고개를 끄덕였다.

"젊은이는 정말 외지인이었구먼?"

"예. 어떤 경위로 의식을 잃게 되었는데 깨어나 보니 이곳이더군요."

"어디에서 온 것인가?"

"중원에서 왔습니다. 혹시 영감님은 명나라를 아십니까?"

"명나라?"

"예."

무영은 잔뜩 기대하는 표정으로 노인을 바라보았다. 하지만 그는 고개를 천천히 가로저었다.

"내가 60평생을 살아왔지만 명이라는 나라는 한 번도 들어본 적이 없네. 내가 아는 한 플로리아 대륙에는 모두 네 개의 나라밖에 없어. 카르젠 제국과 헤이즈 왕국 그리고 바르데나 왕국과 세리나 왕국이지."

무영은 얼굴을 굳히며 생각에 잠겼다.

그렇다면 도대체 자신은 중원에서 얼마나 멀리 떨어진 것일까? 혹시 바다를 건너 다른 대륙으로 가야지만 중원으로 돌아갈 수 있다는 말인가? 어쨌든 자신이 생각했던 것보다 이곳이 훨씬 먼 곳이라는 것은 틀림없었다.

낙심한 표정이 가득한 무영에게 노인이 위로하듯 말을 건넸다.

"너무 실망하지 말게나. 어디서 왔든지 돌아가려고 마음먹는다면 가지 못할 이유가 무엇이겠나? 여유를 가지고 천천히 길을 알아보게나."

무영은 차분히 마음을 가라앉히고 고개를 끄덕였다.

영감님의 말씀이 옳았다. 아무리 멀다고 한들 돌아가려고 마음먹고 천천히 길을 알아본다면 가지 못할 이유가 무엇이겠는가? 그리고 어차피 중원에 돌아가도 자신에게 소중한 것은 아무것도 남아 있지 않을 터인데. 복수를 위해서라면 오히려 이곳에서 좀 더 실력을 갈고 닦은 다음 여유를 가지고 돌아가도 늦지 않으리라.

하지만 아직까지 무영은 모르고 있었다. 그 각오가 얼마나 이루기 힘들고 어려운 것인지를.

무영은 노인의 위로에 감사의 말을 전했다.

"격려해 주셔서 감사합니다. 덕분에 희망이 생겼습니다."

"허허, 뭘 해준 게 있어야 감사를 받지."

노인은 푸근한 미소를 지었다. 무영은 모닥불에 비친 노인의 얼굴을 보며 가만히 미소 지었다.

머리카락과 수염이 희끗한 노인은 눈썹이 짙고 코가 오뚝했다. 비록 너덜너덜하고 헤진 옷을 입고 있었지만 풍채에서 뿜어지는 위엄은 그가 여느 거지하고는 다르다는 것을 말해 주고 있었다. 그리고 청명한 눈빛은 얼마나 생각이 깊은 사람인지 대신 말해 주는 듯했다.

도둑의 가문에서 태어난 무영이 그런 상대를 못 알아볼 리가 없었다.

"영감님은 혹시 개방의 방주이십니까?"

"음? 그건 또 무슨 말인 겐가?"

무영은 그제야 이곳에는 개방이라는 것이 없다는 것을 깨닫고 말을 돌렸다.

"영감님이 어떤 분이신지 궁금했습니다. 어쩐지 원래부터 이런 생활을 해 오신 것 같지가 않았거든요. 혹시 실례가 되는 질문이라면 용서해 주십시오."

 무영 이계를 훔치다 Thief King

"허허, 호기심은 인간의 본능인 것을. 그런 걸 나무랄 수야 없지 않겠나. 흠, 내가 어떤 사람인지 궁금하다라."

노인은 모닥불을 향해 장작 하나를 던져 넣었다. 그리고 말을 이었다.

"패트론 실버트, 그게 내 이름이지. 사실 나는 5년 전만 해도 당시 영주를 도와 이곳 멜란 시를 관리하며 부유한 생활을 영위했지. 남부러울 것이 없었네. 하지만 카르젠 제국이 이곳을 침략하고 나서 나는 모든 것을 잃었어. 넓고 큰 집은 불타버렸고, 처자식은 모두 전쟁 통에 죽어버렸지."

그는 잠시 말을 끊었다가 쓴웃음을 지었다.

"뭐, 그런 사람일세. 후훗, 60년 가까이 살아온 인생인데. 지난 5년, 그것도 세월이라고 벌써 이 생활에 익숙해진 것을 보면 인간이란 참으로 간사하지."

패트론은 활활 타오르는 장작을 물끄러미 바라보았다. 그의 검은 눈동자에 불덩이 두 개가 담겨졌다. 마치 지금 회상되는 그 모든 기억들을 활활 태워 지워 버리기라도 할 듯이.

패트론을 가만히 바라보고 있던 무영 역시 마음이 싸하게 시려왔다. 괜한 질문을 했구나 하는 생각과 함께 문득 돌아가신 부모님이 사무치도록 그리워졌다.

침묵이 한참 동안 이어지자 패트론은 문득 고개를 돌리고 환하게 웃었다.

"이런, 늙어서 주책을 떨었구먼. 자, 오늘은 시간이 늦었으니 어서 자도록 하게나. 그리고 내일…… 음?"

패트론은 말을 꺼내다 말고 무영의 손가락을 가만히 바라보았다.

"통역반지로군?"

무영은 그제야 패트론의 시선을 느끼고 대꾸했다.

"아, 이 반지 말이군요. 정말 신기한 물건이지 않습니까? 이 반지 덕분에 제가 영감님 말씀을 모두 알아들을 수 있는 거지요. 물론 제 말 또한 영감님이 알아들을 수 있는 거구요."

패트론은 멍한 표정으로 무영을 바라보았다. 도대체 이 아이는 어디서 왔기에 마법 반지조차 신기한 눈으로 본단 말인가? 어찌 보면 산전수전을 다 겪었을 것처럼 보이는 아이가 가끔 내뱉는 말을 보면 세상물정이라고는 전혀 모르는 아기 같았다.

패트론은 들떠 있는 무영에게 찬물을 끼얹기 싫었지만 사실대로 이야기했다.

"하지만 그 반지는 별로 귀한 것이 아니지 않은가?"

"예에? 이게 귀한 반지가 아니라고요? 그럼 이런 반지가 많이 있다는 말씀입니까?"

"아니, 그건 아니지. 왜냐하면 플로리아 대륙의 거의 모든 사람은 정말 시골 촌부만 제외하고는 대륙 공용어를 사용할 테니까. 사실 이 반지는 크게 쓸모가 없는 만큼 흔하지도 않지.”

“그럼, 필요만하다면 얼마든지 만들 수 있다는 말씀이군
요?”

“물론. 이 정도 반지라면 낮은 클래스의 마법사들도 만들
수 있으리라 보네.”

무영은 뒤통수를 긁적였다. 도무지 알아들을 수 없는 말들
뿐이었다. 하지만 자신이 힘겹게 얻어낸 이 반지를 너무 평가
절하하는 것 같아 한 마디 덧붙였다.

“하지만 이건 제게 소중한 것입니다. 다른 사람은 몰라도
저에게는 꼭 필요한 것이니까요. 안 그러면 저는 이곳 사람들
의 언어를 알아듣기 힘들 겁니다.”

“그렇겠지. 하지만 그것은 그리 비싼 물건은 아니야. 혹시
라도 사기당한 게 아닐까 걱정되는군. 얼마를 주고 얻었나?”

그것만큼은 자신이 있는 무영이었다. 한낱 쓸모없다는 붉
은 보석과 맞바꾼 것이 아닌가.

“사실 이곳에 오기 전에 저는 알비드산의 동굴에서 탈출했
습니다. 그곳에서 주먹만 한 붉은색 구슬을 가지고 왔는데,
그것과 이 반지를 바꾼 것입니다.”

무영이 자랑스럽게 떠드는 말에 패트론은 눈을 찢어질 듯
이 부릅떴다.

“서, 설마! 그럼 혹시 오크족의 여족장이 차고 있다는 붉은
보석을 가지고 내려왔다는 말인가?”

무영은 고개를 갸웃거렸다.

오크족? 또 오크족이다. 도대체 오크족이라는 게 뭐기에.

그때 그의 뇌리를 스치는 기억이 하나 있었다. 혹시 혈교의 신종 강시라고 생각했던 그들이 바로 오크족이라는 걸까? 그렇다면 대충 이야기가 맞아떨어진다.

'세상에 그런 괴이하게 생긴 인간들이 있었다니! 진정한 오랑캐는 바로 그런 인간을 두고 하는 말이로구나!'

무영은 몸서리를 치고는 말했다.

"전 그들이 혈교의 신종 강시인줄 알았는데, 오크족이었군요. 정말 이상하게 생긴 인간도 다 있군요. 뭐, 그 보석을 그 오크족이라는 사람에게서 뺏어 온 것은 사실입니다."

패트론은 이제 아예 턱이 빠질 듯이 입을 쩍 벌렸다. 그리고 한참을 다물 생각도 하지 못했다. 도대체 이 아이는 무슨 이유로 겁을 상실해 버린 것일까? 아니면 정말 뇌가 없는 사기꾼일까? 하지만 눈동자로 보아서는 절대 거짓말을 하는 것 같지는 않다.

그렇다면 셋 중에 하나였다. 이 소년은 정말 제대로 멍청한 사기꾼이거나, 정말 뛰어난 사기꾼이거나, 정말 놀랍게도 그것들이 모두 사실이거나.

패트론은 그 모든 이야기가 사실일 것이라 믿어보기로 했다.

"그, 그들은 인간들이 아닐세. 오크족은 인간과 다른 종족이지. 아니, 그것보다 우선 그 오크족에게서 주먹만 한 붉은 구슬을 훔쳐온 것이 사실이란 말이지?"

"예."

"그럼 그 구슬과 이 반지를 바꾼 것도 사실이고?"

"예."

무영은 그것만큼은 자랑스럽게 고개를 끄덕였다.

하지만 패트론은 손바닥으로 자신의 이마를 탁 쳤다. 이 천재적인(?) 아이가 정말 멍청하게도 거래를 했구나!

이쯤 되자 무영도 뭔가 잘못된 게 있다는 것을 깨닫기 시작했다. 그는 패트론을 향해 물었다.

"혹시 제가 실수한 것이라도 있습니까?"

"실수하다마다. 자네가 가지고 온 그 보석은 그 가치를 함부로 따지기도 힘들 만큼 진귀한 것이라네. 그런데 이런 싸구려 반지와 바꾸다니, 정신이 나가지 않고서야 어찌 그런 일이 가능하단 말인가."

패트론은 마치 자기가 보석을 잃어버리기라도 한 것처럼 안타까워했다. 하지만 무영은 별로 상관없다는 듯이 말했다.

"하지만 전 별로 상관하지 않습니다. 그것이 아무리 진귀한 것일지라도 일단 저에겐 별로 필요 없는 것이었고, 이 반지는 제게 가장 필요한 것이었으니까요."

그러나 그 생각도 바로 이어진 패트론의 대답으로 인해 산산이 깨지고 말았다.

"이런 답답한 친구 같으니라고! 그 반지는 유효기간이 불과 10시간 밖에 되지 않는다네. 반지를 끼고 나서 10시간이 지나면 다시 자네는 다른 사람들과 대화를 할 수 없게 될 것이야."

무영은 입을 딱 벌렸다. 그리고 벌떡 일어나서 소리쳤다.

"10시간요? 그게 정말입니까?"

"그래, 이 친구야. 자네가 가져 온 그 보석이라면 그런 싸구려 반지를 수백 개는 살 수 있을 걸세."

그제야 무영의 주먹에 힘이 잔뜩 들어갔다. 10시간이라면, 앞으로 3시간만 지나면 무영은 다시 사람들과 대화를 할 수 없게 된다는 말이 아닌가.

"이런 사기꾼 같으니라고!"

"혹시 그 반지를 살 때, 옆에 다른 반지들은 없었나?"

"아, 그러고 보니 하나 있었습니다. 제가 끼고 있는 반지에 비해 훨씬 초라하고 볼품없어 보였지요. 같은 모양의 케이스에 담겨져 있었습니다."

"이런! 그 반지라면 유효기간이 1년이네. 적어도 1년 동안 통역마법이 지속되지. 하지만 그 반지라 하더라도 불의 강화석과 바꿀 가치는 못 되지. 혹시 어디서 그것을 산건가?"

"그건 잘……."

무영은 뒤통수를 긁적였다. 이 큰 도시의 어느 가게에서 산 건지 잘 기억이 나지 않았다. 물론 날이 밝고 도시 전체를 다

 무영 이계를 훔치다 Thief King

시 돌아다녀 본다면 찾아낼 수 있겠지만 지금으로서는 딱 집어 말하기가 힘들었다.

다만 생각나는 것은…….

"아, 주인장이 머리가 약간 벗겨진 분이었습니다. 그리고 입술이 좀 두툼했지요."

무영의 말에 패트론의 표정은 더욱 어두워졌다.

"흠, 도일이군. 마법 상점을 운영하는 장사꾼 중에서 머리가 벗겨진 사람은 그 녀석 밖에 없으니까. 그는 멜란 시의 시프 길드와 연결되어 있어서 건드리기가 꽤 까다로워. 게다가 시프 길드는 다시 영주와 연결되어 있거든."

패트론은 고개를 설레설레 저으며 혀를 끌끌 찼다.

무영은 주먹을 꾹 말아 쥔 채로 가만히 생각에 잠겼다. 반지를 가져올 때 왠지 모를 위화감이 느껴졌던 이유를 이제야 알 수 있었다. 그리고 이 반지 옆에 놓여 있던 낡은 반지에 자꾸 눈길이 간 것 또한 사실이었다. 그것은 어쩌면 도둑으로서의 잠재된 본능이 발현된 것이리라.

아버지께서 말씀하시지 않았던가? 모든 물건이 자신의 가치를 숨기고 있다 해서 그 진정한 가치가 사라지지는 않는 법이라고. 그런데 겉모습에 속고 말다니.

하지만 자신이 시세도 모르고 섣불리 남에게 속은 것도 잘못이지만, 아무것도 모르는 사람을 상대로 사기를 친 장사꾼에게도 분명히 잘못이 있었다.

무영은 착 가라앉은 목소리를 뱉어냈다.

"마법 상점을 털어야겠습니다."

"그래야겠지. 음? 뭐? 뭐라고 했나?"

무심결에 고개를 끄덕이던 패트론은 화들짝 놀라서 무영을 바라보았다. 도대체 이 아이는 생각이 있는 걸까, 없는 걸까? 방금 자신이 도일을 건드려서는 좋을 것이 없다고 말했음에도 불구하고 마법 상점을 털겠다니!

"생각을 다시 해 볼 수는 없겠나?"

무영은 고개를 돌리고 패트론을 응시했다.

"영감님, 제게 두 명만 붙여주십시오. 그럼 반드시 쥐도 새도 모르게 마법 상점을 털겠습니다. 그 마법 반지뿐만 아니라, 상점 내에서 증거가 남지 않을 돈은 모두 훔쳐서 영감님께 드리겠습니다."

이것 봐라? 생각을 바꿔보라고 권유했더니 이제는 공범이 되어달란다. 도대체 이 아이의 머리 구조는 어떻게 되어 있는 것일까?

패트론은 할 말을 잃고 멍한 표정으로 무영을 바라보았다. 평소라면 망설일 필요도 없는 제안이다. 그런 위험을 사서할 필요가 뭐 있을까?

하지만 어쩐지 지금은 달랐다. 이상하게 패트론은 마음 깊이 동요하고 있었다.

이 아이, 어쩌면 뭔가 해낼 아이인지도 모르겠다. 거지들

 무영 이계를 훔치다 Thief King

틈에 섞여 들어 잠을 자도 눈치 채지 못할 만큼 희미한 존재
감 때문만은 아니다. 무영에게는 뭔가 설명하기 힘든 오묘한
가능성이 깃들어 있었다.

"훗, 나도 나이를 먹었더니 어지간히 심심해졌나 보군. 자
네가 약속을 지키길 바라네."

패트론은 피식 웃었다.

무영은 활짝 웃으며 포권을 취해 인사했다.

"정말 감사합니다, 영감님. 분명히 약조한 대로 훔친 금액
은 모두 영감님께 드리겠습니다."

"허허허. 그리고 이제 영감님이라고 부르지 말게나. 너무
늙어 보이지 않나. 패트론으로 충분하네."

"알겠습니다, 영감…… 아니, 패트론."

두 사람은 마주 보고 씩 웃었다.

*   *   *

패트론은 무영에게 거지 한 명을 데리고 왔다. 30대 초반
으로 보이는 건장한 체격의 남자였는데, 눈썹과 콧수염이 유
난히 짙어보였다.

"알렌이라고 하네. 내가 가장 믿고 의지하는 친구지. 나와
알렌이 자네를 도울 걸세."

무영은 고개를 끄덕이고 알렌이라는 남자에게 자신을 소

개했다. 알렌 역시 호탕하게 웃으며 인사를 건넸다. 그는 5년 전까지 멜란 성의 수비 대장으로 지냈었기에 웬만한 담력과 체력에는 자신 있다며 자부했다.

때문에 무영은 믿음직스러운 표정으로 그를 바라보았다.

하지만 무영은 알렌에게 그만한 담력과 체력이 소모되는 위험한 임무를 맡길 생각이 없었다. 낯선 이국까지 와서 처음 본 사람에게 위험한 도둑질을 시킬 수는 없다. 게다가 도둑질을 할 때 자칫 조직이 잘못 구성되면 오히려 혼자 하느니만 못하다고 아버지께 들은 적도 있다.

그래서 무영은 두 사람에게 최소한의 임무만 맡길 생각이었다. 그는 패트론과 알렌을 번갈아보며 말했다.

"제가 두 분께 부탁드릴 것은 세 가지입니다."

"하하하, 말만 하쇼. 아까 우리 애들이 당신에게 실수한 것도 갚을 겸 최선을 다해주겠소."

알렌은 호탕한 성격답게 시원시원하게 대답했다.

무영은 부드럽게 미소 지으며 고개를 끄덕였다.

"감사합니다. 그럼 그 세 가지를 말씀드리겠습니다. 우선 두 분은 저를 도일의 마법 상점까지 안내해 주십시오. 그게 첫째입니다. 둘째는 도일의 마법 상점 건물의 구조에 대해서 제게 알려주시면 됩니다. 그리고 제가 알아야 할 사항이 있다면 말씀해 주십시오. 마지막 부탁은 이 두 가지를 들은 후에 말씀 드리겠습니다."

 무영 이계를 훔치다
Thief King

알렌의 표정이 시무룩해졌다.

"이거 생각보다 별 것 아니잖소. 좀 더 굉장한 모험을 기대했는데."

"두 분께 함부로 위험을 떠안길 수는 없지요."

무영은 웃으며 대꾸했다.

그렇게 해서 세 사람은 우선 도일의 마법 상점으로 걸음을 옮겼다. 이미 새벽이 깊은 시각인지라 멜란 시의 대로에는 사람들이 거의 없었다. 어쩌다가 한두 사람 보인다고 해도 비슷한 처지의 거지들이거나, 넘쳐 나는 도박장 어딘가에서 돈을 몽땅 잃고 망연자실한 사람들이 대부분이었다.

세 사람은 한참 걸어간 후에 도일의 마법 상점을 먼발치에 두고 멈추어 섰다.

패트론은 건물을 가리키며 말했다.

"저곳이 도일의 마법 상점이네. 저곳에 들렀던 것이 확실한가?"

"틀림없군요. 저곳에서 이 반지를 받고 나왔죠."

무영은 낮에 사기당한 일이 떠오르자 자신도 모르게 주먹에 힘이 들어갔다. 그는 몸을 돌리고 두 사람에게 말했다.

"이제 저 건물의 구조나 제가 알아야 할 사항이 있다면 말씀해 주세요."

패트론과 알렌은 무영의 두 번째 부탁을 성실히 들어주었다.

두 사람의 말에 의하면, 도일의 마법 상점은 3층짜리 건물이었다. 1층은 상점, 2층은 도일이 평소 숙식하는 집으로 사용했고, 3층은 각종 잡동사니나 신상품을 들여놓는 창고였다. 각 층마다 창문은 모두 세 개였고, 1층 창문에는 창살이 쳐져 있어서 밖에서 들어가기는 힘들다고 했다.

건물 구조를 한참 설명한 패트론은 갑자기 중요한 사실이 생각난 듯 짧게 탄성을 질렀다.

"아! 무엇보다 중요한 사실을 잊고 있었군."

"그게 뭡니까?"

"한낱 마법 상점을 운영하는 장사꾼들일지라도 어느 정도 마법 실력은 보유하고 있네. 물론 대부분 1서클 정도의 낮은 클래스 마법사들이긴 하지만 우리처럼 전혀 마법을 모르는 사람들에게는 꽤 위험 요소라고 볼 수 있지."

그러자 알렌도 거들며 나섰다.

"맞아요. 서점을 운영하는 장사치들도 책에 대해서는 어느 정도 식견이 있듯이, 마법 상점을 운영하는 장사치들도 마법을 조금은 부릴 수 있소."

무영은 당최 무슨 소리인지 알아듣기 힘들었지만 차분한 목소리로 반문했다.

"그래서 그 위험이 뭐죠?"

"보통 상점보다 잠입하기 어렵다는 거지. 도일은 건물 전체에 알람 마법을 설치했어. 그래서 밖에서 문을 열고 들어가려고 시도만 해도 알람이 울려서 도일이 바로 눈치 채게 되지."

"정말 신기하군요. 그럼 알람이 울리지 않게 하려면 어떻게 해야 하죠?"

"내가 알기로는 세 가지 방법 밖에 없어. 안에서 문을 열거나, 도일이 직접 알람을 해제하는 것이지. 아니면 도일보다 더 높은 수준의 마법사가 해제를 하던지."

무영은 다소 난감한 표정을 지었다. 예상치 못한 복병을 만난 셈이었다. 그로서는 마법이 무엇인지도 모를뿐더러, 그 효과가 어느 정도의 수준인지도 알지 못했다. 대략 이야기로 들어보아서는 혈교의 사이한 사술들과 비슷하긴 했지만, 어떤 면에서는 그보다 정교해 보이기도 했다.

무영은 눈을 감고 잠시 생각에 잠겼다.

우선 그 마법을 해제할 수 있는 방법은 세 가지다. 그렇다면 그 셋 중의 하나를 선택해야 한다. 아버지께서 그러지 않으셨던가? 장애물도 잘만 이용하면 든든한 우군이 되어줄 수 있다고. 어떻게 하면 그 장애물이 나의 우군으로 변할까? 생각을 해보자. 생각을.

한참을 생각하던 무영은 어느 순간 뇌리를 스치는 생각에 두 눈을 번쩍 떴다.

나의 가장 큰 적이 나의 우군이 되어 줄 것이다!

무영은 두 사람을 돌아보고 말했다.

"혹시 술 있습니까?"

뜬금없는 질문에 패트론과 알렌은 눈을 동그랗게 떴다. 알렌이 뒤통수를 긁적이며 물었다.

"마시는 술 말이오?"

"예."

"내게 있긴 한데, 왜 그러시오? 아무리 긴장되더라도 술김에 하는 것보다는 제 정신에 작업을 하는 것이……."

그러자 무영이 웃으며 대답했다.

"마시는 것은 제가 아닙니다."

영문을 모르겠다는 듯이 서 있는 두 사람에게 무영은 자신의 계획을 이야기했다. 그리고 마지막 남은 한 가지의 부탁을 말했다.

*　　*　　*

도일은 기분 좋은 꿈을 꾸고 있었다.

실오라기 하나 걸치지 않은 여자가 자신의 몸을 휘어감아 오는 꿈. 그 달콤한 유혹에 침을 꼴딱꼴딱 삼키며 설레는 가슴을 주체하지 못하는 도일. 아리따운 여자는 뱀처럼 미끄러지며 도일의 귓가에 입을 가져가더니 대뜸 소리를 질렀다.

"뎅! 뎅! 뎅! 뎅!"

"으헉!"

 무영 이계를 훔치다 Thief King

깜짝 놀란 도일은 두 눈을 부릅떴다.

꿈이었다.

뎅! 뎅! 뎅!

하지만 귀가 멍멍할 정도로 울려대는 알람 소리는 멈출 줄을 몰랐다. 이건 꿈이 아니다! 누군가 상점에 잠입했거나, 잠입을 시도한다는 소리!

"제길! 어떤 미친 녀석이지?"

도일은 욕지기를 내뱉으며 벌떡 일어났다. 그리고 옷을 주섬주섬 챙겨 입으며 급하게 계단을 타고 내려갔다.

아무리 도둑이 많다는 멜란 시라지만 적어도 자신을 건드릴 사람은 없었다. 지금까지 도둑 길드장과 꾸준히 친분을 유지했고, 악랄한 영주에게는 꼬박꼬박 금화를 상납하며 아부를 떨어왔다. 모든 시민들이 유흥에 빠져 허우적거릴 때도 도일은 멜란의 관리인이 되겠다는 욕망 하나로 버텨왔다.

그런데 자신의 상점을 노리는 자가 있다니!

어떤 놈인지 잡히기만 하면 가만 두지 않으리라.

계단을 내려온 도일은 카운터 옆에 세워진 메이스를 조심스럽게 거머쥐었다. 그것은 꽤나 묵직하고 타격감이 있는 메이스로 젊은 초보 마법사들에게 인기 있는 상품이었다.

일단 1층에는 누군가 들어온 흔적이 보이지 않았다. 하지만 알람은 계속 울렸고, 출입문이 자꾸 쉴 새 없이 덜컹거렸다.

‘어떤 놈인지 몰라도 아주 대놓고 들어오려고 발악을 하는 구나!’

도일은 양 손바닥에 침을 탁탁 뱉고는 메이스를 쥔 채 조심스럽게 출입문으로 걸음을 옮겼다.

덜컹! 덜컹덜컹!

누군지는 몰라도 무모할 정도로 거칠게 출입문을 열려고 했다. 문 옆에 바짝 붙어 선 도일은 메이스를 꽉 움켜쥐고는 다른 한 손으로 손잡이를 확 잡아당겼다.

벌컥!

갑자기 문이 열리자 그 틈으로 한 사람이 굴러 들어왔다. 이때를 놓칠세라 도일은 기합을 내지르며 달려들었다.

“이야압!”

“아이쿠! 아부지이~ 잘모태써요~ 딸꾹~.”

막 메이스를 내려치려던 도일은 멈칫거리며 헛소리를 해대는 사람을 가만히 노려보았다. 달빛에 비친 그 얼굴은 다름 아닌 거지 알렌이었다. 5년 전까지만 해도 어엿한 멜란 성의 수비 대장이던 그를 못 알아볼 리가 없었다.

“뭐야? 알렌이잖아. 근데 네놈이 왜 가게 문을 열려고 한 거지?”

“아부지이~ 딸꾹~ 사라해요~.”

“제기랄, 술 냄새 한 번 지독하구만. 네 애비는 5년 전에 전쟁 통에 죽었는데 왜 여기 와서 찾아? 새벽부터 재수가 없으려니까! 젠장!"

도일은 욕지기를 내뱉더니 알렌을 질질 끌고 나왔다. 얼마나 술을 많이 마셨는지 전신에서 지독한 술 냄새가 풍겨왔다. 도일은 가게 밖으로 끌고 나온 알렌을 발로 마구 걸어찼다.

"이런 재수없는 거지 새끼 같으니라고! 썩 꺼져라! 내가 관리인이라면 너희 같은 거지 새끼들부터 내쫓을 거다! 쳇!"

"아부지이~ 절 버리지 마세요~ 딸꾹~."

결국 도일은 알렌을 걸어차며 실컷 분풀이를 한 후에 몸을 돌렸다.

그런데 그 순간, 건물 지붕에서 한 인영이 도일의 등 뒤로 뚝 떨어졌다. 흑포를 입고 복면으로 얼굴을 가린 인영이었는데, 그 몸놀림이 어찌나 날렵하고 유연한지 보고 있던 알렌조차 하마터면 탄성을 내지를 뻔했다. 게다가 보고 있는 자신조차 느껴지지 않는 희미한 존재감이란 어떻게 설명해야만 하는가.

흑포인은 바로 무영이었다. 그는 낮에 도일과 접촉했을 때 느꼈던 상대의 기혈의 흐름을 기억하고 곧바로 묘도보법을 펼쳐 땅에 내려선 것이었다.

그런데 너무 높은 곳에서 뛰어내린 탓일까?

등 뒤가 왠지 이상하다는 느낌을 받은 도일이 몸을 홱 돌렸다. 그러나 그와 동시에 무영도 몸을 틀었으니 도일의 시선에는 그저 뒹굴고 있는 알렌만 보였을 뿐이었다.

"에이 썅! 쓸데없이 신경만 곤두서게 만들고 말이야! 썩 꺼
져라!"

그는 괜히 알렌을 걷어차며 분풀이를 한 후에 가게 안으로
들어갔다.

＊　　　＊　　　＊

도일의 뒤를 따라 들어온 무영은 상대가 2층 계단으로 오
르자 자연스럽게 떨어져 나왔다.

'이로서 잠입에는 무사히 성공했다. 하지만 저자를 깨운
이상 더 조심스럽게 움직여야 한다.'

무영은 스스로 방심은 금물이라고 경계한 후에 민첩하게
움직이기 시작했다. 밖에서는 패트론과 알렌이 망을 보고 있
을 테니 2층의 도일만 신경 쓰면 되는 일이었다.

먼저 무영은 낮에 보았던 낡은 반지를 찾기 위해 그 진열대
가 있는 곳으로 걸어갔다. 창문을 통해 달빛이 으스름하게 스
며들어 왔기에 사물을 구별하는 것은 크게 어렵지 않았다.

다행히 반지는 진열대 안에 그대로 들어 있었다. 무영은 얼
른 그 낡은 반지를 손가락에 끼우고 몸을 돌렸다. 이로써 앞
으로 1년 동안 이곳에 머문다고 해도 의사소통 문제로 고민
하는 일은 없을 것이다.

다음으로 해야 할 일은 돈을 챙기는 것과 붉은 보석을 되찾

는 것이었다. 하지만 붉은 보석이 어디에 있는지 모르니 무영은 일단 돈부터 챙기기로 마음먹었다.

카운터로 사뿐사뿐 걸어간 무영은 품에서 보자기를 꺼내 들었다. 그리고 카운터에 보관되어 있는 금화와 은화를 챙기기 시작했다. 마법 상점이기에 언제 어느 때 귀한 물건이 들어올지 모르는 만큼 충분한 돈이 마련되어 있었다.

무영은 최대한 소리가 나지 않게 조심하며 모든 돈을 보자기 안에 담았다. 그리고 그것을 단단히 묶고 출입문 옆에 놓은 다음 마지막 남은 작업에 돌입했다.

바로 붉은 보석을 되찾는 것.

무영에게 그 붉은 보석이 꼭 필요한 것은 아니지만, 이건 자존심의 문제였다. 무영은 자신에게 사기 친 사람에게 아무런 대가도 없이 그런 값비싼 것을 선물해 줄 만큼 너그러운 사람이 아니었다.

나를 건드린 대가로 피눈물을 쏟게 만들겠다.

여기고 저기고 약자의 등을 처먹고 살아가려는 썩어 빠진 인간들에게 필요 이상의 호의는 죄악이다. 무영은 스스로에게 그렇게 말하며 눈에 힘을 주고 보석을 찾기 시작했다.

진열장, 서랍, 테이블, 장식대 등 모든 곳을 하나하나 꼼꼼히 살폈다. 마치 어둠 속에서 고양이 한 마리가 이곳저곳을 누비고 다니는 것처럼 조용하고 신속했다.

하지만 결과는 실망스러웠다.

‘없다! 어디에도 없다!’

복면 위로 드러난 무영의 미간이 찡그려졌다.

그는 눈을 감고 정신을 집중했다. 지난번 혈교의 약물을 찾아냈을 때와 마찬가지로 자신의 모든 감각을 총동원해서 지금 찾고자 하는 물건을 찾아내리라!

무영의 주변으로 사이한 기운이 퍼져 나갔다. 아지랑이가 일렁이는 것처럼, 눈에 보이지만 보인다고 말할 수 없는 어떤 기운이 사방으로 퍼져 나갔다.

하지만 한참 후 무영이 그 기운을 거두고 눈을 떴을 때는 실망한 기색이 역력했다.

없었다. 자신의 모든 감각을 통해 이 건물 안을 모두 더듬어보았지만 붉은 보석은 어디에도 없었다. 심지어 기운이 3층의 창고까지 뻗어나갔지만, 그곳에서도 발견되지 않았다.

‘제기랄!’

무영은 주먹을 꾹 말아 쥐었다. 무리해서 내력을 뿜어냈기 때문인지 이마에는 땀이 송골송골 맺혔고, 등 뒤는 후줄근하게 젖었다. 아마도 붉은 보석은 벌써 도일이 다른 곳으로 넘겼거나 처분했으리라.

무영은 신경질적으로 몸을 돌렸다.

하지만 그것이 화근이었다. 분노를 주체하지 못한 나머지 그의 거친 몸짓이 그만 카운터 위에 올려져 있던 수정구를 툭 쳐버린 것이다.

"헛!"

무영은 저도 모르게 헛바람을 집어삼키며 손을 뻗었다.

하지만 수정구는 무영의 손길을 무시하며 바닥에 떨어지고 말았다. 그것도 아주 큰 소리를 내지르며.

쿠웅! 데구르르!

손을 뻗어내던 무영조차 화들짝 놀랄 정도로 큰 소리였다. 묵직한 소리를 내며 굴러가는 수정구를 다시 주워들 생각도 못한 채 무영은 고개를 계단 쪽으로 돌렸다.

아니나 다를까, 도일이 급하게 계단을 달려 내려오는 소리가 들렸다.

'제기랄!'

속으로 욕지기를 뱉은 무영은 순간 몸을 날렸다. 천장에 거미처럼 달라붙은 그는 곧 1층에 모습을 드러낸 도일을 내려보았다.

"누, 누구냐!"

도일은 잔뜩 긴장한 목소리로 외쳤다. 조심스럽게 걸음을 옮기던 그는 제일 먼저 상점 한쪽 귀퉁이에 처박힌 수정구를 발견했다. 그는 경악한 표정으로 눈을 부릅떴다.

찰나, 천장에 있던 무영이 사뿐히 바닥으로 내려섰다. 도일은 자신의 등 뒤에 무영이 있다는 것은 꿈에도 모른 채 걸음을 조심스럽게 옮겨갔다. 그의 머릿속은 사정없이 복잡해졌다.

누군가 들어왔을 리가 없다. 알람이 울리지 않았다. 그런데 왜 수정구가 떨어졌을까? 잔뜩 긴장한 도일은 진열대 모퉁이를 돌아서다가 그만 입을 딱 벌리고 대경실색했다. 출입문 옆에 떡하니 보자기가 놓여 있는 것이 아닌가.

분명히 누군가 들어왔다!

"어디에 숨어있는 것이냐? 이 좀도둑! 모습을 드러내라!"

도일은 몸을 확 돌리고 소리쳤다.

때마침 도일의 등 뒤에 있던 무영이 잽싸게 손가락을 내찔렀다. 마혈을 짚어 상대를 꼼짝 못하게 만들면 이대로 보자기를 들고 도망갈 수 있었다. 그렇다면 어떤 증거도 남기지 않고 성공할 수 있다.

파밧!

하지만 다음 순간 무영의 두 눈은 찢어질 듯 부릅떠졌다.

혈도를 점할 수가 없다! 무영은 다시 손을 내뻗었다.

파바밧!

그의 손가락은 마혈이란 마혈은 죄다 찔러보았지만 역시 무리였다. 이상하게도 도일의 혈도를 점하려고 하면 보이지 않는 무언가에 막힌 듯 손가락이 상대의 몸에 닿지 않았던 것이다.

눈에 안 보이는 갑옷이라도 입은 걸까? 하지만 무영은 지금까지 그런 갑옷이 존재한다는 소리를 들어 본적이 없다.

마침 등 뒤의 낌새를 눈치 챈 도일은 몸을 확 돌리며 손에

 무영 이계를 훔치다 *Thief King*

쥐고 있던 메이스를 휘둘렀다.

"걸렸어!"

휙!

"헛!"

무영은 급하게 몸을 뒤로 물리며 메이스를 피했다. 이미 그가 혈도를 점하려고 시도한 순간부터 묘도보법은 깨진 것이었다. 복면을 쓴 무영과 눈이 마주친 도일은 입 꼬리를 천천히 올렸다.

"이놈. 몸에 실드를 걸어놓은 것도 모르고 뒤통수를 치려고 하다니. 가소로운 녀석이군. 알람도 울리지 않고 어떻게 들어온 건지는 모르겠지만 곱게 보내주지는 않을 테다!"

도일은 무영을 향해 다시 메이스를 휘둘렀다. 무영이 몸을 굴려 옆으로 피하자 기다렸다는 듯 주문을 외쳤다.

"매직 미사일!"

그가 항상 메모라이즈 해두는 유일한 공격 마법이었다.

그러자 도일 옆에 새하얀 빛 무리가 생기더니 이내 뾰족한 화살 모양으로 변했다. 그 광경을 넋 놓고 바라보던 무영은 뒤늦게 정신을 차리고 몸을 옆으로 던졌다. 하지만 매직 미사일이 상대의 움직임을 따라 온다는 것을 모르고 있던 무영으로서는 그대로 복부에 충격을 받을 수밖에 없었다.

쉬이잇~ 퍽!

"커억!"

무영은 아픔보다도 놀라움이 컸다. 분명히 형체도 없는 것이 몸에 닿자, 마치 거한이 주먹으로 친 것처럼 묵직한 고통이 전해진 것이다. 심각할 정도의 내상을 입지는 않겠지만, 꽤 심한 타박상은 안겨줄 만한 공격이었다.

'크으. 이렇게 괴상한 술법이 존재한다니! 과연 세상은 넓구나!'

한편 상대가 속절없이 당하자 기가 오른 도일은 다시 매직 미사일을 발사했다. 마법 실력이 1서클인 도일은 한 번에 하나의 매직 미사일 밖에 발사할 수 없었지만, 두 번째 날아간 것도 어김없이 무영의 어깨에 작렬했다.

빠악!

"크읏!"

이리저리 피해 보았지만 결국 매직 미사일을 맞은 무영은 입술을 꾹 깨물었다. 상대의 몸에 손이 닿지 않는 이상 분하더라도 방법은 없었다.

무영은 재빨리 몸을 일으키고 출입문 옆에 놓여 있는 보자기를 어깨에 들쳐 멨다.

"이놈! 도망갈 수 있을 줄 아느냐!"

도일은 상대의 맷집에 내심 놀라면서도 사납게 소리쳤다. 그리고 또 매직 미사일을 발사했다. 그러나 이번에는 무영이 조금 더 빨랐다. 출입문을 열자마자 비룡축전을 펼치며 나는 듯이 달려간 것이다.

목표물을 끝까지 쫓던 매직 미사일도 무영이 50m 정도를 달아나자 스르르 허공에서 소멸되고 말았다.

"이럴 수가! 노, 놓치다니!"

무영을 쫓아 가게 밖까지 달려 나온 도일은 허망한 표정으로 무영이 사라진 방향을 바라보았다.

빨랐다. 사람이 어찌 저렇게 빠를 수 있을까? 매직 미사일이 쫓아가지 못할 정도로 빠르다니! 혹시 헤이스트를 펼친 것일까? 그렇다면 어느 정도 앞뒤가 맞아 들어갔다. 고 클래스의 마법사가 멜란에서 도박을 하다가 돈을 왕창 잃고, 자신의 상점을 턴 것이라면 이해가 되었다.

그렇다면 알람도 울리지 않았을 것이고, 헤이스트를 펼쳐서 저렇게 빨리 도망갈 수도 있을 것이다. 하지만 그런 자가 왜 자기 몸에 실드가 걸려 있다는 것도 몰랐을까? 그리고 어째서 당당하게 싸우지 못했을까? 여러 가지가 혼란스러웠지만 도일의 생각은 오래 이어지지 못했다.

"아부지이~ 딸꾹~ 저 좀 들여보내 주세요오~."

아직까지 가게 앞에서 주정을 부리던 알렌이 분위기 파악도 못하고 도일에게 다가온 것이다.

퍽!

"저리 꺼져!"

도일은 알렌을 발로 걷어차 버리고는 가게 안으로 들어섰다. 그런데 문득, 그가 발걸음을 멈추고 무영이 사라진 방향을 보았다.

"잠깐, 저 도둑놈이 끼고 있던 반지는…… 혹시?"

도일은 뒤늦게 복면인의 손가락에 반지가 끼어 있었다는 사실을 떠올렸다. 오래되고 볼품없어 보이는 낡은 반지.

어둠이 깊은 새벽.

하얀 달빛이 도일의 묘한 표정을 가만히 비추었다.

 무영 이계를 훔치다 Thief King

CHAPTER 8

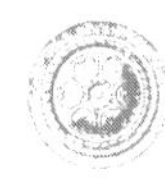

대형 도박장, 아네모스

다음날 무영은 거지들 사이에서 거의 영웅처럼 떠받들어졌다. 거지들은 패트론의 거처로 모여 대낮부터 술판을 벌였고, 모두 무영의 대담함을 칭찬했다. 이미 패트론과 알렌으로부터 어젯밤 무영의 무용담을 전해들은 것이다. 게다가 훔친 금액 전액을 거지들에게 나누어주었으니 이야말로 군주 같은 영웅이 아니겠는가.

한참 술판이 벌어지는 가운데 도일이 병사를 이끌고 나타난 것은 해가 뉘엿뉘엿 저물 무렵이었다. 천막 안에서 잠시 쉬고 있던 무영은 바깥이 소란스러워지자 천막에서 나왔다.

"알렌과 그 도둑놈 새끼 어디 있어? 앙?"

도일은 거지 한 명을 발로 걷어차며 소리쳤다. 그의 뒤로는 병사들이 스무 명 정도 대기하고 있었고, 바로 옆에는 흑포에 흑립을 눌러 쓴 사내가 말없이 서 있었다.

흑립의 사내를 본 무영은 눈을 동그랗게 뜨고 더듬거렸다.

“백…… 부님?”

하지만 그는 곧 자신의 생각이 틀렸음을 알 수 있었다. 옷차림과 흑립만이 놀랍도록 비슷할 뿐, 그 사내는 전혀 다른 인물이었다. 가는 얼굴선에 날카로운 눈매와 뚜렷한 이목구비. 하지만 마치 얼음으로 조각해 놓은 듯 차디찬 인상이었다.

하긴 이런 곳에서 백부님을 만날 리가 없었다. 자신은 지금 어딘지도 모르는 머나먼 곳에 있지 않은가.

그때 마침 무영을 발견한 도일은 양 소매를 걷어붙이더니 식식거리며 다가왔다.

“이 도둑놈! 네놈이 분명히 어제 그 도둑놈이렷다!”

도일이 다짜고짜 달려들어 멱살을 쥐자, 무영은 난처한 표정을 지었다.

“왜, 왜 이러십니까? 무슨 말을 하시는지 모르겠군요.”

“이 자식이 끝까지 시치미를 뗄 요량이구나! 이 반지 네 녀석이 가져 간 것이지 않냐!”

그러자 무영은 겨우 도일을 떼어놓고 차분하게 대답했다.

“아저씨는 전에 제게 반지를 준 적이 없단 말씀입니까?”

“주긴 줬지!”

무영 이계를 훔치다
Thief King

"그런데 무슨 문제라는 말씀입니까?"

"나는 그것보다 좋은 걸 줬지! 그 낡은 반지는 준 적이 없다!"

도일은 자신이 소리치고도 아차 싶었다. 말이 앞뒤가 맞지 않는다. 게다가 자신이 얼떨결에 반지 하나를 주긴 했다는 것을 인정해 버리고 말았다.

무영은 내심 미소를 지으며 부드럽게 대답했다.

"전 아저씨가 준 반지를 가져왔을 뿐입니다. 왜 제게 이토록 화를 내는 것인지 모르겠군요. 만약 제가 도둑놈이라면 마땅한 증거를 가져오십시오."

"너, 너!"

하지만 도일은 아무 말도 잇지 못했다. 무슨 말을 할 것인가. 어떻게 설명을 해야 한단 말인가? 상대를 도둑놈으로 몰고 가기에는 아무런 물적 증거가 없었다. 분명 훔쳐간 반지를 버젓이 끼고 있지만, 자신이 반지를 내줬다는 것을 인정한 이상 그게 훔친 물건이라는 것을 증명할 길이 없어졌다.

도일은 주변의 거지들을 가리키며 소리쳤다.

"그럼 이 거지들이 이토록 포식하는 건 어찌 된 영문이란 말이냐!"

그러자 이번에는 패트론이 나섰다.

"우리가 지금까지 힘겹게 구걸해서 모은 돈으로 오늘 잔치를 벌이는 것인데, 뭐 잘못된 거라도 있소?"

“영감! 정녕, 그 돈이 내 돈이 아니란 말이오?”

도일이 혈압을 올리며 소리치자 패트론은 피식 조소했다.

“흥, 당신의 금화에는 이름이라도 새겨놓았소? 아무런 증
거도 없이 사람을 모함했으니 이건 분명히 고소감이오!”

“이, 이 녀석들……”

도일은 이를 뿌득뿌득 갈았다.

무영은 그의 반응을 재미있다는 듯이 지켜보았다. 이렇게
쉽게 흥분하는 부류의 사람은 다루기가 쉽다. 조금만 등을 떠
밀어주면 알아서 나락으로 떨어질 부류다.

무영은 가만히 얼굴을 가져가서 도일의 귓가에 속삭이듯
말했다.

“어제 그 마법은 정말 훌륭했습니다.”

“이, 이 자식!”

도일은 미간을 콱 찡그리며 소리쳤다. 그는 곧장 흑립의 사
내를 돌아보며 외쳤다.

“드, 들었소? 방금 이 녀석이 내게 한 말을! 자기 입으로 어
제 가게에 왔다고 하지 않았소!”

하지만 그 목소리는 도일 외에 아무도 들은 자가 없었다.
무영이 누구인가? 대도 가문의 자식이 아닌가. 전음과는 분
명히 다르지만 도둑끼리의 의사소통으로도 사용하는 그 속삭
임은 대상자 이외에 다른 사람은 절대로 들을 수 없는 것이었
다.

흑립의 사내는 고개를 가로저으며 차가운 목소리를 내뱉었다.

"도일, 억지를 부려서는 이들을 압송할 수가 없소. 우리는 당신의 수하가 아니라는 것을 명심하시오."

사내는 냉담했다.

사실 한두 명 정도라면 좀 억지를 부려서 잡아가도 상관없다. 하지만 여기 있는 거지들은 수십 명이다. 자칫 이들 모두에게 누명을 씌웠다가는 무슨 일이 벌어질지 모른다.

무영은 도일의 어깨를 다독였다.

"아무래도 어제 도둑이 들었던 모양인데, 다시 한 번 잘 찾아보세요. 여기 와서 이런다고 그 도둑을 찾을 수 있겠습니까?"

"이놈! 너밖에 없단 말이다! 그 반지며 여러 가지 정황이 그렇게 말하고 있다!"

"도대체 왜 그리 절 의심합니까? 전 불필요하게 위험을 감수하는 어리석은 인간이 아닙니다."

무영이 끝까지 시치미를 떼자, 도일은 이제 돌아버리기 일보직전이었다.

"이, 이 녀석! 네놈이 어제 내게 준 불의 강화석을 되찾기 위해 가게에 잠입한 것이 아니더냐!"

결국 도일은 스스로 선을 넘고야 말았다. 남은 것은 끝없는 추락뿐.

흑립의 사내는 눈빛을 날카롭게 빛내며 말했다.

"불의 강화석이라면, 당신이 어제 영주에게 바쳤던 그 물건이 아니오?"

도일은 뜨끔한 표정으로 흑립의 사내를 돌아보았다. 낭패였다. 분을 못 이기고 스스로 사기 친 행각을 떠벌린 꼴이 되고 말았다. 이렇게 되면 도일은 무영에게서 강화석을 받은 것에서부터 싸구려 반지를 주고 사기 쳤다는 사실을 공공연하게 드러내 버린 셈이다. 그것도 자신의 입으로.

"아, 아니. 그러니까 내 말은…… 커험! 그게 저……. 흠흠, 아무래도 내가 헛다리를 짚은 것 같소. 미안하게 되었소. 이만 돌아갑시다."

도일은 얼굴이 새빨갛게 달아올라서 왔던 길을 되돌아갔다. 가는 길에 흑립의 사내가 매섭게 도일을 쏘아보았지만 별다른 일은 일어나지 않았다.

무영은 그들의 뒷모습을 흡족한 표정으로 바라보았다. 나쁘지 않았다. 도일의 성격을 빨리 파악한 덕분에 위기를 모면했을 뿐만 아니라 오히려 불의 강화석이 어디에 있는지도 알게 되었다.

사실 무영은 오늘 하루 종일 기분이 그리 좋지만은 않았다. 어제 마법 상점에서 있었던 가벼운 싸움. 그때 자신은 도일에게 어떤 공격도 할 수 없었다. 게다가 그 마법이라는 사이한 기술은 가히 무영을 경악케 하기에 충분했다.

세상을 너무 얕보고 있었다. 곤륜에서 쫓기고, 혈교에 잠입하고, 홍룡단에 포위되었을 때 이미 세상의 음험함을 깨달았다고 생각했건만, 아직도 너무 물렀던 것이다. 세상은 자신이 조금만 방심하면 날카롭게 칼을 갈고 목을 노려온다.

무영은 말없이 주먹을 꾹 말아 쥐고 패트론에게 물었다.

"저 흑립을 쓴 자는 누구입니까?"

"저자는 가까이 하지 않는 것이 좋네. 이름은 조란이라고 하는데 사람들은 혈귀라는 별명으로 부르지. 5년 전까지만 해도 카르젠 제국에 맞서 싸우는 든든한 아군이었지만, 전쟁에 패한 후에 영주의 개가 되어버렸지."

"혈귀라……. 왜 그런 별명이 붙은 거죠?"

"카르젠 제국과 전쟁할 당시, 저자는 피에 굶주린 귀신같았거든. 그땐 정말 든든했지. 하지만 지금은 그 별명이 오히려 우리를 압박하고 있으니. 쯧쯧."

그랬다. 5년 전까지만 해도 혈귀라는 별명은 카르젠 제국의 병사들에게 공포의 단어였다. 하지만 지금, 그 혈귀라는 별명은 오히려 멜란의 시민들에게 공포의 단어가 되었다.

혈귀가 그렇게 변한 것에는 그럴만한 사연이 있었지만, 낯선 이방인인 무영에게 그런 수치스러운 과거까지 까발릴 필요는 없겠다 싶어 패트론은 가만히 입을 다물었다.

그런데 잠시 후 무영의 중얼거림을 들은 패트론은 자신의 귀를 의심해야만 했다.

"가지고 싶군요."

"음? 지금 뭐라고 했나?"

"가지고 싶다고 했습니다. 저 혈귀라 불리는 조란이라는 자를."

"허허, 재미있는 농담이군."

하지만 무영은 천천히 고개를 가로저었다.

"아뇨. 농담이 아닙니다. 저 혈귀는 제가 가질 겁니다. 제가 아는 사람과 무척 닮았거든요."

그의 목소리에는 진득한 무게가 배어 있었다.

패트론은 고개를 돌리고 멍한 표정으로 무영을 바라보았다. 이 아이, 정말 무슨 생각을 하고 있는 것일까? 조란이 영주의 개가 되었다는 사실을 금세 잊었단 말인가? 아니, 그런 사실을 떠나서 저런 궁극의 마스터가 한낱 어린 소년의 수하로 들어갈 리가 만무하지 않은가.

하지만 그는 무영의 눈동자에서 어떤 가능성이라는 빛을 보고 말았다. 형형하게 내뿜어지는 그 눈빛에서 패트론은 어떤 확신을 가졌다. 이 아이가 가지고자 한다면 정말 가질지도 모른다는. 그게 돈이든, 보석이든, 심지어 사람이든!

어쨌든 한바탕 소동이 끝나고 나서 거지들은 다시 거하게 술판을 벌였다. 태양이 서녘으로 잠들고 있었다.

＊　　　＊　　　＊

그날 밤 무영은 오랜만에 느긋한 휴식을 취했다. 요 근래에는 잠시도 편한 맘을 가진 적이 없는 듯했다.

그 빌어먹을 창선을 개로 만든 그날 이후, 뭐 하나 제대로 돌아간 것이 없었다. 뇌룡신검을 훔치다가 장문인에게 발각되고, 한 달이 지나도록 옥살이를 하다가 혈교에 잠입하기도 전에 부모님이 돌아가셨다는 소식을 들었다. 겨우 혈교에 잠입했더니 이번에는 홍룡단, 그리고 오크라는 생소한 종족과 마법 상점. 정말 숨 가쁘게 달려온 나날이었다.

무영은 천막 안에 드러누워 생각에 잠겼다.

부모님은 이제 다시 볼 수 없는 것일까? 백부님은 어떻게 되었을까? 살아계시길 바라는 것은 무리겠지. 흑립마저 정명에게 넘기지 않았던가. 그러고 보니 정명을 묻어주지도 못했던 것이 떠오른다.

휴식은 그에게 육체적으로 편안함을 선사했지만, 정신적으로는 더욱 힘들게 만들었다. 지나간 일들이 속속 떠오르자 무영은 가슴이 무겁고 답답했다.

반드시 돌아가서 복수하리라. 상대가 무림 맹주뿐만 아니라 무림 전체가 될지라도 힘과 실력을 쌓아서 응징하고 말리라. 무영은 다시 한 번 견고하게 다짐하고 나서 천막을 나왔다. 밤바람이 기분 좋게 불었다.

하지만 그 바람은 곧 시린 한기를 몰고 와 무영의 살 속을 헤집었다. 모든 복수를 끝내고 고인들의 넋을 달래지 못하는 이상 그에게 바람은 언제나 시릴 것이다.

"전력 질주를 하다가도 가끔은 눈길을 돌려 경치를 감상하는 것도 좋은 걸세. 오늘은 달빛이 가장 아름다운 날이니까."

무영은 문득 들려온 목소리에 고개를 돌렸다. 패트론이 뒷짐을 지고 그의 곁으로 걸어오고 있었다.

"인생은 단거리 경주가 아니거든. 너무 조급해져 버리면 일찍 지치고 말 걸세. 가끔은 그 때를 즐기도록 하게나."

"많이 조급해 보였습니까?"

무영은 차분히 반문했다.

패트론은 껄껄 웃으며 대답했다.

"내가 본 것보다, 자네가 자네를 더 잘 알지 않겠나?"

"그렇겠군요."

무영은 자조적인 미소를 띠고 고개를 들었다. 휘영청 떠오른 달이 가슴 시리도록 아름다웠다.

"달이 참 밝군요."

달은 밝았다. 패트론의 말대로 달빛이 오늘만큼 아름다워 보인 적도 없었다. 그런데…… 잠깐.

뭔가 이상하다. 아니, 아주 이상하다!

순간 무영은 경악으로 가득 찬 표정을 지었다. 그의 심장이 주체할 수 없을 정도로 쿵쾅거렸다. 도대체 이게 어떻게 된 일인가!

 무영 이계를 훔치다 Thief King

무영의 시선은 다른 것이 아닌 바로 하늘에 떠오른 달에 고정되어 있었다. 그는 심하게 더듬거리며 물었다.

"패, 패트론! 저, 저게 뭐, 뭡니까?"

"뭘 그리 놀라는 건가? 도대체 뭘 봤기에?"

패트론은 무영이 가리킨 하늘을 유심히 바라보았다. 하지만 그곳에는 아무것도 없었다. 그저 텅 빈 밤하늘에 달이 떠 있을 뿐.

그는 미간을 찡그리고 대꾸했다.

"아무리 봐도 내 눈에는 달밖에 보이지 않네만."

"저, 정말로 저, 저게 달이란 말입니까? 정말 달입니까?"

"그럼 저게 태양이겠나?"

패트론은 우스갯소리를 하다가 무영의 심각한 표정을 보고는 곧 미소를 거두었다.

무영의 손끝이 파르르 떨렸다.

정녕 저게 달이란 말인가? 무영은 자신의 기억을 더듬어보았다. 아무리 기억을 더듬어도 태어나서 지금까지 저런 달은 본 적이 없다. 저렇게 큰 달은……

달은 평소 중원에서 보던 달보다 3배 아니, 어쩌면 5배는 더 커보였다. 뿐만 아니다. 그 커다란 달 옆에는 붉은 색의 작은 달이 또 하나 있는 것이 아닌가! 아무리 멀리 떨어진 대륙이라 할지라도 하늘 높이 떠 있는 달의 크기와 개수가 달라질 수 있단 말인가! 이곳이 정녕 시공을 초월한 다른 세상이 아니고서야 어찌 이런 일이 가능하단 말인가!

'잠깐, 시공을 초월했다? 설마 그 혈교의 약물이란 것이?

무영은 몸을 홱 돌리고는 패트론의 양어깨를 짚었다. 자신의 추측이 틀림없다면 이보다 더 절망스러울 수도 없을 것이다.

"패트론! 정말 저 달이 아무렇지도 않습니까?"

패트론은 어안이 벙벙했지만 우선은 다급해 보이는 무영을 배려해서 고개를 끄덕였다.

"아무렇지도 않네만?"

"어째서! 왜! 어떻게! 저 달이 아무렇지도 않다는 겁니까? 너무 크지 않습니까! 게다가 달이 두 개잖아요!"

"언제나처럼 오늘부터 일주일 동안은 달이 두 개 뜨니 이상할 것도 없지 않은가. 자네 너무 바쁘게 살아와서 날짜 가는 줄도 모르고 사는 모양이구먼."

"그, 그렇군요."

무영은 더 이상 아무 말도 하지 않았다.

더 이상 추궁할 필요도 없었다. 패트론에게는 저 달이 아무렇지도 않다. 그리고 다른 거지들에게도 저 달은 그저 평범한 달일 뿐이다. 다만 무영 자신에게만은 그 달이 무섭기 짝이 없는 징조였다.

돌아갈 수 없다.

무영은 털썩 무릎을 꿇어버렸다. 조금은, 아주 조금은 이상

 무영 이계를 훔치다
Thief King

하다고 생각했다. 처음 보는 종족이며, 갖가지 사이한 술법들. 그리고 전혀 생활 문화가 다른 사람들과 처음 듣는 나라 이름. 모든 것이 그에게 너무 낯설었다.

청해의 곤륜도 세외 지역이었기에, 서역에서 그리 멀다고만 할 수는 없는데도 이곳은 정말이지 너무 낯설었다. 마치 다른 세상인 것처럼.

하지만 믿어보았다. 그저 머나먼 땅에 우연히 떨어졌을 것이라고! 누군가 자신을 옮겨 놓았을 것이라고! 혈교의 약물이 강호의 고수 3명을 사라지게 만들었다고 한 것이 기억나긴 했지만, 그래도 믿어 보았다. 뱃길로 멀리, 아주 멀리 떨어진 것일 뿐이라고!

하지만 그 믿음이 지금 산산이 부서지고 말았다. 이 세계 사람들이 가장 아름다운 날이라고 칭송하는 바로 오늘. 무영은 가장 참담한 사실 하나를 알고 말았다.

돌아갈 수 없다. 이제는 중원으로 갈 방법이 없어졌다.

누군가 자신의 어깨를 짚고 흔든다. 하지만 그 목소리가 누구의 것인지도 모르겠다. 오로지 그의 뇌리 깊숙한 곳에서 절망이라는 이름을 가진 괴물이 시니컬한 웃음만 흘린다.

무자비한 달빛이 그의 온몸을 덮쳤다.

*　　　　　*　　　　　*

무영은 밤이 지나고 하루가 다 가도록 천막 안에 틀어박혀 움직이지 않았다. 패트론과 알렌을 비롯한 거지들은 무영을 걱정했지만, 그는 끼니도 거르며 가만히 누워만 있었다.

밤이 새도록 눈만 멀뚱멀뚱 뜬 채 꼼짝을 하지 않았고, 아침이 되어서도, 점심이 지나서도 그대로였다.

그가 천막을 나와 패트론을 찾은 것은 벌써 해가 저물고 그 빌어먹을 달이 다시 떠오를 무렵이었다.

"가끔은 경치도 구경하며 천천히 가라고 하셨죠. 하지만 이제부터는 그러지 않을 겁니다. 무조건 앞만 보고 목적지까지 전력 질주할 겁니다."

모닥불에 장작을 던져놓고 있던 패트론은 고개를 돌리고 무영을 올려다보았다. 무영의 두 눈에서 불덩이 두 개가 이글이글 타오르고 있었다.

무영은 가만히 주먹을 말아 쥐었다.

하루를 꼬박 먹지도 않고, 자지도 않고 생각했다. 중원으로 돌아갈 길이 막연해졌다. 전혀 차원이 다른 세계에 떨어졌다는 것을 절감하는 데는 오랜 시간이 걸렸다.

무영은 마치 혼잣말을 하듯 중얼거렸다.

"신이 내린 저주인가도 생각해 보았습니다. 인간을 어디까지 참담하게 만들 수 있는지 시험하고 있는 게 아닌가라는 생각도 했습니다. 그래서 좌절했습니다. 여기서 다른 거지들처럼 구걸을 하며 평생을 보낼까도 생각했습니다. 그런데 그러

 무영 이계를 훔치다 *Thief King*

고 가만히 있기에는 너무 억울하더군요.”

무영은 잠시 말을 끊고 패트론을 돌아보았다. 그 순간 패트론은 무영의 눈빛이 타오르는 장작불보다도 강렬하다는 느낌을 받았다.

“그래서 결심했습니다. 바닥을 쳤으니, 이제는 한 번 올라가보자고. 이게 신의 시험이라면 다 그만한 이유가 있을지도 모른다고. 그래서 적어도 이 세계에서는 중원에서처럼 당하지만은 않겠다고 말입니다. 세상이 먼저 나를 이토록 흔들어 놓았으니 이제는 세상을 흔들어 버릴 겁니다. 그리고 이곳에서 가장 위대한 자가 된다면 혹, 중원으로 돌아갈 방법이 생길지도 모르겠지요.”

패트론은 무영이 지금 무슨 말을 하고 있는지 전혀 알아들을 수가 없었다. 다만 그가 보고 있는 무영이 보통 사람들과 다르다는 느낌은 확실히 가질 수 있었다. 지금까지 그저 희미한 기척의 무영과 다르게 그 존재감이 새삼 각인되는 순간이었다.

패트론은 침을 꿀꺽 삼키고 물었다.

“그래서 이제 어떻게 할 생각인가?”

“영주와 길드장이라는 두 사람에게 접촉할 수 있는 방법을 알려주십시오. 그들이 내 것을 가져갔으니, 이제 제가 뺏을 차례입니다.”

“하지만 한낱 거지 무리에 끼어 있는 자네가 그 두 사람을 만나긴 어려울 걸세. 다만, 좀 무리를 할 수는 있겠지."

"무리라면?"

패트론은 헛기침을 두어 번 하고는 말을 이었다. 왠지 자신이 내뱉을 말이 앞으로 큰 파장을 불러일으킬 것만 같아 조금 불안하긴 했지만, 망설이지는 않았다. 이상하게 그로서도 그 파장의 결과라는 것을 지켜보고 싶었다.

"시프 길드장이 운영하고 있는 아네모스라는 도박장이 있네. 멜란에서 가장 큰 도박장이지. 물론 불법으로 운영되고 있지만 영주가 뒤를 봐주고 있기 때문에 아네모스는 아직까지 건재하다네. 그곳에서 두각을 드러낸다면 아마 영주와 길드장이 자네를 주시하지 않겠나?"

"더없이 좋은 방법이군요."

자신이 누구인가. 대도의 가문에서 태어난 자식이다. 그 진가를 발휘할 때가 왔다.

"패트론, 남은 돈이 얼마나 되죠?"

"100골드니까 앞으로 닷새 정도는 친구들이 굶진 않을 걸세."

"저와 함께 아네모스에 갑시다. 제가 그걸 1천 골드로 만들어 드릴게요."

"엥?"

패트론은 눈을 동그랗게 뜨고 무영을 바라보았다.

하지만 무영은 벌써 저만치 앞서 걷고 있었다. 패트론은 뒤늦게 자리를 털고 일어나 무영의 뒤를 쫓았다.

*　　　*　　　*

　아네모스 도박장은 웬만한 성의 별채 정도로 크기가 웅장했다. 그 커다란 건물은 모두 3층으로 나누어져 있는데, 3층에서도 1층을 내려다볼 수 있는 구조로 지어져 있었다.
　그리고 1층 가운데에는 커다란 원형 투기장이 있어, 맹수와 사투를 벌이다가 죽어간 인간의 핏자국이 선명하게 찍혀 있었다. 투기장을 중심으로 사방에는 각종 다양한 도박판이 벌어진다.
　한 가지 특이한 점은 아네모스 도박장의 천장에 주먹만 한 구멍이 숭숭 뚫려 있다는 것이다. 그리고 천장 곳곳에 수백, 아니 수천 개의 바람개비가 장식되어 있었는데 모두 세차게 돌아가고 있었다.
　그것은 모두 도박을 하러 온 사람들의 열기로 돌아가는 것이었다. 사람들의 몸에서 뿜어지는 뜨거운 공기가 상승해서 천장의 바람개비를 사납게 돌린다. 때문에 바람개비가 얼마나 빠르게 돌아가는지를 보고 도박장은 하루 수익률을 대략 짐작할 수 있다.
　희망이라는 간절하고도 뜨거운 열기로 바람개비를 돌리는 도박 중독자들. 하지만 그들의 꿈은 결국 그 한줄기 바람처럼 스쳐 지나갈 뿐이다. 마치 그런 그들을 조롱하기라도 하듯 도박장 이름마저 아네모스(Anemos:바람)가 아닌가.

뜨겁다.

무영은 자신도 모르게 목을 쓰다듬었다. 탁하고 갑갑한 공기에 금방이라도 질식해 버릴 것만 같다. 이 열기는 결코 기분 좋은 열기가 아니다. 희망이라는 가면을 쓰고 다가오는 절망의 열기다.

돌아가는 회전판 과녁에 비수를 던져서 맞추는 도박, 카드를 펼쳐 놓고 판돈을 올려가는 도박, 컵 안에 주사위를 넣고 맞추는 도박 등 종류는 가지각색이었다.

"이제 여기서 뭘 어떻게 할 생각인가?"

패트론은 이곳에 서 있는 것만으로도 갑갑하다는 듯 미간을 찌푸리며 물었다. 무영은 주변을 찬찬히 둘러보며 말했다.

"제가 유일하게 할 줄 아는 것이자, 제가 물려받은 단 두 가지의 재주를 여기서 모두 발휘할 겁니다."

"그게 뭔가?"

"도박과 절도입니다."

무영은 눈을 휘둥그레 뜨는 패트론은 쳐다보지도 않은 채 주변만을 살폈다. 그의 눈동자가 예리하게 빛났다.

'이곳에서 돈을 따자. 도박장이 위협을 느낄 정도로 돈을 따낸다면 틀림없이 운영자인 길드장은 나를 주시할 것이다. 그렇다면 그를 통해 영주에게 접근할 수 있을지도 모른다.'

무영은 대략적인 계획을 세웠다. 물론, 길드장이 자신을 주시하지 않아도 상관없었다. 도박장에서 엄청난 거금을 따내도 자신을 주시하지 않는다면 그것도 그것 나름대로 좋았다.

이 세계에서 뭔가를 해내기 위해서는 우선 자금을 모으는 것이 필수 조건이었다. 어떤 경로로든 자금을 마련한다면 그걸로 충분한 것이다.

"오늘은 우선 도박장의 분위기부터 봐 두어야겠습니다. 내일부터 본격적으로 돈을 벌기 시작하겠습니다."

"이, 이보게. 자네 정말 도박을 할 생각인가?"

"그렇습니다."

패트론은 착잡한 표정을 지었다.

"다시 한 번 잘 생각해 보게. 내가 이날까지 거지로 살아왔지만 도박에는 손을 대지 않았어. 그게 얼마나 허무한 일인지 알고 있기 때문일세. 여기 있는 자들 중 돈을 따낸 자가 얼마나 있다고 생각하는가?"

"아마도 정말 거금을 따낸 사람은 1년에 한두 명 정도 되겠지요. 그 외에는 모두 도박장에서 풀어놓은 바람잡이거나, 일반인이 땄다고 해도 다시 도박하면서 잃었을 겁니다."

"잘 아는군? 그런데 왜 도박을 하려고 하는 건가?"

패트론이 놀라면서 묻자, 무영은 그의 양어깨를 잡고 말했다.

"패트론, 전 잃지 않을 겁니다. 분명히 돈을 딸 겁니다. 절

믿으세요."

모든 도박 중독자는 지금의 무영과 같은 말을 내뱉는다. 자신은 잃지 않을 것이라고. 아니, 잃을 수도 있겠지만 운이 좋다면 분명 가능한 일이라고.

하지만 그 모든 사람들의 결말은 똑같다. 종국에는 무릎을 꿇고 땅을 치며 좌절한다.

그런데도 어째서 무영의 말은 이리도 부정하기 힘들까? 마치 그가 하겠다면 정말 할 수 있을 것 같은 기분은 왜일까? 모든 도박자의 눈동자에서 허무한 희망을 보지만, 왜 이 아이의 눈동자에서는 그게 가능성으로 보이는 것일까?

평소에는 존재감도 잘 느껴지지 않는 무영이었다. 있는 듯 없는 듯 어느덧 거지들과 한 가족처럼 섞여 버린 무영이다. 그런데 지금은 거짓말처럼 자신의 존재감을 드러낸다.

"……알겠네. 자네를 믿어보지."

어쩌면 모든 자금을 잃어버릴지도 모른다고 생각하면서도, 패트론은 무영을 믿기로 했다.

무영은 미소 지으며 고개를 끄덕였다.

"실망시키지 않을 겁니다, 패트론."

이렇게 해서 무영은 이날 하루 종일 도박장에 머물며 장내 분위기를 익혔다. 패트론을 따라 다니면서 갖가지 도박의 종류를 보고 배웠고, 도박장에서 지켜야할 수칙과 주의사항을 꼼꼼히 알아 두었다.

 무영 이계를 훔치다 Thief King

　도박장에 온 사람들 중 7할 이상이 평범한 시민들로서 도박에 대한 기술을 전혀 모르는 사람이었고, 나머지 3할 정도는 나름 도박꾼이라고 자부하지만 역시 종국에는 돈을 잃는 이가 대부분이었다.

　그런데 도박장을 한참 둘러보던 무영은 뭔가 이상한 낌새를 채고 문득 걸음을 멈추었다. 그가 눈을 동그랗게 뜨고 물었다.

　"패트론, 저 사람은 지금 뭐하는 거죠?"

　1층 구석에 사람들이 바글바글 모여서 웅성거리고 있었다. 그곳에는 보통 여관방 정도의 크기에 철창이 쳐져 있었는데, 안에 사람이 한 명 들어가 있었다.

　한 가지 이상한 것은 바닥에 온통 날카로운 창살이 거꾸로 꽂혀 있었고, 한 가운데에 사람 다리통만한 나무토막이 높게 세워져 있다는 것이다. 그리고 바로 그 위에 건장한 체격의 사내가 한 발로 위태롭게 중심을 잡고 서 있었다.

　지켜보기만 해도 발바닥이 간지러울 만큼 아슬아슬한 상황이었지만 주위에서는 누구도 그를 돕기 위해 나서지 않았다. 오히려 사람들은 뭔가를 기대하는 표정으로 사내를 지켜볼 뿐이었다.

　패트론은 탐탁지 않은 표정으로 고개를 저었다.

　"쯧쯧. 결국 또 멍청한 짓을 하는 사람이 생겼군."

　"그게 무슨 말입니까?"

"아네모스 도박장의 도박 종류는 크게 두 가지로 나눌 수 있네. 돈을 걸고 하는 도박과 신체를 걸고 하는 도박이지."

"신체를 건다고요?"

"그렇네. 보통 여기서 재산을 탕진해 버린 사람 중 혈기왕성한 젊은이들은 후자의 도박을 선택하기도 하지."

"자기 신체를 걸고 도박을 한다는 말입니까?"

"그렇지. 심지어는 목숨까지."

무영은 착 가라앉은 표정으로 말했다.

"좀 더 자세히 말씀해 주십시오. 저자가 왜 저런 위험한 곳에서 한 발로 서 있는 겁니까?"

"저건 '지옥의 탑'이라는 것이네. 만약 저자가 약속된 시간 동안 저 통나무 탑 위에서 한 발로 버텨낸다면 돈을 받아낼 수 있네."

"약속된 시간 동안요?"

"그렇네. 1시간당 10골드지. 그런데 기본이 5시간부터일세."

"그럼 이 도박을 하려면 최소한 5시간 동안은 외다리로 버틸 수 있어야겠군요."

패트론은 고개를 끄덕이며 손가락으로 철창 안쪽을 가리켰다. 그곳에는 다양한 크기의 모래시계가 있었는데, 그 중 7이라고 적힌 모래시계만 거꾸로 세워져 시간을 재고 있었다.

"그렇지. 저기 철창 안에 보이는 모래시계에 7이라고 적힌 것이 보이지? 그건 저 사내가 7시간 동안 버티겠다고 약속한 걸세."

하지만 무영은 이해가 되지 않았다.

"겨우 20골드를 더 받으려고 2시간이나 더 버틴다고 했다는 겁니까?"

"아, 깜빡 잊고 말을 안했군. 6시간이 지나면 1시간당 30골드로 추가되네. 그리고 10시간이 지나면 1시간당 100골드가 추가되지."

그제야 무영은 납득이 가는 듯 고개를 끄덕였다.

과연 2시간을 늘여서 40골드가 추가된다면 해볼 만한 게임이라고 생각할 것이다. 인간의 심리를 교묘하게 이용한 규칙이었다. 게다가 10시간이 지나면 단번에 100골드가 추가된다니. 즉, 저 통나무 위에서 외다리로 10시간 동안 중심을 잡고 버틴다면 190골드를 받을 수 있는 것이다.

하지만 역시 이해가 되지 않는 부분도 있었다. 만약 저렇게 거꾸로 꽂힌 창살 위로 떨어진다면 저 사내는 최소한 중상을 입을 것이다. 재수가 없어 급소가 창살에 꿰뚫리면 즉사할지도 모른다.

"저자는 7시간동안 버텨봤자 90골드를 받아낼 텐데, 그 정도에 저렇게 위험한 짓을 하다니. 정말 어리석군요."

"그게 전부가 아닐세. 저 아래에 거꾸로 꽂힌 창살이 보이지?"

“예.”

“저게 하나당 10골드라네. 기본적으로 10개를 꽂아놓고 시작해야 하니까 100골드부터 판돈을 올릴 수 있지.”

무영은 기가 막힌 심정으로 철창 안을 바라보았다. 그리고 얼른 바닥에 거꾸로 꽂힌 창살의 개수를 세어보았다. 모두 17개가 거꾸로 꽂혀 있었다. 저 사내가 어떤 방향으로 뛰어내려도 창살에 찔릴 수밖에 없도록 듬성듬성 꽂혀 있었는데, 만에 하나 사내가 7시간을 버티지 못하더라도 요령껏 잘 떨어진다면 급소는 피할 수 있을 것 같았다.

‘하지만 최소한 중상은 입을 수밖에 없겠지.’

무영이 생각에 잠겨 있을 때, 패트론이 말을 이었다.

“창살은 최대 40개까지 꽂을 수 있네. 20개부터는 개당 20골드가 되는 것이고, 30개부터는 개당 500골드가 되지. 단, 규정상 창살 20개부터는 10시간 이상을 건 자만이 도전할 수 있네. 하지만 그만큼 죽을 확률도 많아지는 걸세. 뭐, 한계 개수인 40개의 창살을 저 바닥에 거꾸로 꽂아 넣으면 어디로 떨어져도 즉사할 수밖에 없지. 그리고 시간은 30시간까지 걸 수 있네.”

“저 청년은 7시간에 17개의 창살이 있으니, 만약 버텨낸다면 260골드를 벌 수 있겠군요.”

“그렇지. 공사장에서 일을 해도 하루 일당이 고작 4골드가 겨우 넘는 정도네. 한 달이면 120골드밖에 안 돼. 그런데 어

무영 이계를 훔치다
Thief King

디 가서 단 7시간에 260골드를 벌 수 있겠나? 하지만 떨어졌다가는 돈 한 푼 받지 못하고 평생 병신이 될 수도 있다는 것. 운 나쁘면 죽을 수도 있다는 거지. 지금 저 사내도 썩 좋아보이지는 않는군."

패트론의 말에 마치 사람들이 반응이라도 하듯 갑자기 웅성거렸다.

"우오오! 떨어지는 줄 알았다."

"그러게 말이야. 벌써 저 친구 5시간이나 버틴 것 같은데, 정말 체력이 대단한 걸?"

"하지만 어째 위태위태하지 않아? 다리가 후들거리고 있어."

철창 가까이 모여 있던 사람들이 웅성거리기 시작하자 도박장 안을 배회하고 있던 사람들이 우루루 모여들었다. 무영도 그들 틈에 끼어 철창 가까이 다가갔다.

패트론의 말대로 나무토막 위에 한 발로 버티고 선 사내는 몹시 힘겨워 보였다. 다리는 가늘게 떨리고 있었고, 온 얼굴이 땀으로 범벅이었다. 그의 위기감은 관람하는 사람들에게도 그대로 전해지는 듯했다. 그가 한 번씩 휘청거릴 때마다 사람들의 입에서 탄성이 터져 나왔다.

"헙!"

"아! 놀랐다."

사내는 그 상태로 제법 오래 버텨냈다. 무영도 그 자리를

떠나지 못하고 마른 침을 삼켜가며 마음속으로 사내를 응원
했다. 하지만 승리의 신은 그의 손을 잡아주지 않았다. 모래
시계가 대략 6시간의 눈금을 지나가려고 할 때쯤, 남자는 팔
을 두어 차례 휘저었다.

"우오오오! 안 돼!"

지켜보던 사람들마저 안타까움에 소리를 질렀다. 남자는
겨우 팔을 허우적거리며 중심을 잡았지만 거기까지였다. 중
심을 잡자마자 발이 미끄러져 버린 것이다.

"우아앗!"

사람들은 비명을 내질렀고, 결국 6시간 가까이 버티던 그
사내는 창살이 꽂힌 바닥으로 몸을 던지고 말았다.

푸슈슉!

"크아악!"

창살 밭으로 떨어진 사내는 비명을 내질렀다.

그나마 운이 좋은 편이었다. 창살이 사내의 옆구리와 허벅
지, 그리고 어깨만을 찌르거나 스쳤던 것이다. 갑자기 철창
안팎이 분주해졌다. 도박장 측의 사람들이 신속하게 철창 안
으로 투입되었고, 쓰러진 사내는 들것에 실려 옮겨졌다.

모여들었던 사람들은 서서히 걸음을 돌렸고, 무영도 패트
론과 함께 걸음을 옮겼다.

"결국 저자가 졌군요. 그런데 도박장은 이런 것으로 무엇
을 얻을 수 있단 말입니까?"

 무영 이계를 훔치다 Thief King

"볼거리를 제공하는 거지. 이 볼거리를 구경하기 위해서 도박장을 찾는 사람도 적지 않다네. 또한, 저 사내가 버틸지, 버티지 못할지에 대해서 내기를 하는 도박꾼도 상당수지. 아까 모인 사람들은 마치 저 사내를 응원한 것처럼 보이지만, 저들 중 아무도 다친 사내를 찾아가서 위로하는 사람은 없네. 그저 즐거운 구경꺼리가 여기서 막을 내린 것에 대해서 아쉬워하겠지. 그리고 다음 도전자가 생기길 기다리면서 또 즐기겠지."

무영은 고개를 끄덕였다.

그렇다. 이것이 도박이다. 이기든지, 지든지 둘 중 하나만이 결과로 남는 곳. 거대 도박장 아네모스는 온갖 치사하고 더러운 술수가 난무했지만 그것이야말로 진정 도박장다운 분위기인 것이다. 도박장에서 연민과 동정을 바란다면 그것으로 이미 절망의 늪에 들어간 것이다.

어쩐지 무영은 피가 끓는 것을 느꼈다.

진정한 사냥꾼은 맹수를 두려워하지 않는다. 맹수 앞에서 본능적으로 승부욕이 발휘되는 법. 무영의 가슴이 빠르게 뛰었다. 그건 두려움이 아니라 설렘 때문이었다.

'그래. 아네모스는 내가 사냥해야할 맹수에 지나지 않는다.'

무영은 의미심장한 미소를 짓고 나서 패트론에게 물었다.

"저런 신체를 걸고 하는 도박이 또 얼마나 더 있습니까?"

"종류는 다양하다네. 그중 최고의 인기 종목은 역시 목숨을 걸어야만 하는 투기장이지. 하지만 그건 좀처럼 지원자가 없네. 살아남을 확률이 제로거든."

"투기장요?"

"음, 열흘 후에 투기장에서 이벤트가 열릴 걸세. 하지만 지원자는 아직까지 나타나지 않았다고 하는군. 뭐, 당연하지만 말이야."

"그럼 그럴 땐 이벤트가 취소되는 겁니까?"

"아닐세. 대신 사형수가 강제적으로 참가하게 되지."

무영은 이맛살을 구기고 천천히 고개를 끄덕였다.

그 말은 이 도박장의 뒤를 영주가 봐주고 있다는 명백한 증거가 아닌가.

두 사람이 도박장을 모두 살펴보고 밖으로 나왔을 때는 이미 동녘에서 서서히 미명이 밝아오고 있었다. 어제까지 절망의 달 때문에 괴로워하던 무영에게 그 미명은 어쩐지 새로운 시작을 알리는 암시 같았다.

무영은 고개를 돌리고 패트론에게 말했다.

"오늘 밤, 아네모스를 사냥하기 위해 다시 오겠습니다."

CHAPTER 9

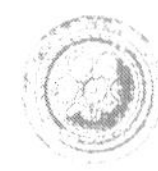

사냥을 시작하다!

1. 입장 후 마법을 사용하실 수 없습니다.

2. 딜러나 도박사에게 폭력을 행사하실 수 없습니다.

3. 모든 도박은 주최 측의 합의하에 이루어집니다. (주최 측이 거절할 경우 도박을 할 수 없음.)

4. 5천 골드 이상의 돈은 3층 사무실에서 계산해 드립니다.

5. 개인 소지품의 분실은 책임지지 않습니다.

6. 주최 측의 사기행각 의심을 전제로 한 검사 요구는 허용되지 않습니다.

아네모스 도박장 입구에 적혀 있는 내용이었다.

　무영과 패트론은 주의사항이 적혀 있는 간판을 지나쳐 그대로 아네모스로 들어갔다. 들어서자마자 느껴지는 후끈한 열기. 곳곳에서 들려오는 희열과 좌절이 뒤섞인 외침. 전형적인 도박장의 분위기가 고스란히 전해졌다.

　낮에 잠깐 눈을 붙였다가 일어난 무영은 백부님께 받았던 가문의 비기인 절도신기를 읽었다. 아직까지 비서를 읽을 기회가 많지 않았지만 이곳에서 어느 정도 자리를 잡고 나면 본격적으로 절도신기를 정독할 예정이었다.

　우선은 가볍게 훑어 읽으면서 혹시라도 도박을 하는데 있어서 참고해야할 사항이나 구결이 없는지 살펴보았다. 그리고 거기서 얻은 것은 바로 눈치를 보는 법이었다.

　이름 하여, 만통안(萬通眼).

　만통안을 시전하는 방법은 절도신기의 세 번째 장에 기재되어 있었다. 무영은 약 5시간 동안 그 구결을 암기하고, 알렌을 상대로 연습을 한 뒤 실전에 사용하기 위해 아네모스로 돌아온 것이다.

　"자자, 돈 놓고 돈 먹기입니다! 오세요!"

　"여기서 화살을 쏘아 명중한 만큼 드립니다!"

　입구 근처에는 다소 초보 도박꾼을 상대로 한 도박판이 여기저기 벌어지고 있었다. 무영은 찬찬히 주위를 둘러보다가 한 곳을 선택해서 걸어갔다.

　만통안을 처음 시전하는 만큼, 너무 무리한 도박에 임하는 것보다는 안전하게 시험해 보기 위해서였다.

"얼마부터 걸 수 있소?"

무영은 도박판에 다가가서 대뜸 질문을 던졌다.

콧수염이 덥수룩한 중년 사내가 컵 두 개를 엎어놓고 있었는데, 주사위가 들어간 컵을 알아맞히는 간단한 게임이었다.

"아, 한 판 하시렵니까? 한 판에 1골드부터 거실 수 있습니다. 한도액은 200골드입니다만?"

"좋소. 20골드 걸겠소."

무영의 대답에 뒤에 서 있던 패트론은 눈을 동그랗게 뜨고 바라보았다. 첫판에 20골드라니. 아무리 도박의 초보라지만 1골드를 걸고 먼저 분위기를 보는 것이 순서가 아니겠는가.

무영이 뜬금없이 거금을 걸어오자 상대도 다소 움찔한 모양이었다. 하지만 사내는 곧 표정을 환하게 바꾸며 대답했다.

"크하하하! 역시 젊은이가 통이 크구먼! 좋습니다. 자, 한 판에 20골드! 시작합니다!"

콧수염의 사내는 컵 두 개를 들고 마구 흔들어대기 시작했다. 둘 중 한 곳에는 주사위가 들어 있어서 달그락거리며 소리를 내질렀다.

'크크크. 첫 판에 20골드라니. 오늘 제대로 해보겠는데?

속에서 치밀어 오르는 웃음을 억눌러 참은 사내는 이윽고 흔들어대던 컵 두 개를 바닥에 엎었다.

탁! 사사삭.

그리고 능숙한 손놀림으로 두 개의 컵을 뒤섞기 시작했다.
단지 컵만 뒤섞는 것이 아니었다. 컵 안에 들어 있던 주사위
도 이리저리 두 개의 컵 사이를 오갔다.

무영은 미간을 모으고 서서히 집중도를 높였다. 조금씩 주
위의 소음으로부터 자신을 고립시키고, 남자의 현란한 손놀
림만을 응시한다.

'빠르다. 보통 솜씨가 아니다. 헛?'

순간 무영은 컵 사이를 오가던 주사위의 행방을 놓치고 말
았다. 모든 신경을 집중한 자신을 마치 조롱이라도 하듯 주사
위는 순식간에 행방을 감춰 버린 것이다.

아직 만통안이 익숙하지 않은 탓도 있겠지만, 코털 사내의
손놀림 또한 예사롭지 않은 것이 사실이었다. 이윽고 코털 사
내는 히죽 웃음을 지으며 손을 멈추었다.

탁!

"자! 손님, 어느 쪽에 거시겠습니까? 확률은 50대 50!"

"흠……."

무영은 얕게 신음을 흘렸다.

주위에는 벌써 많은 사람들이 몰려와서 구경하고 있었다.
20골드나 걸려있다는 소리가 벌써 사람들 사이에 나돌아 버
린 것이다.

'우선 잃을 요량으로 아무거나 하나 선택해야겠군.'

별다른 수가 없었다. 무영은 결국 컵 중에서 오른쪽에 놓인

 무영 이계를 훔치다 Thief King

것을 선택했다.

"이쪽으로 하겠소."

"자, 그럼 어디 열어볼까요?"

코털 사내는 덩달아 흥분한 표정으로 컵을 움켜쥐었다. 그리고 컵을 열어 보인 순간.

"우와아! 대단하군!"

"맞춰 버렸잖아?"

주위에서 탄성이 터져 나왔다. 그리고 곧장 부러운 시선이 무영에게로 향했다.

사내가 컵을 들자 주사위가 버젓이 모습을 드러낸 것이다. 기대하지 않았던 무영도 어찌된 영문인지 몰라 어리둥절한 표정을 지었다. 반면 코털 사내는 오만상을 지으며 마지못해 10골드짜리 금패 두 개를 무영에게 던졌다.

"에이! 쯧! 젊은 친구가 눈치가 빠르구먼! 가져가슈!"

"고, 고맙소."

무영은 금패를 받아들고도 어리둥절한 기분이었다.

운이 좋은 걸까? 정말 5할의 확률이 존재한단 말인가? 하지만 아직 단정할 수는 없다. 무영은 다시 10골드를 내밀었다.

"10골드로 한 판 더 하겠소."

속상한 표정으로 돌아서 있던 코털 사내는 슬쩍 관심을 내보였다.

"한 판 더 하시겠소?"

"예. 하지만 이번에는 10골드로 하지요."

"뭐, 좋소이다."

코털 사내는 다시 현란한 손놀림으로 컵을 뒤섞기 시작했다. 단 두 개의 컵 사이를 주사위가 어지럽게 오갔다.

그러나 이번만큼은 무영도 주사위가 들어간 방향을 확실히 볼 수 있었다.

"이번에도 오른쪽으로 하겠소."

"자, 그럼 어디 봅시다~ 헉!"

코털 사내는 헛바람을 집어삼키며 무영을 올려다보았다. 주위에 몰려들었던 사람들은 다시 한 번 찬탄을 내질렀다.

"우와! 저 친구 오늘 운이 좋군 그래!"

"이것 봐! 돈 있으면 더 걸어봐. 완전히 물이 올랐어!"

구경꾼들이 부추기기 시작한다. 무영은 어쩐지 너무 쉽다는 생각을 하며 고개를 갸웃거렸다. 만통안으로 확인한 결과 눈속임도 없었고, 정말 둘 중 하나의 컵에 주사위가 들어간 걸 어렵지 않게 맞출 수 있었다. 그리고 그것으로 게임은 끝이었다.

한편 코털 사내는 다시 10골드 금패를 집어던지고는 돌아앉아 버렸다. 그는 울상을 지었다.

"에휴. 오늘은 장사가 글렀어. 에잉!"

"보시오. 20골드 걸겠소."

"응? 오오! 좋소! 오름세일 때 확실히 밀고 나가겠다는 거군! 나도 이번에는 지지 않겠소, 젊은이!"

하지만 그 뒤의 게임의 결과도 같았다. 이어진 두 판마저 연속으로 무영이 이겨 버린 것이다. 그렇게 해서 무영이 가진 처음 자본 100골드에 도박으로 딴 돈이 70골드였다.

총 자금 170골드!

정말 이 도박은 사기가 없는 건가? 그렇다면 동체 시력이 매우 뛰어난 사람이라면 백전백승이 아닌가!

하지만 20골드를 건 다음 판이 시작되면서 무영의 생각은 결국 바뀌고 말았다.

빨랐다. 코털 사내의 손놀림은 전과 비교도 할 수 없을 정도로 빨랐다. 지금까지는 웬만한 동체 시력을 가진 무사 정도라면 누구나 따낼 수 있을 정도의 손놀림이었다면, 이번에는 만통안을 시전하고 있는 무영조차도 자칫 주사위의 행방을 놓칠 정도였다.

하지만 대도의 가문에만 전해지는 비기인 만통안이 그리 쉽게 무너질 리는 없었다. 결국 무영은 주사위의 행방을 끝까지 놓치지 않았고, 컵을 선택했다.

이걸로 돈을 딴다면 이곳에서는 마지막이리라.

"왼쪽으로 하겠소."

"그럼 한 번 봅시다."

연이어 돈을 잃은 코털 사내는 축 처진 목소리로 대답하고는 컵을 열었다. 몰려 있던 사람들조차도 쥐죽은 듯 침묵을 지키고 컵을 바라보았다. 그런데.

"이, 이런!"

"없잖아!"

사람들이 다시 한 번 경악으로 소리를 질렀다. 끝도 없이 오를 것 같던 무영의 기세도 여기서 한풀 꺾여 버린 것이다.

누구보다 놀란 것은 바로 무영이었다. 자신은 분명 만통안을 펼쳐서 주사위의 마지막 행방을 정확히 꿰뚫어 보고 있었다. 그런데 바로 그 컵에 주사위가 들어 있지 않다니! 이게 어찌된 일일까?

"아이고, 이런. 손님, 안타깝습니다. 많이 따셨는데, 여기서 실수를 하시네요. 정말 안타깝습니다. 그래도 오늘은 그걸로 충분하지 않겠습니까? 이제 그만하고 제 주머니 사정도 봐주세요."

코털 사내는 겨우 살았다는 듯 안도의 한숨을 내쉬고는 말했다. 하지만 그의 이면에서는 또 다른 목소리가 마치 주문처럼 소리치고 있었다.

'와라. 여기서 그만두면 아깝지 않겠나? 크크크. 어서 와야지, 젊은 친구.'

진정한 도박자는 한참 오름세를 타다가도, 한풀 꺾이면 거기서 멈추게 되어 있다. 떠날 때를 안다. 하지만 보통 도박자라면?

"한 판 더 하겠소. 이번에도 20골드를 내겠소."

 무영 이계를 훔치다
Thief King

잃었던 돈을 되찾으려는 본능을 참지 못한다.

코털 사내는 속으로 가만히 미소를 지었다. 그래, 그런 자세다. 바로 그런 자세만이 나를 행복하게 해주는 거다.

하지만 코털 사내는 속마음과 전혀 다른 표정을 드러내며 말했다.

"아이고, 손님. 판을 거덜 내려고 하십니까? 겨우 20골드를 되찾았는데 그것까지 뺏어야겠소?"

그러자 지켜보고 있던 패트론도 나서서 무영을 말렸다.

"내 생각에도 그만하는 것이 좋겠네. 오름세가 꺾였을 때는 손을 떼는 것이야."

"아닙니다. 절 믿어주십시오. 이번에는 이길 수 있습니다."

결국 무영은 20골드를 걸고 다시 도박을 시작했다.

마지못한 듯 표정을 구긴 채 컵을 뒤흔드는 코털 사내. 그리고 웅성거리며 지켜보는 관중들. 무영은 미간을 잔뜩 모으고 코털 사내의 손놀림을 지켜보았다.

극도의 집중력이 이루어지면 귀를 가득 메운 소음조차도 고요해지고 시야가 좁아지며 주변이 적막해진다. 그리고 소실점만을 향해 모든 신경이 집중되고 그곳에서 떠나지 않는다. 그것이 바로 만통안의 시전법이다.

탁!

"어디에 거시겠습니까?"

“왼쪽.”

무영은 짧게 대답했다. 분명히 주사위는 마지막에 왼쪽 컵으로 들어갔다. 하지만 결과는?

“아이고, 아깝습니다! 오늘 겨우 제가 잃었던 돈 절반을 찾게 생겼군요.”

컵은 비어 있었다.

다시 한 번 사람들의 탄성이 터져 나왔다.

그 뒤로 무영은 패트론의 만류도 무시하며 많게는 10골드, 적게는 5골드씩 걸고 도박을 이어나갔다. 한 번 내림세를 타면 끝 모르고 추락하는 것이 바로 도박이다. 그리고 그 내림세는 오를 때와 달리 조금씩 천천히 늪이 되어 도박자를 끌어들인다.

'클클. 그렇지. 이제 슬슬 잃을 것이 겁날 때도 됐지. 5골드라…… . 뭐, 좋지. 그러다가 본전에 가까워지면 큰 것이 오겠군.'

코털 사내는 교묘한 화술과 언변으로 무영의 기분을 지속적으로 자극했다. 그리고 결국 다섯 판의 도박을 이끌어내는 데 성공했다.

결과는 무영의 완패였다.

다섯 판 중 단 한 번 무영이 이겼을 뿐, 모두 지고 만 것이다.

쾅!

참다못한 무영은 탁자를 내려치며 버럭 소리를 질렀다.

"어찌 이럴 수가 있소! 단 한 번을 제외하고는 연속으로 지다니! 혹시 사기 치는 거 아니오?"

"손님, 이러시면 안 됩니다. 사기라니요. 가당치도 않습니다. 그러면 손님께서 어찌 처음에 70골드씩이나 가져가셨겠습니까? 그때 제가 그만해달라고 했을 때 그만두셨으면 이런 일도 없었겠지요."

"제길!"

무영은 더는 말을 못하고 주먹을 말아 쥐었다.

총 자금 105골드!

결국 처음 자금에서 고작 5골드 많은 액수였다. 그래도 아직 잃은 것은 아니다. 하지만 170골드까지 올라갔던 그 액수를 어찌 잊을 수가 있겠는가.

한편 코털 사내는 눈빛을 빛내며 무영의 다음 말을 은근히 기다리고 있었다. 이제 때가 됐다. 궁지에 몰린 쥐가 고양이를 물려고 시도를 할 때. 하지만 쥐는 그저 고양이의 먹이일 뿐!

'큰 걸 걸어라, 애송이.'

아니나 다를까, 무영은 천천히 입을 열었다.

"200골드…… 걸겠소."

왔다!

"아이고, 손님. 정말 판을 거덜 내려고 그러십니까? 다시 잘 생각해주십시오."

"연기 그만하고 도박이나 합시다."

무영은 착 가라앉은 말투로 말했다. 뒤에 서 있던 패트론은 입만 쩍 벌리고 무영을 바라본 채 아무 말도 할 수 없었다.

말려야 한다. 게다가 수중에 200골드도 없지 않은가. 지금 코털 사내는 무영이 생각없이 걸어오는 거금에 전혀 그런 의심을 하지 않는 것 같지만, 만약에 졌다가는 도박장에서 돈이 모자란 무영을 곱게 보내주지 않을 것이다.

하지만 패트론의 귓가에는 자꾸 조금 전 무영이 한 말이 맴돌고 있었다.

'절 믿어주십시오.'

과연 이 상황에서도 믿어야 하는 것일까? 이미 무영이 분노로 이성을 잃었을지도 모른다고 생각하면서도 패트론은 섣불리 나설 수 없었다.

그러던 중에 코털 사내가 손을 비비며 말했다.

"뭐 정 원하신다면 좋습니다. 200골드 걸고 들어갑니다."

"그전에 한 가지 조건이 있습니다."

무영이 대뜸 말하자 사내는 고개를 갸웃거렸다.

"잉? 조건? 그게 뭔지요?"

"선택한 컵을 내가 열어 볼 수 있도록 해주시오."

무영의 말에 사람들이 수군거렸다.

사내는 미세하게 고개를 끄덕였다.

'과연 의심하고 있다는 것인가? 훗, 뭐 상관없겠지. 200골드를 위해서라면. 크크.'

그는 미소를 지으며 대꾸했다.

"뭐, 좋습니다. 원래 규칙에는 어긋나지만 이번에는 거금을 걸었으니 그렇게 하도록 하지요."

"좋소. 그리고 한 가지 확신을 받고 싶소."

"무슨 말인지……?"

"두 컵 중 한 곳에 분명히 주사위가 들어 있다는 것 말이오."

"하하, 손님. 아직도 의심하시는 겁니까? 분명히 말씀드리지요. 확률은 50대 50! 분명히 한 군데에는 주사위가 있으니 안심하세요."

"확실하오?"

무영이 재차 물었다. 상대는 고개를 크게 끄덕이며 대답했다.

"그렇습니다. 걱정 마시오, 젊은이."

"좋소. 시작합시다."

판이 시작되었다.

코틸 사내의 손놀림이 현란한 재주를 부린다. 달그락거리며 들려오는 소리. 주위의 소음. 하지만 무영에게는 그 모든 소리들이 차단되었다.

무영은 아예 눈을 감아버렸다.

패트론은 무영의 그런 모습에 참담한 표정을 지었다. 역시 말릴 것을 그랬다. 아무리 도박이라지만, 전문 도박사를 상대로 완전히 운에 맡긴다니! 그야말로 완전한 초보 도박꾼이 아닌가.

반면 코털 사내는 내심 속으로 웃었다.

'훗, 아예 눈을 감아버렸군. 완전히 운에 맡기고 기도나 올리겠다 이거군? 쯧쯧. 준비되지 않은 승리란 없는 것이지.'

그가 생각을 마칠 때, 두 개의 컵을 쥔 손이 탁자 위에 내려섰다.

타악!

"자, 고르십시오."

모든 사람들이 침묵으로 지켜보는 가운데 무영의 손이 천천히 뻗어졌다. 그는 오른쪽 컵, 아니 왼쪽 컵으로 손을 뻗었다. 컵에 손이 닿을 때쯤, 그는 다시 오른쪽 컵을 짚었다. 그럴 때마다 사람들의 입에서 짧게 의미 모를 신음이 흘러나왔다.

무영은 컵 하나를 짚었다. 그리고 마치 그 안에 들어 있는 무엇도 빠져나오게 하지 않겠다는 듯 꽉 누르고 말했다.

"이 컵을…… 선택했소. 단, 이 컵에 주사위는 없소이다."

"응? 그, 그게 무슨 말이오?"

코털을 매만지던 사내는 눈을 동그랗게 뜨고 되물었다. 사람들도 수군거렸다.

“이봐, 지금 저 친구 무슨 소리 하는 거야?”

“쉿! 조용히 해봐!”

웅성임 끝에 무영은 히죽 웃고는 대답했다.

“내 말을 듣지 못했습니까? 이 컵을 열어 보겠소. 하지만 이곳에 주사위가 없다는 것을 선택했소.”

“그, 그게 무슨 말이오! 그럼 저 컵을 선택하시오!”

“이 컵에 주사위가 없다면, 당연히 저 컵에 주사위가 있는 것 아닙니까?”

“그, 그렇소.”

“그럼 상관없잖소. 이 컵에 만약 주사위가 없다면 내가 이긴 것이 아니오.”

“그, 그렇지만.”

사내가 더듬거리자, 무영은 그의 귀에 얼굴을 가까이 가져갔다. 그리고 낮게 속삭였다.

“아니면, 지금까지 여기 앉아서 사람들에게 사기를 친 것이오?”

“다, 당치도 않는 소리.”

코털 사내는 완강하게 부인했다.

결국 모든 사람들이 지켜보는 가운데 무영은 자신이 선택한 컵에 주사위가 들어 있지 않다는 쪽에 돈을 걸었다. 그리고 그 컵을 천천히 들어 보였다.

“우와! 어, 없다!”

“이야아! 정말없어! 이, 이백 골드를 따냈어!”

사람들의 찬탄이 터져 나왔다.

컵 속은 확실히 비어 있었다.

코털 사내는 새파랗게 질린 표정이었다. 그는 곧 고개를 푹 숙이더니 말없이 100골드짜리 금패 두 개를 건넸다. 그는 무영에게만 들릴 정도로 작은 목소리로 말했다.

“다신…… 오지 마시오.”

“그럼 수고하십시오. 즐거웠습니다.”

무영은 포권을 취하며 인사를 건넨 후 걸음을 옮겼다. 얼빠진 듯 서 있던 패트론은 뒤늦게 정신을 차리고 무영의 뒤를 따랐다.

“단순한 우연은 아니겠지?”

패트론의 질문에 무영은 빙그레 미소를 지었다.

“당연히 우연은 아닙니다. 이번 게임은 제가 이길 수밖에 없었으니까요.”

“그게 무슨 말인가?”

“저 두 개의 컵은 모두 비어 있었거든요.”

“뭐야! 그럼 저 녀석이 사기를!”

패트론은 돌연 소리를 지르다가 황급히 입을 다물었다. 사람들의 시선이 잠깐 그에게 집중되었다가 곧 산만하게 흩어졌다.

“저 코털 아저씨의 손놀림이 굉장히 빠르더군요. 처음에는 정말 쉽게 돈을 따는 줄 알았습니다. 하지만 중간에 주사위의 행방을 잃었죠."

"그래서?"

패트론은 침을 꼴깍 삼키고 재촉했다.

"하지만 그것도 곧 만통안을 이용해서 찾아낼 수 있었습니다. 그런데 분명히 주사위가 굴러들어간 그 컵에 주사위가 없더군요. 그건 사기라는 말이죠."

"그럼 자네는 사기라는 걸 알고도 계속 돈을 잃었단 말인가? 왜 그런 무모한 짓을 했나?"

"이기기 위한 준비였습니다. 그렇게 하지 않으면 그자는 제가 대뜸 200골드를 걸겠다고 할 때, 의심부터하고 경계를 할 테니까요. 입구 간판에도 적혀 있듯이 주최 측이 도박을 받아들이지 않으면 곤란하잖아요?"

패트론은 얕게 신음을 흘리며 천천히 고개를 끄덕였다. 이 아이는 어쩌면 타고난 도박사일지도 모른다는 생각을 하면서.

무영은 계속 말을 이었다.

"주사위의 정확한 위치는 그 남자의 소매입니다. 컵을 흔들고 교란할 때, 주사위를 순간 소매 속으로 튕겨 보내죠. 그 손놀림이 워낙 빠르기 때문에 만통안을 펼친 저도 자칫 놓칠 수 있었습니다. 하지만 저희 아버님이 하신 말씀 중에, 사기꾼이 술수를 부리기에 가장 좋은 순간은 도박이 시작되는 시점과 끝나는 시점이라고 했던 말이 기억났습니다. 그래서 전거의 막바지에 그 남자의 소매로 흘러들어가는 주사위를 알아챌 수 있었습니다."

"그럼, 만약 다른 사람이 판이 끝나고 다른 컵을 열어보길 요구하면 어쩌지? 둘 다 비어 있다는 게 들통 나지 않겠는가?"

"그렇습니다. 물론 판이 끝나고 나서 사기 행각을 전제로 한 검사는 허용되지 않지만, 그자는 그것도 대비했어요. 컵을 열면서 컵 속에 교묘히 소매에 있는 주사위를 흘려보내는 겁니다. 제가 나중에 벌인 다섯 판 중 한 판을 이겼을 때, 바로 그런 방법을 썼죠. 돈을 건 사람과 구경꾼은 테이블을 마주보고 있기 때문에 컵에 가려져서 그걸 볼 수가 없지요."

"하긴 그만한 손재주라도 없으면 아네모스의 주최 측 직원이 될 수 없었을 테지."

패트론은 말은 그렇게 하면서도 내심 감탄을 금치 못했다. 아무리 초보 도박꾼들을 노린 도박판이라고 하더라도 단번에 200골드를 따냈다는 것은 무시할 수 없는 일이다. 200골드라면 공사장에서 일하는 인부들의 한 달 수익보다 많은 금액이다. 그런데 단 한 시간도 지나지 않아 그만한 돈을 벌다니.

지금까지는 반신반의였지만 앞으로는 무엇을 하든 무영을 믿으리라. 어차피 원금도 무영이 절도해서 생긴 금액이니, 만약 무영이 자신을 배반한다고 하더라도 크게 걱정할 것은 없었다.

무영
이계를
훔치다
Thief King

　돈이란 있다가도 없는 것이 아니던가.

＊　　　＊　　　＊

　무영은 그 뒤로 3일 간을 아네모스에서 살다시피 지냈다. 처음 하루 동안은 무영이 도박하는 것을 막는 자가 아무도 없었다. 입구에 자리 잡은 코털 사내처럼 모두 두 손 들고 환영했고, 화기애애한 분위기 속에 판이 벌어졌다.

　하지만 이틀째, 무영이 찾아가자 그 반대 현상이 일어났다. 이미 주최 측의 도박사들 사이에서 무영의 이름과 얼굴이 알려져 버린 것이다. 그들은 전날과 달리 무영이 오는 것을 두 손 내저으며 말릴 정도였다. 그나마 워낙 기척과 존재감이 희미한지라 무영을 알아보지 못한 사람들만이 그를 또 받아들이는 실수를 할 뿐이었다.

　만통안의 효력은 대단했다. 1:1의 승부에서는 거의 9할 이상의 승률을 기록할 정도로 상대의 모든 사기 행각을 꿰뚫어 볼 수 있었다.

　단지 아쉬운 점이 있다면, 만통안을 시전하는 동안 다른 데에는 전혀 신경을 쓸 수 없다는 점이었다. 이는 아마도 무영이 만통안을 익힌 지 얼마되지 않았기 때문이리라.

　하지만 삼일 째가 지나면서 결국 무영은 그 만통안마저 펼칠 수가 없었다. 주최 측이 무영을 곧바로 블랙리스트에 등록

시키고 경계 대상 1호로 삼았던 탓이다. 아네모스의 규칙상 딜러가 참가를 제지하거나 주최 소속의 도박사들이 게임을 거절할 경우에는 도박을 강요할 수가 없었다.

결국 승부욕이 매우 강한 몇몇의 도박사들만이 무영을 받아들일 뿐이었다. 하지만 그것도 그날로 마지막이었다.

다음날 무영은 오후 내내 도박장을 돌아다녔지만 단 한 판도 할 수 없었다. 도박사들은 무영이 다가가기만 해도 손을 내저을 정도였다. 오죽하면 그들 사이에서 무영을 흡혈귀라고 부를까.

결국 무영은 결심했다는 듯 패트론에게 말했다.

"지옥의 탑에 서겠습니다."

패트론의 눈동자가 찢어질 듯 커졌다.

"지, 지, 지금 뭐라고 했나?"

"들으신 그대로입니다. 지옥의 탑에 서겠다고 했습니다."

"자네, 제 정신인가? 지금도 넉넉한데 왜 몸을 담보로 하겠단 말인가!"

"아무도 절 받아주지 않으니 이럴 수밖에요."

패트론은 입을 쩍 벌렸다.

도대체 무엇이 이 아이를 이토록 매달리게 하는가? 뭘 보고 이렇게 앞만 보고 달리는 것일까? 아무리 빨리 달리기 위해서라고 할지라도 이번만큼은 무영의 바짓가랑이를 붙잡아야 했다. 자신에게 오랜만에 목돈을 만지게 해준 기특한 소년이라서가 아니었다. 짧은 시간이지만 친분을 쌓은 인간이, 그것도 나이 어린 소년이 쇠창살에 찔려 죽는 모습을 어찌 본단 말인가.

"안 되네! 절대 안 돼!"

"패트론이 반대한다고 해서 제가 안할 거라 보십니까."

무영은 걸음을 옮기면서 대답했다.

"그래도 다시 생각하게! 나는 자네가 그렇게 처참하게 죽는 꼴을 볼 수 없네!"

이윽고 무영의 걸음이 멈추었다. 그는 패트론의 푸른 눈동자를 넌지시 바라보았다.

"패트론."

"말하게나."

"전 죽지 않을 겁니다. 두고 보십시오. 전 제가 힘들게 번 돈을 패트론에게 그저 주기 싫거든요."

무영은 농담까지 해보이며 웃었다. 패트론은 청명한 무영의 눈동자를 보면서 잠시 할 말을 잃었다.

'정말 알다가도 모를 녀석이군. 간혹 잿더미보다도 건조하고 삭막한 눈동자를 하다가도 이럴 땐, 어찌 이리도 사람의 마음을 흔드는 눈빛일까?

결국 패트론은 씁쓸한 웃음을 지었다. 절대로 무영을 말릴 수는 없을 것이다. 그렇다면 최소한 위험을 감소시키자.

"좋아, 좋네. 내가 인정하지. 자네의 그 징그러운 도박 심리는 못 당하겠어. 하지만 약속해주게. 제한 시간을 기본인 5시간만 하고, 창살은 10개만 꽂겠다고.”

“아뇨. 최대치입니다. 30시간에 40개의 창살을 꽂을 겁니다.”

“맙소사. 신이여!”

패트론의 입에서 5년 만에 신을 찾는 목소리가 튀어나왔다. 이 일을 어쩌면 좋단 말인가. 그런데 정말 신이 그의 목소리를 듣기라도 한 것일까?

무영의 발목을 잡은 곳은 전혀 엉뚱한 곳이었다. 바로 지옥의 탑을 담당하는 도박장 직원이었다.

“입장하실 수 없습니다.”

무영이 철창 안으로 들어가려고 하자, 직원이 단호하게 제지하고 나선 것이다. 물론, 손에 들고 있는 몽타주와 무영의 얼굴을 한참 동안 비교한 후에 돌아온 대답이었다.

“무슨 말입니까? 그냥 구경하러 들어가는 게 아니란 말입니다. 내가 저 지옥의 탑에 도전하겠다고 했소.”

“그래도 입장하실 수 없습니다.”

상대는 완강하게 버텼다.

그랬다. 도박장에서는 무영이 어떤 도박에도 참여하지 못하도록 블랙리스트 1위에 이름을 올렸던 것이다. 이미 입구에 적혀 있듯이 합의되지 않은 도박은 효력이 없었으므로 무영으로서는 방법이 없어진 것이다.

패트론은 내심 가슴을 쓸어내리며 웃었다.

"클클. 이미 자네가 유명인사가 된 모양이구먼. 이만하면 만족하고 돌아가는 것이 어떤가?"

"현재 자금이 얼마지요?"

"2,300골드네. 정말 믿기지 않는 액수지."

2,300골드.

확실히 처음의 자금을 생각한다면 23배나 뛰어오른 거금이다. 그러나 무영은 가만히 고개를 저었다. 그 정도로는 만족할 수 없다. 이 세상에 2,300골드보다 더 많이 가진 자는 널리고 널렸다.

적어도 무영은 이 세계에서 둘 중 하나를 거머쥘 각오였다. 세상 누구도 함부로 쳐다볼 수 없는 막강한 권력. 그게 아니라면 대륙을 통째로 사들일 수 있을만한 돈이다. 둘 중 하나를 쟁취하면 다른 하나도 쟁취할 수 있으리라.

세상의 바닥을 쳐봤으니, 세상의 하늘을 치지 못할 것이 뭐가 있으랴.

무영은 몸을 돌리고 조용히 뇌까렸다.

"도박장이 절 받아들이지 않는다면, 일방적인 도박을 한 판 벌여보지요."

"그건 또 무슨 말인가?"

"이곳에 있는 모든 사람들의 주머니를 한 번씩 털어야겠습니다."

무영은 패트론에게 고개도 돌리지 않고 걸음을 옮겼다.

만약 그가 얼이 빠진 패트론의 심각한 얼굴을 보았다면 결심을 바꿨을까? 아마 그러지 않았을 것이다. 이미 그가 한 걸음 뗀 순간, 그로부터 가장 가까이에 서 있던 사람의 주머니는 비어버렸으니까.

그날부터 무영의 소매치기가 시작되었다.

하지만 그에게 소매치기는 낯설었다. 실제로 소매치기를 해 본 적이 한 번도 없었으니 당연한 일이었다. 타고난 재주와 천부적인 감각, 그리고 선천적인 희미한 존재감을 동원하더라도 소매치기는 생각만큼 쉽지 않았다.

물론 가문의 비기인 절도신기에는 공공지술(空空之術)과 같은 소매치기 방법이 기재되어 있었지만, 무영은 그런 것을 정식으로 익힐 심리적 여유가 없었다.

때문에 그의 소매치기는 느리고 조심스러웠다. 하루 종일 훔친 금액은 겨우 20골드. 물론 작은 액수라고 할 수는 없지만 이래서야 대도의 자식이라는 것이 부끄러울 정도다.

하지만 무영은 다음 날도 어김없이 도박장에서 소매치기를 감행했다. 물론 오래가지 않아 덜미를 잡히고 말았지만.

'조금만 더. 조금만 더.'

무영의 손길이 대머리 남자의 바지 주머니로 슬그머니 들어갔다. 대머리는 자신의 바지 주머니에 다른 사람의 손이 들어왔다는 것도 모른 채 열심히 다른 사람의 도박을 구경했다.

그의 주머니에는 방금 들어간 10골드짜리 묵직한 금패가 들어 있었다.

바지 주머니라고 너무 방심한 탓일까?

무영의 손끝에 이윽고 금패가 걸렸다.

‘됐다!’

무영이 회심의 미소를 지으며 금패를 꺼내려는 순간.

탁!

“장난질도 여기까지다.”

누군가 무영의 어깨를 짚더니 중저음의 목소리를 나지막이 깔았다. 몸을 움찔거린 무영은 고개를 휙 돌렸다.

‘혈귀!’

어느 틈에 자신의 뒤에 다가왔을까? 흑립을 푹 눌러쓴 얼음장 같은 얼굴. 혈귀, 조란은 무영을 무표정하게 내려다보고 있었다.

‘훗, 드디어 납신 건가? 기다리고 있었다고.’

겉으로 드러난 표정과 다르게 무영의 내심은 미소 짓고 있었다.

이때를 기다렸다. 도박장에서 자신을 먼저 찾아 나서기를.

물론, 그렇게 되면 도박장에서는 단순히 자신을 경계하는 것이 아니라, 방해자로 판단하고 위협을 가할 것이다. 하지만 지금처럼 아무것도 못하고 있는 상황보다는 도박장의 우두머리인 길드장을 만나고 어떤 식으로든 단판을 짓는 것이 낫다고 생각한 것이다.

그러나 무영은 철저히 내심을 숨기고 일단 대머리의 주머니로부터 얼른 손을 거두었다.

"무슨 일이오?"

그가 시치미를 뚝 떼고 묻자 조란이 싸늘하게 말했다.

"네 녀석이 이곳에서 설레발친다는 것은 이미 오래전에 알고 있었다. 어제부터 네 녀석의 소매치기도 눈감아 주었다. 장난질은 그만하고 떠나라. 그러면 나도 널 건드리지 않을 것이다."

무영은 빙그레 웃었다.

과연 마음에 들었다. 지금까지 자신의 존재를 이토록 정확히 눈치 챈 사람은 드물었다. 희미한 기척을 타고난 무영은 언제나 곁에 있어도 찾아지는 존재였다. 그런데 이 조란이라는 자는 복잡한 도박장 안에서 자신의 소매치기 장면을 정확히 지켜보고 있었다는 말이 아닌가.

'정말 가지고 싶다. 이 녀석.'

그때 마침 멀찍이 떨어진 곳을 배회하던 패트론은 조란과 무영이 마주 선 것을 보고 기겁을 하며 달려왔다.

"무영! 무슨 일인가?"

무영은 고개를 저으며 가볍게 말했다.

"아무것도 아닙니다. 패트론, 근데 한 가지 궁금한 것이 있습니다."

"뭐, 뭔가?"

패트론은 더듬거리며 되물었다. 아무래도 혈귀라고 불리는 자 앞에서 대화하는 게 여간 꺼림칙한 것이 아닌 모양이다.

그런데 무영의 입에서 튀어나온 목소리는 대담하기 짝이 없었다. 아니 멍청하기 짝이 없다고 해야 할까?

"이 사람 말입니다. 이 사람이 제가 소매치기한 것을 목격한 것 같습니다. 그런데 이상한 점은, 지난번에는 병사를 데려왔기에 영주의 개라고 생각했는데, 왜 여기 있는 거지요? 이 사람, 영주의 개인 겁니까, 아니면 길드장의 개인 겁니까?"

순간, 조란의 미간에 세로 주름이 팍 새겨졌다.

차앙!

순식간에 그의 검집에서 칼이 뽑아져 나왔고, 예기를 줄기줄기 발산하는 칼날이 무영의 목젖에 맞닿았다.

패트론의 안색은 새파랗다 못해 거무죽죽하게 물들었고, 주위에 있던 사람들은 갑자기 벌어진 일에 웅성거리며 흩어졌다.

"우어어! 뭐야? 저기 왜 저래?"

"협! 말조심해! 그 혈귀잖아!"

주변에서 물러선 사람들이 수군거렸다.

칼을 겨누고 있는 조란도, 칼날에 목덜미를 그대로 노출시킨 무영도, 누구도 표정은 흔들리지 않았다. 무영은 조란의 붉은 눈동자를 빤히 마주보며 패트론에게 말했다.

"대답 좀 해주세요, 패트론. 이자는 누구의 개새끼입니까?"

패트론은 이제 입에 거품을 물기 직전이었다.

여기서 자신이 뭐라고 대답해야 한단 말인가? 혈귀가 저렇게 시뻘겋게 두 눈을 부릅뜨고 있는데 무영은 왜 이리 무모한 도발을 저지른단 말인가. 아니나 다를까, 조란은 감정이라곤 전혀 깃들지 않은 건조한 음성을 깔았다.

"네 녀석이 사는데 지쳤나보구나."

무영은 피식 웃어버렸다.

비웃음이라기 보다는 정곡을 찔린 느낌이랄까? 아직 자신은 어리다고 생각했는데, 어른한테나 어울릴 그 말이 이렇게 가슴에 와 닿을 줄은 몰랐다.

"뭐, 틀린 말은 아니군."

슥.

조란은 칼을 도로 검집에 꽂아 넣었다.

"살 기회를 주었는데 거절했으니, 원하는 대로 지친 삶에 종지부를 찍도록 도와주지."

"그거 고맙군."

"따라와라."

조란은 말없이 몸을 돌렸다. 굳이 멱살을 잡아서 끌고 가지 않아도 따라올 상대라는 건 이미 눈빛만 보고도 알 수 있다.

무영은 조란의 뒤를 따랐다. 한 걸음, 한 걸음 내딛을 때마다 짜릿한 전율이 흐른다. 살 떨리는 두려움과 기대가 뒤섞여서 그의 피에 녹는다. 그가 지금 꾸미고 있는 일련의 엄청난 계획들이 이제 시작하려는 순간이다.

한편 패트론은 걸어가는 두 사람의 뒷모습을 보며 망연자실한 채 한참을 서 있었다.

『무영, 이계를 훔치다』2권에서 계속.

저작권 보호!!
장르문학의 성장에 힘이 되어주십시오

**저작물의 무단 전재와 복제, 불법 다운로드!
이것은 관심이 아니라 무관심입니다!**

작가님들은 창의적 열정과 시간을 투자해 자신의 꿈과 생계를 유지합니다.
한 권의 책을 만들어 많은 사람들은 자신의 인생과 미래를 설계합니다.

저작물 속에는 여러 사람의 노력과 희망이 담겨 있습니다!

저작물의 무단 전재와 복제, 불법 다운로드는 여러 사람들의 꿈과 생계를
위협함으로써 장르문학을 심각한 상황에 빠뜨리고 있습니다.

**이제는 무관심이 아니라 관심으로 장르문학의
성장에 힘이 되어주세요.**

[도서출판 **청어람-블루부크**는 항시적인 저작권 보호를 통해 장르
문학과 여러분의 희망을 지키겠습니다.]